MW01699577

Na cykl *Zakręty losu* składają się tomy:

Zakręty losu
Zakręty losu. Braterstwo krwi
Zakręty losu. Historia Lukasa
Zakręty losu. Nowe pokolenie

AGNIESZKA LINGAS-ŁONIEWSKA

ZAKRĘTY LOSU

NOWE POKOLENIE

NOVAE RES

Nie ma Cię, gdy moje życie spada w dół, i
Nie ma Cię, gdy wszystko łamie się na pół, i
Nie ma Cię, i nie wiem już, gdzie jesteś, ale dobrze,
Że nie wiesz, co u mnie, bo pękłoby Ci serce.

Nie ma Cię, gdy moje życie spada w dół, i
Nie ma Cię, gdy wszystko łamie się na pół,
Ale kocham Cię, kocham, wciąż Cię kocham, kurwa.
I nie znam już innych słów, to jest zbyt trudne[1].

---

1. Pezet: *Spadam*. Album: *Muzyka emocjonalna*, 2009 r.

PROLOG

Patrzył w jej przerażone niebieskie tęczówki upstrzone brązowymi plamkami. Tylko on w tej rodzinie nie miał takich oczu. Wiedział, że ona się boi. On także się bał, ale w tej chwili musiał być odważny za oboje. Nie mógł okazać słabości, strachu, był jej teraz potrzebny i – jak zawsze – za nią odpowiedzialny. Złapał ją za rękę. Miała chłodną i lepką dłoń.

– Iga, hej, Iga! – Potrząsnął dziewczyną.

Zatrzymała na nim przerażony wzrok.

– Czego oni chcą? O co tutaj chodzi?

– Nie bój się, będę przy tobie, nic nam nie zrobią.

– Nie zostawiaj mnie! To musi być jakaś pomyłka. – Dzielnie powstrzymywała się od płaczu.

Kacper Borowski zamknął na chwilę oczy, westchnął i pokręcił głową.

– Nie, Igła, to nie jest pomyłka – nazwał ją przezwiskiem, jakiego tylko on używał, a ona mu na to pozwalała.

– Czego oni od nas chcą?

Złapał ją za nadgarstki i przyciągnął do siebie. Przestraszona wtuliła się w niego i miała dziwne poczucie, że w tej chwili nic jej nie grozi. A wtedy on powiedział cicho, wtulając twarz w jej włosy:

– Naszych ojców.

*

Patrzył na jej zdjęcia. Miał wrażenie, że zna każdy szczegół jej twarzy, każde załamanie światła, grymas, skrzywienie ust, kpiący czasami uśmiech. Obserwował ją od sześciu miesięcy, wiedział o niej wszystko. Uczyła się w liceum sportowym, pływała, wielokrotnie brała udział w zawodach pływackich. Miała brata, trzymała się blisko kuzynki i kuzyna. Słuchała cięższego brzmienia, czasami urywała się na koncerty, o których nie wiedział jej... ojciec. Tak. Była jego córką. JEGO córką. Olga Małgorzata Borowska.

– Już niedługo... – Uśmiechnął się i dotknął palcami ekranu MacBooka, na którym widniała jej twarz. Zrobił tę fotografię z oddali. Wychodziła z pływalni na Mickiewicza. Przechyliła głowę, do ucha wkładała słuchawkę podłączoną do telefonu. Słuchała muzyki. Jak zawsze. Taka naturalna. Taka piękna. Lubił patrzeć na to zdjęcie. I wyobrażał sobie... różne rzeczy. A szczególnie jedną. Moment, w którym ona się dowie, kim on naprawdę jest. I kim był jego ojciec. I dlaczego już nie ma go na tym świecie. O tak. To będzie naprawdę wspaniały widok. Widzieć, jak świat córki Lukasa rozsypuje się jak domek z kart... Dla tego momentu warto było poświęcić całe swoje dzieciństwo i wczesną młodość. Całe życie. Którego tak naprawdę... nigdy nie miał.

ROZDZIAŁ 1

Birdy *Young Blood*

Kacper kończył trening. Zrobił jeszcze kilka zamachów ramionami i przypłynął do brzegu. Dwanaście basenów, starczy, całkiem nieźle. Gdy wychodził, ociekając wodą, zauważył na galerii ciemnowłosą dziewczynę. Kiwnął do niej i gestem zapytał, co tu robi. Wskazała na niego palcem i roześmiała się. Pokręcił głową i pokazał jej dziesięć palców, dając sygnał, że za jakieś dziesięć minut będzie gotowy. Pod prysznicem zastanawiał się, czy ma wyjść, jak obiecał, czy przedłużać pobyt w przebieralni w nieskończoność. To akurat byłoby głupie, bo jak ją znał, w niczym by jej to nie przeszkodziło, gotowa jeszcze wbiec do męskiej łazienki i rzucić jakimś kompromitującym tekstem. Ostatnio była nieprzewidywalna, a tak na co dzień to wścibska, złośliwa, nieco szalona i irytująca. Idealne uosobienie młodszej siostry. Z tym że... ona nie była jego siostrą. Po wyjściu z łazienki udał się w kierunku swojej szafki. Kumpel z roku, Darek, już się ubierał.

– Kacper, niezły wynik! Super, chłopie! – zawołał i przybił mu piątkę.

– Dzięki.

– Twoja panna na ciebie czeka.

– Darek, ile razy mam ci mówić, że to nie jest moja dziewczyna. To... kuzynka.

– Ale chyba nie jesteście spokrewnieni?

– Odczep się. Idziesz dzisiaj do klubu? – Zmienił temat, bo jego przyjaciel często tworzył sobie dziwne historie, opowiadając je wszystkim wokół, a jedną z nich było to, że kiedy chciał się umówić z Igą, to Kacper skutecznie wybił mu to z głowy. Nie, nie zrobił mu nic złego, w końcu Darek był jego kolegą, ale poczynił mu taki wykład na temat tego, co może się z nim stać, kiedy ojciec Igi i jego brat, czyli ojciec Kacpra, dowiedzą się, że do dziewczyny przystawia się jakiś starszy facet, student AWF.

– Może pójdę. A ty będziesz?

– W sumie… – Kacper wzruszył ramionami – czemu nie?

– A czarnula będzie?

– Weź ty się lecz! – Przewrócił oczami i otworzył szafkę. Tam, z wnętrza, które mógł z tej pozycji dostrzec tylko on, patrzyła na niego ciemnowłosa dziewczyna z dwukolorowymi oczami i kpiącym uśmiechem. Narysował jej portret jakiś czas temu, korzystając ze zdjęcia na Facebooku, i teraz trzymał go w szafce, zdając sobie sprawę, że to trochę chore.

Gdy Darek wyszedł, obiecując, a może grożąc, że zadzwoni, Kacper pochylił głowę i westchnął ciężko. To się robiło coraz bardziej popieprzone. Iga Borowska była jego kuzynką, córką brata jego ojca. Wujek Krzysiek miał świra na punkcie swojej córki, tak jak i jego ojciec, Łukasz, na punkcie jego siostry, Olgi. A on, przysposobiony syn Łukasza Borowskiego, miał problem z panną czarnulą, jak ciągle nazywał ją Darek.

Wszystko zaczęło się po jej szesnastych urodzinach. Odwiedzała go na uczelni, przychodziła często oglądać wspólnie stary serial *Sons of Anarchy*. Gdy pokłóciła się z Kamilem, bratem, który był raptem dziesięć miesięcy od niej starszy i jakoś tak się stało, że chodzili do jednej klasy, to także przyjeżdżała do nich, na wrocławski Muchobór, i skarżyła się, że „nie wytrzyma z tym głupkiem" i „dlaczego musieli pójść do jednej klasy i tej samej szkoły".

Cała czwórka młodych Borowskich chodziła do liceum sportowego. Kacper oczywiście był najstarszy, miał dwadzieścia trzy lata i studiował na Akademii Wychowania Fizycznego. Ale też kończył to liceum, do którego chodziła teraz jego siostra Olga, a także Iga i Kamil. Cała trójka była już w klasie maturalnej i wszyscy byli ze sobą bardzo związani. Jak rodzina. Ale... on od jakiegoś czasu czuł się niezręcznie. Po pierwsze Iga miała takie poczucie humoru, które sprawiało, że ludzie po prostu nie potrafili się przy niej nie śmiać. Po drugie umiała w dowcipny, ale i uszczypliwy sposób utemperować największego nawet chojraka. Po trzecie lubiła te same seriale co on. Po czwarte słuchała, jak on, indie rocka, ale nie gardziła też mocniejszymi dźwiękami. A po piąte... była piękna.

Kacper ubrał się w pośpiechu, zamknął szafkę i postanowił powiedzieć jej, że nie może przychodzić do niego na uczelnię. Wystarczy, że od przyszłego tygodnia zaczyna praktyki u nich w szkole i będzie pewnie prowadził lekcje WF także z nią. Gdy wszedł do holu, Iga siedziała na ławce i słuchała muzyki przez słuchawki podłączone do telefonu. Gdy go ujrzała, jej twarz rozpromieniła się w uśmiechu. Zebrała swoje rzeczy, owinęła się długim kolorowym szalem, który zrobiła na drutach ich babcia, szarpnęła wielki wór, pełniący funkcję jej szkolnej torby, i ruszyła w jego kierunku.

– Ale prułeś – zagadnęła, kiedy podeszła blisko. Jej oczy błyszczały, a usta rozciągnęły się w uśmiechu.

– Co ty tutaj robisz?

– Przyjechałam zobaczyć, jak trenujesz. – Wzruszyła ramionami. – Poza tym byłam z Emilią w pasażu, więc z placu Grunwaldzkiego tutaj to rzut kamieniem.

– Nie wracam do domu, idę na imprezę z Darkiem – powiedział nagle, gdy wyszli na zewnątrz i podążyli w kierunku grafitowej hondy, którą dostał od ojca, gdy zaczął studiować.

– Aha... – Skrzywiła się, ale za chwilę znowu spojrzała na niego z radością. – Mogę iść z tobą? I tak z imprez wracasz zawsze przed północą, bo nigdy nie pijesz. Zadzwonię do mamy...

– Iga, opamiętaj się! – Usadził ją w miejscu. Jego ton nie wróżył nic dobrego. Gderał jak cholerny wujek, stary i zgrzybiały.

– Dobra, podwieź mnie na Grunwald – westchnęła. Jej uśmiech przygasł, a on poczuł się jak gnój.

– Zawiozę cię do domu. Nie będziesz podróżowała przez całe miasto po nocy.

– Nie mam dwóch lat.

– O ile pamiętam, jak miałaś lat sześć, to zgubiłaś się w Magnolii i ciotka Kaśka prawie dostała zawału, a twój i mój ojciec już wzywali policję wszystkich krajów. Więc nie mów mi, co mam robić, nie puszczę cię samej, skoro już tu jesteś.

W milczeniu wsiedli do samochodu, Kacper uruchomił silnik, za moment rozległy się dźwięki muzyki, którą oboje lubili. Iga schowała telefon wraz ze słuchawkami do kieszeni.

– Co to za impreza? – odezwała się wreszcie, gdy mijali Pasaż Grunwaldzki.

– Taka tam – wzruszył ramionami – zwykła studencka biba.

– A ta Penelopa będzie?

Kacper uśmiechnął się nieznacznie.

– Ona ma na imię Paloma.

– Ja pierdzielę, co za imię?

– Może jej starzy lubili kubizm.

– Raczej perfumy – burknęła.

– Czego ty od niej chcesz? – Nie powinien o to pytać, zamierzał wprowadzać dystans, ale teraz nade wszystko chciał usłyszeć, że nie lubiła jej dlatego, że tamta postawiła sobie za punkt honoru uczynienie z niego swojego faceta.

– Bo ma lepkie łapy. – Iga usiadła bokiem i oparła policzek o zagłówek. – Przepraszam, że przyjechałam. I że zawracam ci głowę. Ostatnio rzadko się pojawiasz…

 – Mam dużo nauki. Treningi – odparł bez przekonania.

– Wiem. Ale tęsknię za tobą.

Chciał odpowiedzieć tym samym, lecz się powstrzymał. Był starszy, rozważniejszy. Musiał myśleć za nich oboje. Zawsze tak było. Czasami czuł się tak, jakby miał trójkę nieznośnego rodzeństwa. Ale Iga była... chyba najbardziej nieznośna. Często mówiła takie rzeczy, że miał ochotę zamknąć jej usta... swoimi. I to go przerażało.

Gdy dojechali na Muchobór, było już ciemno, koniec października był w dodatku bardzo zimny, rankiem temperatura zbliżała się do zera. Aura nie miała w sobie nic z pięknej złotej jesieni. Nie w tym roku.

– Będziesz w niedzielę na obiedzie? Ostatnio nie przyjechałeś.

– Będę – odparł. Nie chciał robić jej większej przykrości. I tak był dla niej niemiły, widział żal w jej oczach.

– Wejdziesz ze mną?

– Nie, twoja mama zaraz będzie chciała mnie karmić – wytłumaczył się z uśmiechem.

– Ona tak ma, fakt. – Przewróciła oczami. – Poza tym śpieszysz się. Na imprezę – dodała, znacząco się w niego wpatrując.

– Tak.

– No to... cześć! – Otworzyła drzwi i wysiadła. Ociągała się, a on chciał, aby została. Lecz nie zrobił nic. Gdy zobaczył, że weszła przez bramkę na posesję, pokiwał ciotce, która odmachała mu, uśmiechając się szeroko.

Miał wspaniałą rodzinę. I wiedział, że nie może tego zepsuć. Jako dziecko przeżył wiele, nie pamiętał wszystkiego, ale wiedział, że jego matka była nękana i fizycznie, i psychicznie przez jego biologicznego ojca. Którego w ogóle nie pamiętał, ale nie zamierzał sobie nic przypominać. Dla niego ojcem był mąż mamy, Łukasz Borowski, który uratował ją i pewnie jego. Nie wiadomo, na kogo on sam by wyrósł, gdyby zamach, który zaplanował jego... tamten facet, się powiódł.

Gdy Kacper skończył szesnaście lat, mama wzięła go na poważną rozmowę. Opowiedziała wszystko, nie kryjąc nawet najbardziej drastycznych szczegółów. Oczywiście wcześniej wiedział, że Łukasz nie jest jego biologicznym ojcem, nawet przez pewien czas mówił do niego „wujku", potem kilka razy powiedział po imieniu, aż wreszcie, chyba w trzeciej klasie podstawówki, nazwał go tatą i tak zostało. Miał wspaniałego ojca, który zawsze potrafił wytłumaczyć mu, co jest dobre, co złe, jak wybrnąć z niektórych sytuacji. No i był dobry z matmy. I z niemieckiego. A co najważniejsze, uwielbiał mamę. A za to Kacper uwielbiał jego. Jak przez mgłę pamiętał płaczącą i przestraszoną matkę. Wtedy miał tylko pięć lat, więc w sumie nie wiedział do końca, czy to tylko wspomnienie, czy faktycznie jego mama kiedyś płakała. Ponieważ od tamtej pory... ona tylko się śmiała. Bo ojciec, jak nikt, potrafił ją rozbawić. On i Olga czuli się bezpiecznie, gdy słyszeli ten śmiech. Wiedzieli, że wówczas wszystko jest w porządku.

*

Gdy dotarł do domu, mama z ojcem oglądali film w salonie, Olga była u siebie, z jej pokoju dochodziły dźwięki zespołu Metallica, którego siostra była wielką fanką.

– Jak tam trening, synku? – Mama spojrzała na niego znad ramienia ojca.

– Dobrze.

– Słyszałem, że Iga była u ciebie – powiedział ojciec, wpatrując się w ekran.

– Tak, przyszła zobaczyć, jak pływam. A co, już wujek Krzysiek dzwonił?

– Nie, ciotka Kaśka. Chciała sprawdzić, czy dojechałeś szczęśliwie do domu.

– Nie jestem dzieckiem... – Kacper pokręcił głową i poszedł do otwartej na salon kuchni.

– Jak jesteś głodny, to w piekarniku są tosty, musisz tylko podgrzać. Albo zupa! – usłyszał głos mamy.

– Dobrze, poradzę sobie.

– Nie złość się, synu… – Tuż za nim zabrzmiał niski męski głos. Odwrócił się i popatrzył na stojącego przy kuchennej wyspie ojca. Był wysoki, wręcz potężny, wciąż utrzymywał wysportowaną sylwetkę, jedynie przyprószone siwizną włosy i zmarszczki wokół oczu wskazywały, że to dojrzały mężczyzna. Wytwarzał wokół siebie aurę zagrożenia przy obcych i dawał poczucie bezpieczeństwa bliskim. Zawsze tak było. Kacper w jego obecności czuł się bezpiecznie i to się nie zmieniło, mimo upływu czasu.

– Nie złoszczę się – chłopak włączył piekarnik, otworzył lodówkę i wyciągnął zimny sok pomarańczowy – tylko czasami jesteście bardzo… – szukał odpowiedniego słowa.

– Upierdliwi? – Łukasz uśmiechnął się lekko.

– Coś w ten deseń.

– Dobrze wiesz, czym to jest spowodowane.

– Nie uważasz, że należałoby reszcie bandy zdradzić coś więcej?

– Myślimy o tym. Z drugiej strony minęło już tyle czasu… Może nasze obawy są bezzasadne.

– Dlaczego tylko ja wiem o tym, co się wydarzyło?

– Bo jesteś najstarszy i najbardziej roztropny z nich wszystkich. I jesteś moim synem, musiałem ci powiedzieć. – Łukasz patrzył w oczy chłopaka. Widział w nich zaufanie i zrozumienie. – A wracając do Igi…

– Igła zawsze ma szalone pomysły. – Kacper szybko wszedł mu w słowo.

– Wujek Krzysiek martwi się o nią. Ostatnio chodzi bardzo smutna. Popłakuje w nocy. Wybadaj sytuację, z tobą jest najbliżej.

– Myślisz, że będzie chciała mi się zwierzać? – Pokręcił głową.

– Nie wiem, nie znam się na tym. Wystarczy, że mam dziecko ciemności w domu. – Wskazał na górę, skąd dochodziły ostre gitarowe dźwięki.

– Tato! Sam też słuchasz metalu! – Olga wpadła do kuchni, sięgnęła po jabłko i wgryzła się w nie, jakby od tego miało zależeć jej życie. Ubrana w czarne, obcisłe do niemożliwości dżinsy, czarną bluzkę z wizerunkiem Jamesa Hetfielda, z ciemnymi obwódkami wokół oczu i paznokciami w takim samym kolorze faktycznie wyglądała, jakby urwała się prosto z jakiejś piwnicy gotyckiego zamku. Długie ciemne włosy dopełniały obrazu. Olga była podobna do matki i do Kacpra, ale brązowe oczy odziedziczyła po ojcu, a niebieskie plamki na tęczówce po babci Borowskiej. Te dwukolorowe oczy miała cała trójka: Iga, Olga i Kamil.

– Słucham, słucham. Dobrze, że mieszkamy w domu, bo inaczej sąsiedzi mogliby nie być tak wyrozumiali. Masz też szczęście, że babcia cię kocha.

Matka Łukasza i Krzyśka mieszkała z tym pierwszym, była już wiekową staruszką, ale wciąż dobrze się trzymała i teraz była szczęśliwa, że ma wszystkie swoje dzieci i wnuki blisko.

– Co ty gadasz?! – parsknęła Olga. – Babcia wczoraj była u mnie w pokoju i słuchałyśmy *Nothing Else Matters*.

– Babcia jest zajebista – dodał Kacper. – Znaczy super.

Poprawił się, bo matka nie tolerowała takiego słownictwa. Ojciec był bardziej wyluzowany.

– Na nasze szczęście… – Łukasz pokiwał głową.

– Co robisz, duszku? – Olga popatrzyła na brata. Zawsze tak do niego się zwracała.

– Nic, miałem iść na imprezę, ale chyba już mi się nie chce.

– Z Darkiem-Smarkiem?

– Olka, przestań tak na niego mówić! – Kacper roześmiał się pod nosem.

– No co, nie ma go tu… – Olga wzruszyła ramionami. – Oglądamy coś?

– A co byś chciała?

– Może *Gladiatora*?

– Po raz setny? – Chłopak przewrócił oczami.

– Czemu nie?

– To chodź. U ciebie? W pokoju zła?

– Odwal się! – Wystawiła mu język, zgarnęła jabłka i poszła na górę. Kacper zaraz do niej dołączył. Gdy dochodził do pokoju siostry, zabrzęczała jego komórka. Myślał, że to kolejny SMS od Darka, który bombardował go wiadomościami i zachęcał do przyjścia na party. Ale był od Igi: *Dobrze się bawisz? Sorry, że przyjechałam i zawracałam ci głowę. To wszystko… No nic, baw się dobrze.*

Oparł się o ścianę w korytarzu i wziął głęboki wdech. Nie wiedział, naprawdę nie wiedział, co ma z tym zrobić. Ale wziął komórkę i odpisał. Po prostu musiał.

*

Łukasz patrzył na dzieci, które poszły na górę. Potem spojrzał na żonę. Otulona kocem piła herbatę i wpatrywała się w ekran. Zerknęła na niego i uśmiechnęła się. Cholera, po tylu latach, po wielu przeżyciach, wystarczył tylko jej uśmiech, aby poczuł się jak zakochany gówniarz. Ostatnio coś go męczyło, kilka dziwnych myśli krążyło mu po głowie, ale nie dzielił się nimi z nikim. Musiał najpierw sam dojrzeć i zrozumieć, o co właściwie chodziło.

– Łukasz, nad czym rozmyślasz?

O tak, jego Magda znała go bardzo dobrze.

– A tak, patrzę na ciebie.

– Jesteś nieznośny.

– Nic się nie zmieniło, kochanie… – powiedział, usiadł koło żony, objął ją i pocałował.

– Czy ty się kiedyś wyciszysz?

Dobrze wiedział, co miała na myśli. Minęło tyle lat, a on wciąż trwał w napięciu, wiecznie czujny, podejrzliwy i węszący. Tak już miał, nie mógł na to nic poradzić.

– Po śmierci – odparł i obdarzył ją tym swoim zawadiackim uśmiechem.

Teraz wiedziała, że to nie on się do niej uśmiecha, ale Lukas. *Alter ego* jej męża, którego podobny uśmiech skierowany do kogoś innego mógł oznaczać tylko kłopoty. Ale nie dla niej. Ona przy obu obliczach swojego faceta czuła się bezpiecznie i oba pokochała już dawno temu.

– Nie mów tak… – Wtuliła się w niego, ponieważ wiedziała, że to jest właśnie jej miejsce.

– Kocham cię, piękna – powiedział swoim zwyczajem, pocałował ją w czubek głowy i także zapatrzył się w ekran.

*

Iga wysłała do Kacpra SMS-a, sama nie wiedząc dlaczego. Wiedziała, co się z nią dzieje, męczyła się z tym od roku i nic nie mogła na to poradzić. To było jak jakieś cholerne objawienie. Po prostu obudziła się, poszła do szkoły, potem na trening, wieczorem spotkała się z Kacprem i wówczas… Spojrzała na niego i miała wrażenie, że unosi się w powietrzu. Głupie, jak z kioskowego harlequina, ale tak to się właśnie stało. Od tamtej pory męczyła się strasznie, najpierw próbowała zwiększyć dystans, ale on tego nie rozumiał, zawsze byli bardzo blisko. A potem, gdy pojął, co się dzieje… Sam zaczął się odsuwać. Ale widziała, dostrzegała w jego oczach coś, co pozwalało jej się domyślać, że to tylko pozory, że to nie jest prawda, że między nimi jest coś więcej. Co z tego, że był synem jej wujka, ale przecież przysposobionym. W żaden sposób nie byli ze sobą spokrewnieni. Gdy patrzyła na jego jasne włosy, niebieskie oczy, wysportowaną smukłą sylwetkę, szerokie, wyćwiczone od pływania ramiona... zaczynała świrować. Czasami zachowywała się jak nieznośna młodsza siostra, bo nie wiedziała, jak ma zwrócić jego uwagę i pokazać, że... że coś się dzieje. Ale on nie był głupi. Sam to dostrzegł, dlatego się odsuwał. A to bolało. Cholernie. Miała stracić przyjaciela? Bo tym właśnie do tej pory dla niej był. Kamil był bratem, ale Kacper dobrym kumplem. A teraz ona to wszystko psuła, poprzez głupie zakochanie. Tak, właśnie. Nazwijmy rzeczy po imieniu. Igo Borowska, czas spojrzeć prawdzie w oczy...

– Iga, co ty taka zamyślona ostatnio? – Mama wpatrywała się w nią uważnie.

Spojrzała na matkę. Zbliżała się do pięćdziesiątki, ale wciąż wyglądała świetnie. Wysoka, zachowała młodzieńczą sylwetkę, nosiła teraz boba, miała krótkie, ciemne włosy, nie musiała ich farbować, bo jak znalazła jakiś siwy włos, to ojciec przychodził, całował ją, nucił „ten pierwszy siwy włos na twojej skroni" i go wyrywał. A mama się śmiała. Przypominała ciotkę Magdę. Obie zdawały się mieć wspaniałe życie. W sumie, patrząc na ojca i wujka Łukasza, nic dziwnego. Bracia Borowscy byli ze sobą mocno związani, a tym samym wraz z żonami tworzyli swego rodzaju kokon, w którym wychowali się oni: Kacper, Olga, Iga i Kamil. A teraz ona, Iga, miała to wszystko zepsuć? Bo zdawała sobie sprawę, jak zareagowaliby rodzice na wieść, że... Nie, nie mogła o tym nawet myśleć.

– A tak, mam dużo nauki.

– Byłaś u wujka na korkach z matmy?

– Jasne.

– To dobrze. Widziałam, że przywiózł cię Kacper. Dzwoniłam już do cioci, żeby się dowiedzieć, czy dotarł.

– Ale wy się nad nami trzęsiecie. – Iga pokręciła głową. – To czasami strasznie męczące.

– Rodzice tak mają. – W głosie mamy pojawił się znajomy twardy ton i już wiedziała, że dalsze drążenie tematu nie ma większego sensu.

– Dojechał? – spytała po chwili.

– Kto? A, Kacper! No tak… – Katarzyna Borowska wpatrywała się w ekran laptopa. – Cholerna baba.

– Co się stało?

– Nic. Taka skomplikowana sprawa rozwodowa – powiedziała, po czym zamknęła komputer.

Rodzice od lat prowadzili kancelarię adwokacką, ale Iga wiedziała, że przed laty mama była prokuratorem, dopiero potem, gdy związała się z ojcem, przekwalifikowała się i od tamtego czasu pracowali razem.

Usłyszeli szczekanie psa, goldena retrievera Cezarka, a to był znak, że ojciec parkował na podjeździe. Po chwili do domu wszedł wysoki mężczyzna o jasnobrązowych włosach z lekkimi pasemkami siwizny na skroniach. Jego dwukolorowe oczy błyszczały młodzieńczym blaskiem. Rozebrał się, pozwolił psu na wielkie psie powitanie, po czym podszedł do żony i pocałował ją w usta.

– Oesssu, tato, witasz mamę tak jak Cezar ciebie! – Iga parsknęła śmiechem.

Krzysiek Borowski uśmiechnął się z pobłażaniem.

– Cicho, Igła. Jak matma?

– Nie mów do mnie Igła… – Dziewczyna zmarszczyła brwi.

– A, no tak, tylko Kacper ma na to pozwolenie, zapomniałem.

– Tato, jesteś! Super! Podwieziesz mnie? – Kamil zbiegł z góry. Był nieznacznie niższy od ojca, ale wyglądał dokładnie tak samo, jak on dwadzieścia lat wcześniej.

– Dopiero wszedłem, chłopaku.

– Zapomnieliśmy z Maćkiem o tym, że na jutro mamy przygotować prezentację z historii.

– Czy mamy kupić ci coś na pamięć? – Mama oparła podbródek na złożonych dłoniach. – Widzę, że się starzejesz, synu.

– Oj, mamo, wszystko przez ten ostatni mecz.

– Kamil... – Krzysiek popatrzył na syna, a w jego tonie pojawiło się to, co oboje, Kamil i Iga, dobrze znali.

– Wiem, dałem ciała – westchnął chłopak. – Ale zebraliśmy już wcześniej materiał, zajmie to nam godzinę, dosłownie.

– Dobrze, zawiozę cię. Ale w weekend sprzątasz garaż.

– Dlaczego... – zaczął, jednak zamilkł pod uważnym spojrzeniem ojca.

– Praca fizyczna dobrze ci zrobi i wpłynie na funkcjonowanie umysłu. W czasie układania rozrzuconych, zresztą głównie przez ciebie, rzeczy na półkach, porobisz sobie w głowie plan tego, co cię czeka w najbliższym czasie. A potem zapiszesz to na kartce i zawiesisz na biurkiem. Okej?

– Okej – odparł Kamil, głośno wypuszczając powietrze.

– Dobrze, ubieraj się, zawiozę cię do Maćka.

– A nie zjesz najpierw? – Kaśka spojrzała na męża.

– Jak wrócę.

Rozległ się dźwięk przychodzącego SMS-a, Iga odebrała wiadomość i na jej twarzy zagościł szeroki uśmiech.

– A ty co się szczerzysz? – parsknął Kamil.

– Miłego sprzątania garażu! – Iga wystawiła mu język i pobiegła na górę.

Krzysiek spojrzał na żonę.

– O tym też musimy porozmawiać – powiedział i wskazał schody prowadzące na górę, po których przed chwilą pobiegła ich córka.

– Wiem – odparła Kaśka, kiwając głową.

Na górze Iga puściła płytę Birdy i wpatrywała się w otrzymaną wiadomość. Kacper pisał: *Nigdzie nie poszedłem. I wiem. Wiem wszystko... Igła.*

*

Wcześniej…

Znowu nie mogłem spać. Musiałem wstać o czwartej nad ranem, Viktor zabierał mnie na poranne biegi, potem strzelnica, a po południu systema[1]*. Byłem taki zmęczony, ale nie mogłem zasnąć, zbyt wiele mnie męczyło. Obrazy przebijały się przez moją świadomość, nie dając chwili wytchnienia. Matka, ojciec, wuj. Chwile szczęśliwego dzieciństwa, które skończyło się, zanim tak naprawdę się zaczęło. Jak przez mgłę widziałem moją matkę, która przytulała mnie i całowała, a ojciec łapał ją wpół i unosił naszą dwójkę, jakbyśmy nic nie ważyli. A potem… taty już nie było, a mama zapomniała, że kiedykolwiek miała dziecko. I tak trafiłem do wuja. A on od początku uczył mnie tego, kim jestem, skąd się wywodzę, co jest moim przeznaczeniem, moim głównym celem. I teraz, mając czternaście lat… Cały czas to wiedziałem. Nawet na chwilę nie zapominałem. Teraz miałem wakacje, ale zamiast robić to, co powinien robić każdy normalny nastolatek, wróciłem do Moskwy i trenowałem. Moje życie to był jeden wielki sparing. No, ale ja nie byłem normalnym nastolatkiem i nie mogłem o tym zapomnieć nawet przez sekundę.*

---

1. Rosyjska sztuka walki.

ROZDZIAŁ 2

The Weeknd *Enemy*

Olga wiedziała, że ojciec będzie wściekły, że poszła na ten koncert. W klubie Od Zmierzchu do Świtu[2] grała hardrockowa kapela z Wrocławia, lubiła ich kawałki i koniecznie chciała zobaczyć wokalistę na żywo. Kiedy wcześniej wspomniała, że będzie taki koncert we Wrocku, ojciec spojrzał na nią przeciągle i powiedział:

– Z Kacprem możesz iść.

Biedny Kacper. Przez to, że był od nich wszystkich starszy, ciągle obarczano go odpowiedzialnością i narzucano opiekę. Ale Olga nie zamierzała iść tam z bratem. Miała już prawie osiemnaście lat (no, za jakieś dziesięć miesięcy), nie była głupią szczeniarą, umiała o siebie zadbać. Poza tym wystarczyło, że Kacper pilnował Igi. Hm. Tak, miała swoją wersję tego, co łączyło tych dwoje. I albo oni byli ślepi, albo wciąż udawali, że nic się między nimi nie dzieje. Zastanawiała się tylko, czy rodzice o tym wiedzą. Wiedziała, że to będzie niezła jazda, no ale… przecież nie działo się nic złego. Ona sama wyobrażała sobie często, jak to będzie, gdy pozna tego właściwego chłopaka. Do tej pory się nie zakochała. Były różne fascynacje, ale raczej na odległość, bo kochała się w sumie po kolei w wokalistach różnych zespołów, których słuchała. Ale było oczywiste, że to tylko takie platoniczne zauroczenie. Nic więcej.

Teraz skakała niedaleko małej klubowej sceny, a obok szalała jej przyjaciółka Roksana. Obie ubrały się podobnie,

---

2. Klub muzyczny przy ulicy Krupniczej we Wrocławiu. Niestety, w 2016 roku został zamknięty.

zresztą jak większość ludzi w klubie: na czarno. Z tym że Roksi była jasną blondynką. Ale styl miały identyczny.

– Idę po piwo! – krzyknęła do koleżanki, a ta kiwnęła głową, nie odwracając wzroku od sceny, na której wokalista chrypiał, że wszystko gnije.

Przepchnęła się przez szalejący tłum i podążyła w stronę baru. Skoro i tak miała dostać opierdziel od rodziców, to jedno piwo nie zaszkodzi. Właściwie drugie, bo wcześniej wypiły po Piaście, zakupionym w pobliskim sklepie. Stanęła w długiej kolejce do baru i z niecierpliwością stukała w blat, podrygując w rytm ciężkiej muzyki. Nagle poczuła uderzenie w bok, jakiś długowłosy miłośnik ostrego grania, ale także i picia, zatoczył się na nią, zwalając niemal całym ciałem i popychając tak, że boleśnie uderzyła biodrem w wysoki barowy stołek.

– Ała! – krzyknęła z bólu. Próbowała zepchnąć z siebie intruza, który złapał ją wpół i niemal przygniótł swoim chudym, ale długim ciałem.

– Sorryyyy – wybełkotał. – Ktoszzz mnie pchnąąął.

– Złaź ze mnie! – Odpychała go.

– Ładddddnie pachnieszzz…

Poczuła jego nos na swojej szyi.

– Spieprzaj!!! – krzyknęła. Chciała z całej siły popchnąć pijanego chłopaka, ale w tej samej chwili został chyba niemal oderwany od ziemi, bo zobaczyła szare podeszwy jego conversów.

– Wyprowadźcie pana, zmęczył się!

Usłyszała zachrypnięty głos. Dwóch rosłych ochroniarzy ujęło słaniającego się na nogach chłopaka i poprowadziło w stronę szatni.

– Wszystko gra, jesteś cała? – Ciemnowłosy mężczyzna pochylił się nad nią.

Musiała wyglądać co najmniej śmiesznie. Trzymająca się barowego stołka, z rozczochranymi włosami, spocona, z rozdziawioną buzią. Rozdziawioną, bo w życiu nie widziała takiego faceta. Wyglądał, jakby został żywcem wyjęty z jakiegoś sensacyjnego filmu o młodym, niezbyt grzecznym detektywie. Zawsze przychodziły jej do głowy takie dziwne porównania. Za dużo książek kryminalno-sensacyjnych czytała, co oczywiście czasami krytykował z humorem ojciec, mówiąc, że to bajki. Ale ona lubiła stare serie kryminalne, miała za sobą całą Camillę Läckberg, Daniela Silvę, Roberta Craisa i Johna Lutza. A jej wybawca… O tak, z powodzeniem mógłby zagrać rolę Joego Pike'a z powieści Craisa. Ponury, ciemnowłosy, z czarnymi oczami, wyglądał jak skrzyżowanie Antoniego Pawlickiego z Ianem Somerhalderem. Jak pieprzony król podziemia. Książę ciemności. Władca piekieł. Jak…

– Halo, dziewczyno, żyjesz? – Jego głęboki głos zawierał nutkę zniecierpliwienia.

– Co? Tak, żyję… – Zauważyła wyciągniętą w swoim kierunku dłoń, złapała ją i jednym szybkim ruchem została postawiona do pionu.

– Wszystko dobrze? Nic ci nie zrobił? – Nieznajomy wpatrywał się w nią ciemnymi oczami, a ona ponownie zapomniała o zamknięciu ust.

– Nie – odparła, zastanawiając się nad swoją idiotyczną reakcją.

– Jesteś tu z kimś?

– Z koleżanką. O tam! – Wskazała na przeciskającą się ku nim Roksanę.

– Jezu, gdzie zginęłaś?! Co się dzieje? – Przyjaciółka spojrzała na stojącego obok mężczyznę, zerknęła na Olgę i uniosła brew w geście niemego zapytania: „o co kaman?".

– Mała zadymka przy barze, nic takiego. Kolega… – Olga spojrzała na swego wybawcę. – Jak masz na imię? – zapytała, bo odzyskała już przytomność umysłu i swoją zwykłą werwę.

– Grzesiek – powiedział i uśmiechnął się kącikiem ust.

Teraz Roksi wpatrywała się w niego jak urzeczona. „No tak, władca ciemności z uśmiechem. Każdą dziewczynę by to pokonało" – stwierdziła Olga.

– No więc Grzesiek uwolnił mnie od natrętnego towarzysza i ofiary alkoholizmu.

– Dobra, to ja stanę po piwo, a ty pogadaj z kolegą – zaproponowała Roksi, a Olga poczuła solidnego kuksańca. Jednocześnie przyjaciółka lekko popchnęła ją w stronę faceta.

– Hm, no tak, to dzięki za pomoc – wydukała więc i uśmiechnęła się szeroko w jego kierunku.

– Jak masz na imię? – spytał, pochylając się nieco, aby lepiej go usłyszała w tym hałasie. A może dlatego, że chciał być bliżej niej. I fajnie, pachniał równie dobrze, jak wyglądał.

– Olga.

– Ola?

– Nie, Olga. Olga Małgorzata – dodała, wyciągając ku niemu rękę.

– Miło mi. Grzesiek Iwański. – Uścisnął jej dłoń, wpatrując się w nią wzrokiem, od którego po całym jej ciele przebiegł niepokojący dreszcz.

– Często tu bywasz? – zapytała, zachowując standardową formę podtrzymywania konwersacji.

– Nieczęsto. Kumpel z roku mnie wyciągnął. Ale w sumie się cieszę.

– A co studiujesz?

– Prawo. Piąty rok. A ty?

– Ja się jeszcze uczę. Klasa maturalna.

– Ale jesteś pełnoletnia? Bo wiesz, piwo… – Uśmiechnął się złośliwie.

– No raczej, a ty co, z policji?

– Nigdy w życiu. – Pokręcił głową. Ktoś go wołał, kiwnął, że zaraz wróci. – Słuchaj, muszę iść. Daj mi swój numer telefonu.

– Czy ja wiem… – Dobrze wiedziała, że tego właśnie chce, a z drugiej strony pamiętała ostrzeżenia ojca, żeby nie zawierała przypadkowych znajomości. No ale numer telefonu to przecież nic strasznego.

– No to ja dam ci swój. Jak będziesz miała ochotę, to zadzwonisz. Poza tym, chciałbym wiedzieć, czy udało ci się w całości dotrzeć do domu.

– Na pewno dotrę. Gorzej będzie w samym domu.

– A co? Nadopiekuńczy rodzice?

– Można to tak nazwać. Dobra, zapisz sobie.

Grzesiek wyjął telefon i zapisał numer, który podyktowała mu Olga. Po chwili zadzwonił do niej i w ten sposób ona także miała już numer do niego.

– Napisz mi SMS-a, gdy będziesz w domu, dobrze?

– Okej, okej.

– To do zobaczenia, Oleńka… – Pochylił się, gdy wypowiadał te słowa, a potem uśmiechnął się i podążył w stronę swojego towarzystwa.

– Wytrzyj usta, ślina ci kapie. – Dopiero złośliwa uwaga jej przyjaciółki sprawiła, że odzyskała jasność myślenia. Do końca koncertu nie potrafiła się skupić na muzyce, słyszała tylko jego zachrypnięty głos szepczący do niej „Oleńka".

*

– Zamorduję ją! – ryczał basem Łukasz, a Magda spokojnie rozmawiała przez komórkę. Gdy skończyła, spojrzała na męża.

– Rozmawiałam z nią. Jest na Dominikańskim. Czeka na tramwaj. Podjedziesz po nią do FAT-u?

– Może lepiej ty jedź. Obawiam się, że to mogłoby się źle skończyć.

– Łukasz, uspokój się. Źle zrobiła, ale nic się nie stało.

– A co, gdyby… – Wziął głęboki wdech. – Na szczęście nic się nie stało.

– Kochanie, nie możesz wiecznie tak się zachowywać. To, co złe, już za nami. Musisz to w końcu przyjąć do wiadomości i dać jej trochę więcej luzu.

– Mówiłem jej, żeby poszła z Kacprem. – Łukasz powoli zaczynał się uspokajać. Magda zawsze potrafiła ostudzić jego nazbyt gorącą głowę. Zwłaszcza jeśli chodziło o dzieci.

– Kacper nie jest niańką. Poza tym dzisiaj poszedł na mecz Kamila. Wszystko się ułożyło, nie martw się na zapas i nie przewiduj najgorszego.

– Taki już jestem. Dobra, pojadę po nią. Jest z Roksi?

– No tak, są razem, podwieźcie najpierw Roksanę.

– Jasne. To jadę.

Wsiadł do swojego ukochanego bmw, odpalił silnik, włączył muzykę. Naprawdę starał się żyć normalnie, ale wciąż i wciąż siedziało w nim to, co przeżył, i po prostu nie umiał… wyluzować. Wyrzucić wszelkich obaw i podejrzliwości z głowy. Od lat żył w ciągłej gotowości, zawsze mając na uwadze bezpieczeństwo rodziny. Wiedział, że Krzysiek funkcjonuje dokładnie tak samo. Magda nie miała pojęcia o comiesięcznych spotkaniach z Ratajczakiem, o sprawdzaniu starych kontaktów, o ciągłej komunikacji z Fazim i resztą chłopaków. Każdy miał swoje życie, ale każdy z nich wiedział, że jest coś, co może kogoś napędzać przez lata, utrzymywać w stanie hibernacji, aby wybuchnąć w odpowiednim momencie. Tym czymś było pragnienie zemsty.

*

Olga stała z przyjaciółką na przystanku, gdzie czekały na transport do domu. Na Muchobór jeździł stąd jeden autobus, było już późno i z reguły przyjeżdżał po nią brat lub ojciec. Dzisiaj miał przyjechać ten ostatni, wiedziała, że przy Roksanie nie będzie robił żadnych wyrzutów, ale przygotowana była na burzę w domu.

Ojciec rzadko podnosił głos, jednak czasami wybuchał, zwłaszcza kiedy któreś z nich zrobiło coś głupiego. Tak jak wtedy, gdy Iga zgubiła się w sklepie, co znała z opowieści, bo nieszczególnie to pamiętała. Albo wtedy, kiedy Kacper zaliczył pierwszą pijaną imprezę i ojciec przywiózł go z osiemnastki kumpla w stanie co najmniej dramatycznym. Nie chodziło o sam fakt upicia, chociaż za to też dostał niezłą reprymendę. Problem był w tym, że zasnął u kumpla w pokoju, nie odbierał telefonu, a reszta towarzystwa pojechała do rynku na dokończenie melanżu. Ani mama, ani ojciec nie mogli się dodzwonić do Kacpra, potem przyjechał wujek Krzysiek i jakiś ich wspólny kolega, który był chyba gliniarzem, ale w końcu udało im się dobudzić Kacpra, waląc w drzwi mieszkania solenizanta. Zrobiła się z tego niezła chryja i pamiętała, jak wtedy zachowywał się ojciec. Najpierw ciskał gromy, a potem wyciszył się, zadzwonił w kilka miejsc, rozmawiając dość dziwnie, i tak oto jej brat został znaleziony cały i zdrowy.

Niekiedy miała wrażenie, że tata był całkiem kim innym, jakby tę swoją drugą twarz umiejętnie ukrywał, ale czasami, wskutek okoliczności, jego drugie ja wychodziło na jaw. Tak jak teraz. Był spokojny, pożartował z Roksi, ale widziała w jego oczach, że czai się w nich jakieś szaleństwo. Gdy odwieźli koleżankę, Łukasz, zamiast pojechać do domu, zatrzymał się koło parku i zapatrzył na parking przed wejściem. Olga milczała, ale wiedziała, że coś się dzieje, że w głowie ojca szaleje huragan myśli.

– Sorry, naprawdę, ale po prostu chciałam pójść na ten koncert.

– Rozumiem. Ale musisz wiedzieć, że gdyby coś ci się stało, rozwaliłbym wszystko i wszystkich, a potem zginął z rąk twojej matki.

– Tato, to nie koniec świata.

– Posłuchaj. Jest kilka rzeczy, o których nie wiesz. Wiele wydarzyło się jeszcze przed twoim urodzeniem, a to, co się stało, było w dużej mierze moją winą. Obiecuję, że opowiemy ci wszystko, ale musisz nam zaufać i dać chwilę czasu. I nie oburzać się, nie buntować, kiedy dajemy ci pewne ograniczenia, bo to nie wynika z naszej złośliwości czy chorej zapobiegliwości, a raczej z doświadczenia i chęci ochrony ciebie. Także Kacpra, Igi i Kamila. Tak to działa, córeczko. – Łukasz wpatrywał się w oczy córki. Olga zmrużyła brwi i teraz jak nigdy przypominała jego samego. Zła, zbuntowana, pełna buzujących uczuć. Jego córeczka.

– Chodzi o byłego męża mamy? O to, że siedzi w więzieniu? – O tym wiedziała, Magda nie ukrywała przed dziećmi swojej przeszłości.

– Też. Ale to wszystko sięga dalej i ma bezpośredni związek ze mną. Po prostu zaufaj mi i mamie i nawet jeśli dzisiaj... – Łukasz potarł czoło i zmrużył oczy – jeśli dzisiaj chciałaś iść tam sama, to mogłaś nam powiedzieć. Nigdy nie rób nic samowolnie. Zero takich akcji, Olga. Okej?

– Dobrze – westchnęła. Nie lubiła, gdy ojciec się denerwował, miała z nim doskonały kontakt i wiedziała, że teraz już nie odpuści i będzie drążyć temat tego, co działo się wcześniej w rodzinie Borowskich.

Gdy weszła do domu, mama czekała na nią w drzwiach, pocałowała jak zawsze i już nic nie mówiła. Olga wymamrotała słowa przeprosin i poszła do swojego pokoju. Kacpra nie było, czego żałowała, bo zawsze mogła pogadać z bratem, kiedy działo się coś nieciekawego. Z tego wszystkiego zapomniała o dzisiejszym spotkaniu w klubie i o obietnicy, którą dała Grześkowi. Około północy obudził ją SMS. Był właśnie od niego.

Mam nadzieję, że dotarłaś szczęśliwie, ale za to, że nie dałaś znać, winna mi jesteś całusa.

Uśmiechnęła się i od razu zapomniała o nieprzyjemnych przeżyciach minionego dnia.

Jestem, jestem. Miałam wykład od ojca, ale wszystko dobrze. Co do mojego długu: kiedy?

Wiedziała, że zachowuje się bardzo dziwnie, jak nie ona, ale w tej chwili miała to gdzieś. Coś się budziło, coś się zaczynało, nigdy wcześniej nie czuła się w taki sposób – wesoła, rozluźniona i pełna oczekiwania.

Na odpowiedź nie czekała zbyt długo. *Jutro, 17, plac Solny?*

„A co mi tam" – pomyślała i wstukała odpowiedź: *Będę :-)*

I zasnęła, myśląc, że warto było narazić się na wykład ojca i na nerwówkę związaną z ryzykownym wyjściem. Niczego nie żałowała. Zastanawiała się tylko nad tym, co powiedział jej w samochodzie. Coś tam słyszała, coś znalazła w starych papierach ukrytych na strychu, wiedziała, że jej ojciec siedział w więzieniu. Zdawała sobie sprawę, że to czubek góry lodowej. Zachowawczość i ostrożność ojca i wujka nie wzięły się znikąd. Pewnie zadarli z kimś, z kim nie należało, zwłaszcza że wujek Krzysiek był adwokatem. Mógł przecież bronić nieciekawych ludzi. A ciotka Kaśka kiedyś pracowała jako prokurator, chyba brała udział w jakimś procesie mafii. Ale to było dawno, zanim oni wszyscy przyszli na świat. Nie rozmawiali na te tematy, bo i po co. Olga była na progu dorosłości, chciała iść na AWF, tak jak brat, chciała pojechać do Barcelony, Sewilli, zwiedzić Gibraltar. Chciała się zakochać, miała mnóstwo planów i marzeń. Ale w tej chwili chciała jak najszybciej przespać noc, by nazajutrz spotkać się z Grześkiem. I tyle.

*

Siedział w samochodzie z przyciemnionymi szybami i wpatrywał się w wyjście. Zaopatrzony został w aparat z teleobiektywem, więc nie ryzykował, że ktokolwiek mógłby go zobaczyć, a tymczasem miał doskonały widok na schody i zielone drzwi. Gdy zadzwonił dzwonek, którego słaby dźwięk dotarł i do niego, naszykował aparat. Po krótkiej chwili zobaczył ją. Szła w towarzystwie blondynki, a także ciemnowłosej dziewczyny, która miała taki sam kolorowy szalik, jak ona. W obu dziewczynach dostrzegł coś znajomego, jakby były siostrami. Po chwili dobiegł do nich wysoki chłopak z brązowymi włosami, wyglądający jak brat bliźniak pewnej osoby, którą miał na jednej z fotografii. Wiedział już wszystko. Zrobił serię zdjęć, schował aparat i ruszył. Wybrał numer na komórce i po kilku sygnałach, gdy usłyszał po drugiej stronie znajomy głos, powiedział:

– *Боровские. Они все*[3].

Wcześniej…

Dzisiaj byłem zaproszony na szesnaste urodziny koleżanki z klasy. Uczyłem się w liceum w Warszawie, mieszkałem z opiekunką, ale tak naprawdę pieczę nade mną sprawował wuj. On organizował mi każdy wolny czas. Mimo że został na przedmieściach Moskwy, to i tak zawsze wiedział, co robię, gdzie idę, z kim się zadaję. Miał pełen wgląd w moje wyniki w nauce, na tym punkcie też świrował. Prawie tak samo jak na punkcie broni czy zestawu noży. Który zresztą dostałem od niego na piętnaste urodziny i nauczyłem się perfekcyjnie z nim obchodzić. Kiedyś zapytałem, po co mi ta nauka, szkoła, polskie liceum, lekcje języka, skoro tak naprawdę mogę być na przykład płatnym zabójcą. Bo naprawdę byłem śmiertelną bronią. Dzięki treningom potrafiłem zabić gołymi rękami. Oczywiście teoretycznie, ponieważ nigdy nikogo nie zabiłem, choć potrafiłbym to zrobić. Przynajmniej fizycznie. Ale wuj odpowiedział:

– Twój umysł będzie twoją największą bronią.

---

3. *Боровские. Они все* (ros.) – Borowscy. Są wszyscy.

Tak więc trzymałem się tej myśli, ale czasami chciałem się po prostu zabawić. Jednak nie dotarłem na te urodziny. Przyjechał jakiś człowiek od pana Achmadowa i zabrał mnie na mecz bokserski. Potem odwiózł do domu i pilnował, abym nie wyszedł i nie poszedł jednak na tę imprezę. Nazajutrz usłyszałem, że nie mogę rozpraszać się pierdołami. No cóż… Więc się nie rozpraszałem.

ROZDZIAŁ 3

Portishead *Give Me a Reason to Love You*

Łukasz siedział w samochodzie zaparkowanym niedaleko Lasku Osobowickiego. Zawsze umawiał się tu z Ratajczakiem. To była ich niepisana umowa, że w razie gdyby coś miało się dziać, będą informować się na bieżąco, nawet gdy to będzie jakaś trefna informacja. Ale spotykali się też bez powodu, przyzwyczaili się obaj do tych rozmów i można było śmiało powiedzieć, że ci dwaj faceci się zaprzyjaźnili. Teraz Borowski obserwował czarną vectrę, która zatoczyła koło i zaparkowała tuż koło jego auta. Po chwili trzasnęły drzwi i inspektor Ratajczak założył kaptur na głowę i poszedł w stronę beemki.

– Siema! – Mirek Ratajczak usiadł koło Łukasza i podał mu rękę.

– Siema.

– Jaka zimnica, kurde, koniec października.

– No, zimno. Co tam, stary?

– A w sumie nic. Ale wiesz, że trzeba mieć na wszystko oko.

– No to mów. – Łukasz wpatrywał się w kumpla uważnie.

– Twoja córa była w klubie. Na koncercie.

– Wiem, poszła bez naszej wiedzy. I co?

– Moi ludzie też tam byli, bo mają taką akcję związaną z dragami.

– Nie mów mi, że… – Łukasz cały się spiął.

– Spoko, Lukas, nie podpalaj się. – Ratajczak pokręcił głową. – Wpadła im w oko przypadkiem. Oczywiście chłopaki mają foty waszej bandy. – Gliniarz na tyle znał rodzinę Borowskich, że wiedział, jak nazywano młode pokolenie.

– No i?

– Twoja córa poznała jakiegoś faceta. Wygląda na starszego. Był z grupką znajomych, to ludzie z prawa. Chyba student. Nie mogliśmy go wylegitymować, ale udało się zrobić marne zdjęcie. W każdym razie koleś był wysoki, ciemnowłosy, miał ciemny zarost, przystojniak, z tego, co mówiła Ewa z mojego zespołu. Młodzi chyba wymienili się telefonami.

– Myślisz, że powinienem się tym zająć? – Łukasz potarł w zamyśleniu brodę.

– Nie wiem, stary. Mówię ci tylko, bo wiem, jakiego masz świra na punkcie małej. I wiem, że nie chodzi tu o walniętego tatuśka.

– No raczej.

– No. Jakby co, to nie dowiedziałeś się ode mnie.

– Nigdy nie dowiaduję się od ciebie! – Łukasz parsknął śmiechem. – A tak poza tym? Cisza?

– Cisza.

– Mam nadzieję, że nie przed burzą.

– Za dużo czasu minęło, jakby coś miało być, to byłoby już.

– Wiesz, jak jest. Wolę dmuchać na zimne.

– Wiem, dlatego masz mnie.

– Manna z nieba.

– Oj, Lukas. Spadam, narka! – powiedział policjant i podał rękę, którą Borowski uścisnął. – Do następnej randki.

– Będę tęsknił.

Gdy Ratajczak odjechał, Łukasz także wrzucił jedynkę i patrząc na wejście do Lasku, pomyślał, że dobrze by było, aby skończyło się tylko na wymianie telefonów pomiędzy Olgą a tym panem prawnikiem. Po pierwsze, nie lubił prawników, może oprócz dwóch: swojego brata i bratowej, po drugie, nie lubił starszych prawników, którzy brali numer od jego córki, po trzecie, nie lubił przystojnych prawników, którzy mogli podobać się kobietom. Jadąc w stronę miasta, pomyślał, że kiedyś jego świat był prostszy w obsłudze. Wystarczyła przejażdżka do Lasku Osobowickiego w bagażniku jego auta, aby delikwentowi naprowadzić myśli na właściwą drogę. A teraz… był ojcem i musiał przecież zachowywać się normalnie. Co czasami było takie wkurzające…

*

Iga rozmawiała z Emilią, przyjaciółką i koleżanką z klasy. Była o rok młodsza od swoich kolegów, urodziła się niecały rok po bracie, ale już w następnym roku kalendarzowym. Jednak Kaśka i Krzysiek postanowili posłać córkę do szkoły razem z Kamilem i Olgą. Tak więc cała trójka chodziła razem, a Emi była najbliższą przyjaciółką Igi.

– No więc mój brachol powiedział, że możemy tam wejść. Pójdziemy z nim! – Emilia uśmiechnęła się szeroko.

– A co powiem rodzicom? Wiesz, że oni są strasznie przewrażliwieni.

– A nie możesz iść z Kacprem?

– Nie. – Głos Igi zabrzmiał jakoś twardo. Od czasu tamtego SMS-a nie widzieli się, nie pisali do siebie ani nie rozmawiali. Skoro on wiedział… tak jak napisał, a nie odezwał się, to mogło oznaczać tylko jedno. Iga miała swoją dumę, nie zamierzała się narzucać. Poza tym teraz ruch należał do niego.

– Powiesz, że jesteś u mnie i że mój brachol cię zawiezie.

– Nie wiem, czy to przejdzie.

– Daj spokój, nieraz u mnie nocowałaś.

– Jak byli twoi starzy… – Iga się skrzywiła.

– Nie kracz, powiedz rodzicom, że śpisz u mnie, i tyle, przecież nie dzwonią już do moich, jak to kiedyś bywało! – Emilia przewróciła oczami.

– No fakt. A ta impreza to w którym akademiku?

– W Kredce, na Grunwaldzie.

– Okej.

Po powrocie do domu Iga zakomunikowała mamie, że wieczorem jedzie do Emi, będą oglądać filmy i że wróci nazajutrz.

– No dobrze, a rodzice Emilii nie mają nic przeciwko? – Kaśka spojrzała z uwagą na córkę.

– Nie, nigdy nie mieli. – Iga wzruszyła ramionami. Nie lubiła okłamywać mamy, ale czasami musiała, zwłaszcza teraz, kiedy zabrakło jej „opiekuna". Dobrze, że ojca nie było przy tej rozmowie, bo on, dziwnym trafem, zawsze potrafił wyczuć, że coś kręci, i czuła się przy nim jak na przesłuchaniu.

Nie mogła doczekać się wieczora, liczyła na dobrą zabawę i na chwilę zapomnienia. Bo chciała po prostu przez moment nie myśleć o pewnym blondynie, który był w jej życiu od zawsze i stał się dla niej tym, kim nie powinien.

Gdy około dziewiętnastej dotarły do akademika w towarzystwie starszego brata Emilii Andrzeja, i jego dziewczyny, impreza trwała już w najlepsze. W dwóch pokojach zebrało się chyba z dwadzieścia osób, grała muzyka, czuć było zapach palonego zioła, na stołach stało piwo i wódka. Emi wyciągnęła swój zapas imprezowy w postaci piwa i ćwiartki wódki.

– Zrobimy sobie piwo z wkładką... – Uśmiechnęła się.

– Czy ja wiem, to chyba będzie siekiera – odpowiedziała bez przekonania Iga.

– No i o to chodzi. Będziemy mieć fazkę, a patrz, jaka oszczędność!

– No tak, to jest jakiś argument.

Dziewczyny sączyły mocny trunek, tańczyły, wzięły też kilka machów krążącego skręta. Iga poczuła, że opuszcza ją napięcie. Jedyne, o czym teraz myślała, to to, że bawiła się wyśmienicie i chciała potańczyć. Ruszyła w kierunku ludzi stłoczonych w drugim pokoju, który wyraźnie robił za parkiet. Było ciasno, ale wesoło. Po kilku odtańczonych kawałkach poczuła, że kręci się jej w głowie, postanowiła wyjść na korytarz, aby się przewietrzyć. A tam wpadła wprost na wchodzących na imprezę Kacpra i Darka, w towarzystwie dwóch dziewczyn. W jednej z nich Iga rozpoznała Palomę, koleżankę z roku Kacpra.

– Iga? – Borowski patrzył zupełnie zaskoczony.

– Cześć! – Iga uśmiechnęła się, przywitała się z Darkiem, jego towarzyszką i Palomą. Z tą ostatnio bardzo chłodno, zwłaszcza gdy dziewczyna wsunęła dłoń pod ramię Kacpra.

– Poczekajcie chwilę, zaraz dołączę! – rzucił w stronę swojego towarzystwa.

Iga zauważyła u wchodzącej do pokoju Palomy pobłażliwy uśmieszek.

– I z czego się cieszysz, Pamelo? – burknęła, lekko wstawiona.

Kacper pociągnął ją w głąb korytarza.

– I to jest ta twoja nocka u Emilii? Ona też tu jest? – Patrzył na dziewczynę lekko wkurzony.

– A ty co? Mój ojciec? Poza tym skąd wiesz, że miałam spać u niej? Kontrolujesz mnie, jak cała familia Borowskich?

– Nie odbierałaś komórki, więc zadzwoniłem do twojej mamy, powiedziała mi, że pojechałaś na noc do koleżanki. Nie kontroluję, po prostu... chciałem pogadać... – Wzruszył ramionami.

Iga zajrzała do przewieszonej przez ramię torebki, gdzie w kieszonce spoczywał jej telefon – faktycznie miała cztery nieodebrane połączenia. W tym hałasie ciężko było cokolwiek usłyszeć.

– I w związku z tym, że się do mnie nie dodzwoniłeś, postanowiłeś iść na imprezę z cycatą Pamelą?

– Przestań! – Zmrużył oczy, taksując ją wzrokiem. – Jarałaś coś?

– No i?

– Iga, wiesz, że nasi starzy tego nie tolerują.

– No i?

– Proszę... Odwiozę cię do domu.

– I wrócisz tu? – Oparła się o ścianę, uniosła głowę i patrzyła na niego wyzywająco. W obcisłej bluzce, wąskich dżinsach, z mocnym makijażem wyglądała całkiem inaczej. Po chwili z pobliskiego pokoju wyszedł podpity student, spojrzał na nią i uśmiechnął się szeroko:

– Hej, czarna, zatańczymy?

– Za chwilę – odparła z uśmiechem Iga.

– Spadaj – warknął Kacper.

Tamten chciał coś powiedzieć, ale wściekła Iga złapała go za rękę i pociągnęła do pokoju, gdzie odbywała się dyskoteka. Kacper został sam. Wziął kilka wdechów, aby się uspokoić, i ruszył za nimi. Obserwował, jak dziewczyna tańczy, jak tamten ją obejmuje, jak oboje pochylają się ku sobie. Poczuł, że zaraz zrobi komuś krzywdę. Nie widział rozbawionego wzroku Darka, nie zwracał uwagi na naburmuszoną Palomę, która chyba liczyła na to, że w końcu uda się im do siebie zbliżyć, a tymczasem... Obiekt jej westchnień wpatrywał się morderczym wzrokiem w dziewczynę, która chyba była jego kuzynką. Pojebane to!

Kacper wreszcie nie wytrzymał i gdy zaczął grać jakiś wolny kawałek, podszedł do objętej pary i powiedział do wysokiego chłopaka cicho, ale sugestywnie:

– Teraz moja kolej.

Tamten próbował oponować, ale Kacper spojrzał na niego tak, że studentowi odechciało się konfrontacji.

Tańczyli przez chwilę w milczeniu. Objął ją i przysunął do siebie. Czuł mocne bicie jej serca, czuł jej zapach, wiedział, że to wszystko nie tak, ale nic nie mógł na to poradzić. Przy niej... zawsze czuł się inaczej, jakby obawiał się własnych odczuć i reakcji. A teraz... miał to gdzieś, teraz chciał być z nią i czuć ją jak najbliżej. Gdy skończyła się piosenka, spojrzał na nią z góry.

– Odwiozę cię, okej?

– Co powiem mamie?

– Że byłem u Emilii, przecież znam jej brata, i zabrałaś się ze mną.

– Dobrze. Poczekaj, tylko poszukam jej i powiem, że jadę, żeby nie dostała zawału.

– Okej.

Gdy Iga poszła szukać koleżanki, Kacper podszedł do Darka i krzyknął mu do ucha.

– Stary, ja jadę.

– Dobra, dobra, widziałem.

– Nie, to nie tak.

– Nie moja sprawa. Ale lepiej powiedz Palomie, bo chyba jest na ciebie strasznie wkurwiona.

– Wiem, do jutra, na treningu.

– Do jutra.

Kacper odszukał dziewczynę, z którą tu przyjechał. Faktycznie była zła. Stała przy oknie, jasnowłosa, szczupła, sączyła drinka i patrzyła na niego z ponurym wyrazem twarzy.

– Sorry, muszę jechać. Powinienem odwieźć Igę do domu.

– Wiesz co, Kacper... – popatrzyła na niego złośliwie – po prostu chcesz. I uważam, że to trochę popieprzone. Ona jest twoją kuzynką. Ale nie moja sprawa, może w waszej rodzinie takie rzeczy są normą.

– Masz rację, to nie twoja sprawa. Trzymaj się! – Kacper odwrócił się i wyszedł na korytarz, zanim jeszcze bardziej wyprowadziła go z równowagi.

Tam stała już Iga, ubrana w płaszcz, zawijała wokół szyi kolorowy szalik. Spojrzał na nią i pomyślał, że jest tak cholernie piękna i tak bardzo siedzi mu w głowie, że to chyba bez sensu dłużej udawać, że jest inaczej. Westchnął, włożył kurtkę, wziął ją za rękę i pociągnął ku sobie.

– Pojedziemy w pewne miejsce.

– Teraz, w nocy?

– I co z tego? – Wzruszył ramionami. – I tak rodzice myślą, że śpisz u Emilki.

– Nie poznaję cię – odpowiedziała z uśmiechem.

– Aha, to jest nas dwoje. Chodź... – Objął ją, a ona ufnie wtuliła się w niego.

*

Krzysiek Borowski pracował do późna, miał teraz trudną sprawę o należność spadkową. Pewien dobrze sytuowany biznesmen, żeby nie powiedzieć gruba ryba w świecie finansów, przeniósł się na tamten świat. Zostawił kobietę, z którą żył przez ostatnich piętnaście lat. Ale nie miał z nią ślubu ani nie przepisał jej majątku czy jego części. Miał też byłą żonę, która była nią tylko przez trzy lata, i dwudziestoletniego syna z tego sformalizowanego związku. Konkubina została bez środków do życia. I to ona właśnie wystąpiła do sądu o część majątku, przynajmniej dlatego, że przez ostatnich piętnaście lat życia dzieliła z panem biznesmenem nie tylko łoże. Ale była mu wsparciem, prowadziła dom i w sumie poświęciła swoją karierę. Krzysiek zastanawiał się tylko, jak facet obracający milionami, zarządzający dużą grupą kapitałową, okazał się na tyle niefrasobliwy, że zapomniał zabezpieczyć ukochaną kobietę. Nawet miliarderzy umierają.

Spojrzał na zegarek, było przed dwudziestą. Uznał, że najwyższy czas wrócić do domu, Kaśka walczyła z jakimś trudnym rozwodem (była specjalistką od takich spraw), ale pojechała do domu już dużo wcześniej. Pewnie znowu zwróci mu uwagę, w ten swój łagodno-złośliwy sposób, że miał być na kolacji. Dbała o to, aby jedli kolację razem. Poczuł wyrzuty sumienia, spakował dokumenty, zamknął laptopa i czym prędzej udał się do wyjścia, starając się oczyścić umysł i nie myśleć o skomplikowanej sprawie.

W domu powitał go szalejący pies i smakowity zapach pieczeni. Dopiero teraz zorientował się, że jest głodny. Kaśka stała oparta o blat w kuchni, przyprawiała sałatkę i oglądała wiadomości w małym telewizorze zawieszonym w rogu kuchennej ściany.

– Kochanie, znowu się spóźniłeś. Na drugi raz dostaniesz zimny makaron. Albo zimnym makaronem – powiedziała spokojnie, wpatrując się na zmianę to w ekran, to w misę sałatki.

Krzysiek czym prędzej rozebrał się, umył ręce i pospieszył do żony. Objął ją i pocałował w policzek.

– Siedziałem nad sprawą Turczyńskiego.

– Wiem. Ale powinieneś pamiętać, że nie jesteśmy nieśmiertelni. Skoro taki tuz kopnął w kalendarz, to zdolny prawnik też może. Musisz o siebie dbać. Jesteś mi potrzebny.

Krzysiek odwrócił żonę tak, że teraz znalazła się pomiędzy jego ramionami, opartymi o kuchenny blat.

– Do czego, Katka? – Uśmiechnął się szeroko.

– Do wszystkiego – odparła i popatrzyła na niego poważnym wzrokiem.

– Kiedy kolacja? – dobiegł ich głos Kamila.

– Zaraz! – Kaśka uśmiechnęła się, pocałowała szybko męża w usta i wywinęła się z jego objęć.

Kamil przewrócił oczami, a Krzysiek się roześmiał.

– Ty mi tu, synu, nie rób min. Kiedyś też cię dopadnie i wówczas nie będziesz nawet wiedział, jak oddychać bez tej drugiej osoby.

– Jasne, tato. Ale teraz mam na głowie szkołę, treningi i imprezki z Maćkiem.

– I prawidłowo. Na wszystko przyjdzie pora.

– Chociaż, o ile wiem, to wy poznaliście się właśnie w ostatniej klasie liceum?

– Tak. Mama przeprowadziła się blisko babci i okazało się, że zaczęliśmy chodzić do jednej klasy.

– I co? Wtedy was trafiło? – Kamil patrzył na rodziców, którzy spoglądali na siebie z jakimś dziwnym wyrazem twarzy.

– Tak. Wtedy nas trafiło – odparła cicho Kaśka, nie spuszczając wzroku z męża. – Powiedz lepiej, jak poszedł ten projekt z historii – zmieniła temat, a Krzysiek, przechodząc koło niej, ścisnął lekko jej nadgarstek.

Tak było zawsze. Niewypowiedziane słowa, ukryte gesty, spojrzenia. To wszystko sprawiało, że rozumieli się bez słów. I wiedzieli, że są dla siebie całym światem.

*

Po kolacji Krzysiek zadzwonił do brata. Była pomiędzy nimi jakaś taka niepisana umowa, lubili wiedzieć, co słychać u siebie nawzajem, a tak naprawdę wynikało to z troski, nieustającej obawy i ciągłej potrzeby sprawdzania, czy wszystko gra.

– Siema, brat! – Łukasz odebrał po drugim sygnale.

– Spotykamy się w niedzielę?

– No tak, zrobimy obiad, jak zawsze.

– A co słychać?

– Nic, w sumie...

– No właśnie słyszę, dzieje się coś? – Krzysiek poczuł niepokój.

– Nie, nic. – Łukasz chyba gdzieś szedł.

– O co chodzi?

– Sam nie wiem. Czekaj, zamknę drzwi. – Do Krzyśka dobiegło ciche stuknięcie. – Gadałem z Ratajczakiem i powiedział mi, że Olga poznała jakiegoś chłopaka. Faceta właściwie.

– No i?

– No i nic, jakiś prawnik, przyszły prawnik.

– To chyba nie brzmi źle – powiedział Krzysiek i uśmiechnął się.

– Czy ja wiem. Może mógłbyś coś powęszyć?

– Ale jak znajdę jakiegoś studenta prawa, skoro nie wiem, jak gość się nazywa?

– No tak… – Łukasz westchnął strapiony. – No nic, zobaczę, co będzie dalej. To, że spotkała jakiegoś faceta na koncercie, na który zresztą nie pozwoliłem jej pójść, nic tak naprawdę nie znaczy.

– Olga poszła na koncert bez twojej wiedzy, bracie? – Młodszy Borowski parsknął śmiechem.

– No, ale zabawne.

– Prawda? Ta niesubordynacja, przypomina ci kogoś?

– Strasznie się ubawiłem.

– Właśnie słyszę. A co do małej, nie bądź przewrażliwionym tatuśkiem, wszystko gra, a dziewczyna wchodzi w ten wiek, że łatwo się zafascynować. Sam wiesz, jak jest.

– A Iga? Nie masz z tym problemu póki co?

– Chyba nie, chociaż ostatnio zachowuje się dziwnie. Chodzi zamyślona, smutna, czasami popłakuje. Nie wiem, mówiłem Kaśce, będzie z nią rozmawiać.

– Mówiłem o tym Kacprowi, ale jeśli to jakieś dziewczyńskie sprawy, nie sądzę, żeby mu się chciała zwierzyć.

– Też tak myślę… – Krzysiek westchnął. – Dobra, kończę. Widzimy się w niedzielę.

– Nara, braciszku.

– Trzymaj się.

Gdy wyłączył telefon, popatrzył na żonę, która właśnie weszła do sypialni. Mimo upływu lat i tego, co za nimi, co przeżyli, gdy na nią patrzył, wciąż przypominał sobie ten pierwszy raz, kiedy najechał na nią rowerem w parku. Już wtedy miał wrażenie, że ziemia usuwa mu się spod nóg. Wystarczył moment, chwila i był stracony. A potem, po wieloletnim koszmarze, gdy odzyskał ją na nowo i znowu niemal stracił, przez działania mafii i jego starszego brata… wiedział, że bez niej nie potrafiłby żyć. I teraz, po latach, gdy wszystko się wyciszyło, gdy toczyli normalne, spokojne życie, gdy ich dzieci dorastały w atmosferze miłości i bezpieczeństwa, zdawał sobie sprawę, że mimo tych wszystkich strasznych chwil, które przeżyli, było warto. Po prostu było warto doczekać tego momentu, kiedy ona wchodzi do sypialni ich wspólnego domu i patrzy na niego wzrokiem pełnym miłości.

*

Iga patrzyła na Kacpra, który zaparkował auto nieopodal Hali Stulecia. Zastanawiała się, dlaczego przywiózł ją właśnie tutaj, ale w sumie było jej to obojętne. Cieszyła się tylko, że są tu razem, że nie zawiózł jej od razu do domu, że zostawił wypacykowaną Palomę na imprezie. Bała się tylko, że powie jej zaraz, że to wszystko głupie nastoletnie zauroczenie, że ona musi wziąć się w garść, bo to jest bez sensu i bez przyszłości. Ale wysiadła z samochodu i poszła z nim w stronę Pergoli. Gdy zbliżali się do alejki, złapał ją za rękę i przyciągnął bliżej. Poczuła się cudownie i w tej chwili z jej głowy uleciały wszelkie złowrogie myśli, teraz była z nim, czuła ciepło jego ręki i pragnęła tylko, aby ją przytulił. Kacper poprowadził ją w stronę ławki, usiadł i pociągnął ku sobie.

– Czemu tu jesteśmy?

– Lubię to miejsce. Ojciec opowiedział mi o nim, kiedyś też lubił tutaj spędzać czas.

– Spotykał się tutaj z ciocią Magdą? Znaczy z twoją mamą?

– Nie. – Kacper odwrócił się i spojrzał jej w oczy. – Ojciec miał wcześniej dziewczynę. Małgorzatę. Bardzo się kochali, ona była sporo młodsza od niego.

– Małgorzatę? To dlatego… – Iga otworzyła szeroko oczy.

– Tak, dlatego Olga ma na drugie imię właśnie tak – dopowiedział, kiwając głową. – To była bardzo trudna miłość, w ogóle trudny czas…

– Dla kogo?

– Dla wszystkich – powiedział wymijająco. – W każdym razie odkąd mi o tym opowiedział, lubię tu przyjeżdżać. Rozmyślam, spaceruję, biegam, słucham muzyki. I zawsze planowałem, że także przywiozę tutaj kogoś, kto będzie dla mnie wiele znaczył. I tym kimś jesteś ty.

– Znaczę dla ciebie więcej niż przyjaciółka, kuzynka?

– Przyszywana kuzynka – doprecyzował. – Tak. Bałem się tego i wciąż boję, z oczywistych względów. Ale nie umiem dłużej się przed tym bronić.

– Co to znaczy? – Patrzyła na niego i bała się nawet poruszyć.

– To znaczy… – westchnął i popatrzył gdzieś nad jej głową. Za chwilę znowu utkwił w niej wzrok. – To znaczy, że nie mogę przestać o tobie myśleć. I wiem, że sprowadzę na nas kłopoty, ale nie mogę nic na to poradzić. Powinienem być odpowiedzialny, jestem starszy…

– Przestań – przerwała mu. – Oni robią z ciebie opiekuna nas wszystkich, co nie do końca rozumiem. Ale wiem jedno, jesteś młody, tak samo jak ja, i pragniesz czegoś od życia. A ja w tej chwili pragnę tylko ciebie. – Popatrzyła mu śmiało w oczy. Jego niebieskie tęczówki błyszczały, słyszała jego przyspieszony oddech.

– Nie mów tak – powiedział cicho.

– Będę – odparła pewnym głosem.

– Nie mów tak, bo trudno mi będzie nad sobą zapanować.

– I po co masz to robić?

– Iga…

– Opanowanie jest do bani. – Uśmiechnęła się.

Poczuła jego dłonie na swoich ramionach, przyciągnął ją do siebie. Poczuła jego ciepło, silny uścisk, zapach. Od tego wszystkiego zakręciło się jej w głowie. Boże, jak bardzo go kochała! Teraz dopiero zdała sobie sprawę. Jego palce musnęły jej policzek. Wpatrywał się w nią, jego wzrok spoczął na jej ustach. Drżała.

– Siedzisz mi w głowie, Igła. Katowałem się myślami o tobie, karałem za takie wyobrażenia, próbowałem tłumaczyć, że to bez sensu, że to niewłaściwe. Ale nie mogę z tym walczyć. Wybacz mi...

Zanim zdołała cokolwiek odpowiedzieć, jego usta dotknęły jej warg i już wiedział, że jest stracony. Należy do niej, a ona do niego. Choćby wbrew całemu światu. Całował ją intensywnie, głęboko, ona wtuliła się w niego, jej palce zacisnęły się na jego włosach, ciała napierały na siebie. Całował ją, bo była jedyną dziewczyną, której pragnął i która zapadła mu w serce, w duszę i myśli.

Wcześniej...

Kiedyś myślałem, że się zakochałem. Była rok młodsza, uczyłem się w klasie maturalnej, ona chodziła do technikum. Kilka razy spotkaliśmy się, pocałowałem ją, potem poszliśmy do kina. Zadzwoniła do mnie i powiedziała, że w weekend wyjeżdżają rodzice i że będzie miała mieszkanie do dyspozycji. Domyślałem się, że jest dziewicą. Sam przeżyłem swój pierwszy raz, gdy skończyłem trzynaście lat. Wuj zajął się tym, dając mi jedną ze swoich dziewczyn z Sołncewa. Było szybko i intensywnie, za każdym razem, gdy przyjeżdżałem do wuja, ta sama dziewczyna dbała o moje wygody. Ale teraz... to było inne. Takie czyste, takie prawdziwe. Jednak nie pojawiłem się w jej mieszkaniu, a potem ona nie chciała się już ze mną spotykać. Kolejna dziewczyna nie dla mnie. Tak, mogłem mieć tylko dziewczyny z Sołncewa, nie mogłem dopuścić do tego, aby zaangażować się emocjonalnie.

Musiałem być zawsze gotowy, mieć czysty, nieskalany niczym umysł, trwać w oczekiwaniu na właściwy moment.

– Nie zawracaj sobie głowy, Griszeńka.

No to nie zawracałem. Robiłem wszystko wedle z góry ustalonego wieloletniego planu. I czekałem. Na nią.

ROZDZIAŁ 4

David Usher *Black Black Heart*

Olga leżała w ubraniu na łóżku w swoim pokoju, słuchała muzyki i przypominała sobie każdy element minionego dnia. Zajęcia w szkole minęły jej jak sen, w którym, jak na sen przystało, nie do końca była świadoma tego, co dzieje się wokół niej. Nie zwierzyła się Roksanie, z kim umówiła się na popołudnie, bo wiedziała, że przyjaciółka nie dałaby jej spokoju, do niemożliwości drążyłaby temat, a nazajutrz zamęczała pytaniami. Olga, mimo czasami szalonych pomysłów, miała też w sobie pewną zachowawczość i wolała najpierw spotkać się z Grześkiem i zobaczyć, czy w ogóle warto było zaprzątać sobie tym, a raczej nim, głowę.

Po skończonych lekcjach pojechała do domu, zjadła obiad i zadzwoniła do mamy, informując ją, że jedzie do centrum na zakupy, bo koleżanki wyciągnęły ją na mały shopping. Mama od lat prowadziła dwa zakłady fotograficzne, miała też agencję i bank twarzy, zatrudniała około dziesięciu osób. Ojciec był w swoim sklepie, ponad dziesięć lat temu otworzył pierwszy sklep muzyczny, teraz, oprócz Wrocławia, jego firma działała także w Warszawie i Gdańsku. Olga wiedziała, że kiedyś grał na saksofonie, pewnego razu znalazła stare zdjęcia schowane przez babcię w pudłach na strychu. Nosił przydługie włosy, skórzaną kurtkę i grał w jakimś zespole. Wyglądał na niegrzecznego łobuza z sąsiedztwa. Oprócz prowadzenia sieci sklepów muzycznych ojciec ufundował także stypendium muzyczne dla młodych zdolnych twórców. Wiedziała, że jej rodzice są dobrze sytuowani i w sumie cieszyła się, że potrafią dzielić się swoim majątkiem i pomagać innym. Tak jak ciocia Kaśka, która od lat łożyła na schronisko dla zwierząt i brała udział we wszelkich akcjach charytatywnych. W ich rodzinie wszyscy kochali zwierzęta, u nich w domu mieszkały cztery koty, które były zaprzyjaźnione z psem wujka Krzyśka, Cezarem, no i oczywiście z ich psem – Dragonem.

Teraz szła z Galerii Dominikańskiej w stronę placu Solnego, zastanawiając się, czy Grzesiek faktycznie przyjdzie na to spotkanie. Oczywiście, poczułaby zawód, a właściwie rozczarowanie, ale szat by nie darła. To jeszcze nie ten etap. Gdy dotarła na Solny, naprzeciwko budynku Starej Giełdy dostrzegła wysoką sylwetkę ciemnowłosego faceta. Ubrany w czarną kurtkę, dżinsy, wysokie skórzane buty, słuchał muzyki i wyraźnie podśpiewywał sobie pod nosem. Gdy ją dostrzegł, wyciągnął słuchawki z uszu i schował je do kieszeni. Ruszył w jej kierunku, nie spuszczając z niej ciemnych oczu. Właściwie czarnych. Nie uśmiechał się, tylko wpatrywał w nią tak intensywnie, że poczuła się co najmniej niepewnie.

– Cześć – powiedziała z lekkim uśmiechem.

– Cześć.

– Gdzie idziemy?

– Zrobiłem rezerwację w Piramidzie. Ale za godzinę, teraz możemy się przejść.

Nie ukryła zaskoczenia, ale i zadowolenia.

– Dobrze, to może… Ostrów Tumski? – zaproponowała.

– Z chęcią.

Ruszyli w kierunku Nowego Targu, szli powoli, Olga zerkała na swojego towarzysza, był naprawdę cholernie, zjawiskowo wręcz przystojny.

– A więc uczysz się w liceum. Ogólniak? – spytał, gdy mijali Ratusz.

– Liceum sportowe.

– Ach tak, a co konkretnie trenujesz?

– Koszykówkę. Ale głównym kierunkiem jest pływanie.

Zmierzył ją wzrokiem i się uśmiechnął.

– No, jak na koszykarkę, to niewysoka jesteś.

– Nie bardzo, metr siedemdziesiąt sześć. Ale dobrze gram.

– W to nie wątpię, chciałbym kiedyś zobaczyć cię w akcji.

– Dam znać, kiedy będzie mecz. – Złapała się na tym, że za bardzo jej zależy, aby on przyszedł na rozgrywki.

– Czyli w tym roku matura?

– No tak.

– I co potem? AWF?

– Chyba tak. To u nas rodzinne.

– Tak?

– Mój brat tam studiuje. Wychowanie fizyczne, trenuje też pływanie.

– Wysportowana familia.

– A ty co robisz, oprócz studiowana prawa? – Olga spojrzała na chłopaka.

– Niewiele mam czasu na cokolwiek innego. Jestem na piątym roku, szykuję się do egzaminów na aplikację.

– Mój wujek jest prawnikiem, ciocia też, prowadzą kancelarię.

– No widzisz, mamy coś wspólnego.

Powoli doszli do mostu Tumskiego, zwanego mostem Zakochanych, i podążyli urokliwą wąską uliczką wyłożoną kocimi łbami, która prowadziła wprost do katedry.

– Jesteś stąd? Z Wrocławia? – spytała Olga, gdy mijali imponujące zabudowania kurii wrocławskiej.

– W sumie nie. Urodziłem się w Białymstoku. A od pięciu lat mieszkam tutaj. Na początku pomieszkiwałem w akademiku, od roku wynajmuję kawalerkę.

– Rozumiem. Zapytałam, bo mówisz z lekkim… takim zaśpiewem.

– Zaśpiew wschodni – powiedział i uśmiechnął się. – To prawda, wszyscy tam tak mówimy. Ale tak naprawdę tego nie słyszymy.

– No tak. Ja mieszkam we Wrocku od urodzenia. I chyba tu zostanę, kocham to miasto.

– Też bym chciał tu zostać, ale nie wiem, gdzie mnie los rzuci. Póki co, mieszkam tu i się uczę. Pracuję w kancelarii, trochę zarabiam, ale też zbieram doświadczenie.

– Często jeździsz do domu? Tam, do Białegostoku?

– Nie tak często, jak powinienem. – Grzesiek spojrzał na zegarek. – Lećmy, zaraz szósta, stolik na nas czeka. – Złapał Olgę za rękę i pociągnął ku sobie. Gdy doszli na Wita Stwosza, dopiero tam puścił jej dłoń, aby otworzyć przed nią drzwi do restauracji.

Gdy złożyli zamówienie, rozmawiali na swobodne tematy, okazało się, że Grzesiek także lubi cięższe brzmienie i Metallicę.

– Byłem na ich koncercie jubileuszowym w Chorzowie. Działo się... – Uśmiechnął się na wspomnienie szalonego występu Hetfielda, jego ekipy i innych wykonawców, którzy grali ich numery.

– Jakoś nie wyobrażam sobie ciebie skaczącego w rytm *One* albo *Enter Sandman*.

– Coś słabo z twoją wyobraźnią, Oleńka.

– Czemu tak się do mnie zwracasz?

– Bo tak mi pasuje. Poza tym Olga brzmi strasznie poważnie. Wyglądasz mi na Oleńkę.

W odpowiedzi tylko przewróciła oczami, ale tak naprawdę bardzo podobało się jej to, jak ją nazywał. Gdy na stół wjechały parujące talerze, zajęli się jedzeniem, potem Grzesiek zamówił jeszcze po piwie.

– Na pewno masz skończoną osiemnastkę?

– Zawsze jesteś taki praworządny?

– Z reguły.

– Dopiero skończę. Poszłam, wraz z moją kuzynką Igą, rok wcześniej do szkoły. Nasi rodzice chcieli, aby banda Borowskich uczyła się razem, poza tym zdolne jesteśmy.

– Banda Borowskich? – zapytał, unosząc brew.

– Jestem ja, mój brat Kacper, moja kuzynka Iga i jej brat Kamil. Mój brat jest najstarszy, studiuje, mówiłam ci. A cała nasza trójka chodzi do tego samego liceum. I nasi starzy, a także mój brachol, nazywają nas bandą.

– Fajną masz rodzinę – powiedział, a w jego głosie pojawiło się coś, co Olga mogła zdefiniować jako smutek.

– Fajną. Mój ojciec i wujek to bracia, są bardzo ze sobą związani.

– To dobrze. Rodzina to podstawa. A co do twojego małego kłamstwa, skończy się na jednym piwie. Jestem od ciebie osiem lat starszy, nie chciałbym mieć kłopotów.

– Daj spokój z tą matematyką. Powiedz lepiej, dlaczego się ze mną umówiłeś? – wypaliła i wpatrywała się wprost w jego twarz.

– Ale jesteś bezpośrednia.

– Po tacie! – Błysnęła zębami w szerokim uśmiechu. Jakiś cień przebiegł przez twarz Grześka, a może to była tylko gra cieni, rzucanych przez migoczącą na stoliku świecę?

– Byłem ciekawy. I masz ładne oczy. Powiem ci coś... – Pochylił się, jakby chciał zdradzić jakiś sekret. Olga także się pochyliła. – Cała jesteś ładna. I masz dobry gust muzyczny.

– O tym dowiedziałeś się dzisiaj.

– Wcale nie. Zapomniałaś, na jakim koncercie się spotkaliśmy – powiedział i uśmiechnął się nieznacznie.

– No dobrze. Jakoś wybrnąłeś.

– W końcu jestem prawie prawnikiem.

Powoli zbierali się do wyjścia. Olga chciała pożegnać się na ulicy, przed restauracją, ale Grzesiek miał inne zdanie na ten temat.

– Gdzie mieszkasz? – spytał, wpatrując się w nią uporczywie.
– Na Muchoborze.
– Kawał drogi, odwiozę cię.
– A ty gdzie mieszkasz?
– W Śródmieściu.
– To bez sensu, żebyś jechał ze mną na koniec miasta, kiedy mieszkasz o rzut kamieniem.
– Jest ciemno, nie puszczę cię samej.
– Zawsze tak wracam, z treningów, ze szkoły... – Wzruszyła ramionami. Może nie do końca była to prawda, bo z reguły zabierał ją brat, ewentualnie ojciec albo mama. Zawsze jakoś uzgadniali transport.
– To co, dzisiaj jesteś ze mną. Pojedziemy taksówką, a ja sobie wrócę autobusem.
– Ale...
– Przestań, Oleńka, bo pomyślę, że moje towarzystwo cię męczy – powiedział i uśmiechnął się przekornie.
– No co ty! – oburzyła się, chyba nazbyt mocno. – Nie chcę, abyś potem musiał tyle jechać.
– A ja chciałbym jeszcze z tobą chwilę być – odpowiedział prostolinijnie, a jej zrobiło się ciepło, a właściwie gorąco, gdzieś w okolicy serca.
– Dobrze. Ja... też chcę jeszcze z tobą pobyć – dodała, jak na nią, to bardzo nieśmiało.

Roześmiał się, objął ją ramieniem i przyciągnął do siebie. Ruszyli w stronę Solnego, a Grzesiek po drodze zamówił przez telefon taksówkę. Idąc koło niego, czując obejmujące ją ramię, pomyślała, że to był wspaniały wieczór i że teraz czeka ją bezsenna noc, bo nigdy wcześniej nie czuła takiej fascynacji i przyśpieszonego bicia serca jak teraz – do chłopaka o czasami ponurym spojrzeniu.

*

Oleg Achmadow wpatrywał się w ekran telewizora. Oglądał jeden ze swoich ulubionych filmów sensacyjnych. Drugą część *Brata*. Uważał, że całkiem nieźle pokazali w nim drogę młodego, inteligentnego chłopaka do zostania płatnym zabójcą na usługach wierchuszki. Nie żeby nie miał się do czego przyczepić, ale w zalewie zachodnich badziewi ten film naprawdę pokazywał realia. No i miał świetną ścieżkę muzyczną. Szkoda tylko, że główny aktor, Siergiej Bodrow, już nie żył. Zginął na planie kolejnego filmu, przysypany lawiną. Co za niefart. Prawie tak samo jak syn Bruce'a Lee – Brandon – który też zginął na planie, lecz od kuli. Oleg miał swój pogląd akurat na tę sprawę. Ktoś po prostu miał zlecenie na młodego i wykorzystał plan zdjęciowy. Czysta robota.

Gdy wszedł jego zaufany człowiek, który pretendował do bycia prawą ręką, z żalem wyłączył film i spojrzał na Viktora.

– Dzwonił Grisza.

– Wiem, rozmawiałem z nim wczoraj. – Oleg nalał stolicznej mniej więcej do połowy szklanki i jednym ruchem wlał ją sobie do gardła. W gabinecie, bo tak lubił nazywać swój pokój, w którym spotykał się z ludźmi, oglądał filmy i posuwał panny, było gorąco jak w saunie. Oleg siedział w samych spodniach, jego ciało pokrywały liczne tatuaże. Na lewym ramieniu widać było napis KOT, co oznaczało więźnia z długim wyrokiem, na piersi widniała postać Maryi z Dzieciątkiem, co dla wszystkich zaznajomionych z symboliką oznaczało, że od najmłodszych lat działa w grupie przestępczej, natomiast od dekady z dumą nosił na prawym ramieniu tatuaż przedstawiający kota w butach. To oznaczało, że Oleg Achmadow jest worem w zakonie, czyli szefem mafii, i należy mu się odpowiedni szacunek.

Poza tym jego przedramię zdobiły jeszcze pomniejsze tatuaże, a także jeden, który też był niezwykle ważny: okrąg zamalowany z lewej strony na czarno, a z prawej pozostawiony pusty. To było dla wszystkim jasnym przekazem: ma przyjaciół wśród innych worów i w razie czego może liczyć na ich pomoc.

– Przesłał nam zdjęcia, sprawdzałeś mejla? – Viktor także nalał sobie wódki.

– Jeszcze nie, zaraz zobaczę. Ma ich wszystkich?

– Tak, szczęśliwie chodzą do jednej szkoły, cała trójka.

– *Ой, дети*! – Achmadow zaśmiał się głośno. – *Будет весело*[4].

– No będzie, będzie. A co z najstarszym?

– To nie nasza sprawa. On jest Adamowicz. Taka była umowa.

– Jasne, szefie.

– A Griszeńka dobrze sobie radzi? – Oleg sięgnął po wędzoną rybę i wsadził do ust pokaźny kawałek, razem z ośćmi.

– Jasne. Zuch chłopak.

– No, w końcu moja krew! Ty widziałeś film *Brat*?

– Chyba nie.

– No to polej. I oglądamy.

Oleg włączył od początku, mógł ten film katować aż do znudzenia, a i tak by mu się nie znudził. Jeśli zaś chodzi o to, co działo się setki kilometrów na zachód od Moskwy... Było dobrze, świetnie przygotował Griszeńkę. Mógł być tylko dumny. I był.

*

Magdalena czekała na klienta, spóźnionego, należałoby dodać. Robili dla niego sesję zdjęciową bielizny damskiej, klient

4. *Ой, дети! Будет весело!* (ros.) – Oj, dzieci. Będzie zabawa.

był przedstawicielem włoskiej firmy w Polsce, miał sporo kasy i duże wymagania. Po wielu perturbacjach udało się dobrać odpowiednią modelkę, która pomyślnie przeszła próbne zdjęcia i teraz była po pierwszej sesji. Pan Janusz Polański miał być pół godziny temu, aby zobaczyć efekty i ewentualnie zgłosić jeszcze jakieś swoje uwagi bądź życzenia. Magda puściła asystentkę do domu, nie było sensu, aby we dwie czekały na niesłownego klienta. Wysłała też wiadomość do męża, który miał jakieś spotkanie, że będzie później i wróci taksówką. Z reguły on ją odbierał, często też jeździła komunikacją miejską, wyjmowała czytnik, na którym miała kilkadziesiąt książek, i czytała. Łukasz tolerował jej dziwactwa i twierdził, że nawet są seksowne.

Wreszcie spóźnialski dotarł do biura, umiejscowionego w nowym wieżowcu na placu Bema. Obejrzał z zainteresowaniem fotografie, uprzednio przepraszając za spóźnienie chyba z dziesięć razy. Umówili się, że fotograf Magdy wykona teraz resztę zdjęć i potem, po wstępnej selekcji, zostaną one przedstawione właścicielowi. Gdy dograli szczegóły, Magda podała kontrahentowi rękę i podziękowała za udaną współpracę.

– Może da się pani zaprosić na kolację? Za to spóźnienie i za wszystko. Za pani profesjonalizm... – Mężczyzna przytrzymywał jej dłoń nieco dłużej, niż wypadało w takiej sytuacji.

– Może innym razem. Jest już późno...

– Wiem, pani Magdo. – Polański uśmiechnął się i nie spuszczał z niej wzroku. Nie potrafił, była naprawdę atrakcyjną blondynką. – Nasza firma ma cudowny ośrodek nad morzem. Byłbym szczęśliwy, gdyby zechciała pani tam pojechać. Doskonałe miejsce na odpoczynek.

– Może kiedyś, jak będziemy z mężem planować urlop... – Próbowała wyrwać rękę, bo cała sytuacja zaczęła ją drażnić. Mężczyzna przytrzymał jej dłoń i chciał pocałować, w tym samym momencie trzasnęły drzwi wejściowe.

W holu stał prawie dwumetrowy, potężny facet w ciemnych dżinsach, wysokich wojskowych butach i czarnej skórzanej kurtce. Miał ciemne włosy i brązowe oczy, które teraz wpatrywały się w stojącego nieopodal Polańskiego.

– Jesteś gotowa, kochanie?

Polański automatycznie puścił dłoń Magdy, która teraz miała taką minę, jakby zamierzała wybuchnąć śmiechem, ale ostatkiem woli powstrzymywała się od tego.

– Tak, tak. Już miałam wychodzić. – Spojrzała na klienta, który teraz uporczywie unikał jej wzroku. – Gdy tylko będziemy mieć gotowe zdjęcia, odezwiemy się.

– Jasne, dziękuję – wymamrotał i ruszył w stronę wyjścia.

Stał tam Łukasz Borowski. Wypełniał sobą całą przestrzeń, nie zostawiając zbyt wiele przejścia dla wyraźnie przerażonego natręta.

– Dobranoc – powiedział cicho Polański i przecisnął się obok mężczyzny, który przewyższał go o głowę. Gdy wyszedł, Łukasz napotkał karcący wzrok żony.

– Kochanie, nie patrz tak. Pan „przepraszam, chciałem przejść" ma szczęście, że jest twoim klientem. Inaczej na placu Bema byłoby kolejne ciekawe widowisko. A uwierz mi, piękna, nie takie rzeczy ta miejscówka widziała! – Lukas był w swoim żywiole.

– Wiesz, że nie lubię, gdy tak mówisz. – Magda pokręciła głową. – A panu Polańskiemu coś się wydawało. Gwarantuję, że po dzisiejszym spotkaniu z tobą przez myśl mu nie przejdzie, aby robić w moją stronę jakieś podchody.

– Byłby samobójcą, gdyby sądził inaczej. – Łukasz podszedł do żony, objął ją i przyciągnął do siebie.

– Co tu robisz, tak w ogóle? Oprócz tego, że straszysz klientów.

– Nie straszyłbym, gdyby nie ślinili się do mojej pięknej… – Pochylił się i zagarnął jej usta swoimi. – Powiedz, Magda, jak ty to robisz?

– Co? – Wpatrywała się w niego, miała przyspieszony oddech i lekko otwarte usta. Czy już zawsze tak będzie? Przecież to… dziwne. Po tylu latach, a ona wciąż tak na niego reagowała.

– Że przy tobie mi odbija i budzi się ten drugi. Wiesz, kogo mam na myśli – mruknął i pocałował żonę już wcale nie niewinnie. Gdy w końcu ją puścił, miała zaczerwienione policzki i rozczochrane włosy.

– Ja? Ja nie robię nic. – Wzruszyła ramionami i poprawiła sukienkę. – Jedźmy do domu, bo ktoś zaraz zawoła policję, że jakieś sekscesy się tu dzieją.

– Policja mi niestraszna! – Łukasz wyprostował się i wyciągnął rękę. – Chodź, piękna. Zabiorę cię do domu. Mam palącą potrzebę bycia z tobą sam na sam.

Magda roześmiała się, wsunęła swoją dłoń w jego i poszła w stronę wyjścia. I po raz kolejny wiedziała, że on był jej cudem. Jej osobistym cudem, dzięki któremu w ogóle żyła i teraz każdy dzień przynosił jej coś wspaniałego. Począwszy od rodziny, dzieci, a skończywszy na takich właśnie momentach. W których wiedziała, że jest całym jego światem.

Wcześniej…

Patrzyłem w oczy matki, ale zdawałem sobie sprawę, że mnie nie widzi. A przecież w ułamkach wspomnień pamiętałem, że umiała zawsze mnie rozbawić, tak pięknie się śmiała, unosiła mnie w górę i zasypywała pocałunkami. Albo czasami przytykała nos do mojego policzka i trącała tak długo, aż sam nie wybuchałem szczerym dziecięcym śmiechem. Te skrawki szczęśliwego życia, kiedy jeszcze byliśmy rodziną, zostały we mnie i pieczołowicie je pielęgnowałem, kiedyś nawet spisałem je w swoim notesie, aby czas nie zatarł tych resztek poczucia bezpieczeństwa, które niegdyś dawała mi obecność matki i ojca. Teraz mam dwadzieścia dwa lata, studiuję we Wrocławiu i jestem coraz bliżej realizacji planu wuja. Ostatnie dwa lata spędziłem na intensywnym szkoleniu. Systema, krav maga, strzelanie, zwykłe mordobicie w klubach. Wuj chciał, abym umiał się bronić, abym sam stał się bronią doskonałą. Przez to o dwa lata później rozpocząłem dalszą edukację. A teraz… mieszkam tutaj. Tu, gdzie oni. Rzadko jeżdżę do Moskwy, ale jeśli tam bywam, to odwiedzam matkę. I zawsze, gdy od niej wychodzę, utwierdzam się w przekonaniu, że moje życie nie jest do końca stracone. Opowiadam mamie, co robię, czym się zajmuję i jaki jest mój główny cel. Mam nadzieję, że gdy usłyszy, że jej syn ma zamiar pomścić ich rodzinę, przebudzi się z tej dziwnej katatonii, w jakiej znajduje się od lat. Ale niestety… Nadal tkwi w swoim świecie i patrzy na mnie, jakbym był przezroczysty. Dlatego jeszcze mocniej pragnę zemsty. Za życie swoje, za ojca i za matkę, która już nie śmieje się do mnie i nie mówi, że mnie kocha.

ROZDZIAŁ 5

Power of Trinity *Dalej*

W ostatnią niedzielę każdego miesiąca cała familia Borowskich spotykała się na wspólnym obiedzie. Wszystko odbywało się w domu rodzinnym Łukasza i Krzyśka, w którym teraz ten pierwszy mieszkał z Magdą, dziećmi i mamą. Wszyscy przyzwyczaili się do tej dziwnej tradycji, która od lat jeszcze mocniej zacieśniała rodzinne więzi braci. Gdy czasami wypadał jakiś wyjazd albo był czas urlopów, wówczas przekładano ten niedzielny obiad na inny dzień lub tydzień. Młodzi Borowscy przyzwyczaili się do tego i w sumie nie wyobrażali sobie ostatniej niedzieli miesiąca bez wspólnego obiadu.

Jednak dzisiaj Iga czuła, że wolałaby, aby coś się stało, żeby ojciec musiał gdzieś jechać albo żeby ona zachorowała, bo nie miała pojęcia, jak zdoła ukryć przed czujnym wzrokiem ojca lub, co gorsza, wujka to, co dzieje się pomiędzy nią a Kacprem. Wiedziała, że jej kuzyn jakoś sobie poradzi, zawsze potrafił się odciąć, wyciszyć i przybrać maskę na twarz, ona jednak... nie umiała i mama już jakiś czas temu zorientowała się, że coś nie gra. Dziewczyna zdawała sobie sprawę, że musi dzisiaj grać, tylko że ona nie należała do uzdolnionych aktorek. Zrezygnowana zapukała do brata i weszła do jego pokoju. Siedział przy laptopie i pisał z kimś na komunikatorze. Gdy ją ujrzał, wpisał coś naprędce i zamknął klapkę.

– Co tam?

– Wiesz, nie interesuje mnie, że piszesz z kimś jakieś świństewka – powiedziała i wykrzywiła się.

– Wcale nie... – Też się skrzywił. – Co taka ostatnio zdechła chodzisz? Stało się coś?

– Nie. Tylko... trochę boli mnie głowa. A dzisiaj ten obiad...

– Yhm. Wiesz, że póki nie jesteś na granicy życia i śmierci i nie dostrzegasz tunelu ze światełkiem u wylotu, to ojciec ci nie odpuści. Zresztą – Kamil wzruszył ramionami – przecież zawsze jest fajnie.

– Wiem, wiem... – Iga westchnęła, usiadła na łóżku, wzięła szarego słonika i zaczęła go podrzucać.

Kamil stanowczym gestem zabrał jej wytartego pluszaka i położył na półce. Uśmiechnęła się. Pamiętała, że dostał go od wujka Łukasza i od niemowlęctwa spał z nim w objęciach.

– Nadal z nim śpisz?

– Cha, cha, cha! – Przesadnie zaakcentował każde „cha".

– Dobra, idziesz na dół? – spytała zrezygnowanym tonem.

– Siostra... – Coś uderzyło ją w jego głosie, więc spojrzała mu w oczy, tak podobne do jej własnych.

– Brat?

– Nie martw się. Jak coś, to stanę za tobą, zawsze.

Iga wstała, przytuliła się do brata. W zamian poczochrał jej włosy i roześmiał się.

– W końcu jestem starszy.

– No tak, dziadku. Chodź na dół, zaraz jedziemy.

– Już – powiedział i zerknął w stronę laptopa.

– No dobra, dokończ ten swój romans.

– Sio!

Gdy Iga wyszła, Kamil szybko otworzył laptopa i wstukał w żółte tło komunikatora:

* *Sorry, siostra mnie nawiedziła.*

* *No problem.*

* *Muszę kończyć, bo jedziemy na rodzinny obiad.*

* *Wracaj szybko.*

* *A ty zastanów się nad tym, o co pytałem.*

* *Zrobię to.*

* *Obiecujesz?*

** Myślę o tym.*

** Boisz się naszych starych?*

** Trochę.*

** U mnie w domu lepsze cyrki się dzieją.*

** Myślisz, że się ucieszą, gdy dowiedzą się o nas?*

** Nie wiem. Nie robimy nic złego.*

** Jeszcze… :-)*

** To obietnica?*

** Cha, cha, łapiesz mnie za słowa.*

** Chciałbym być z tobą.*

** Ja z tobą też…*

Z ociąganiem wylogował się i zapatrzył w gasnący ekran laptopa. Wiedział, że wszystko się zmieniło od momentu, kiedy przed sklepem wujka Łukasza wpadł na ciemnowłosą dziewczynę. Pojechał kupić nowe struny do gitary, pogadał z Tomkiem, kumplem wujka, który teraz zarządzał jednym ze sklepów, i gdy wychodził, prawie stratował jakiegoś skrzata w czerwonej czapce. Skrzatem okazała się śliczna brązowooka dziewczyna o ujmującym uśmiechu. Zaczęli rozmawiać, okazało się, że ona też gra na gitarze, że studiuje pedagogikę. Była na pierwszym roku. Nie chciała dać mu numeru telefonu, ale dała numer komunikatora, od tamtej pory nieprzerwanie pisali niemal codziennie.

To było takie dziwne, na początku nie wiedział nawet, jak ona się nazywa, aby móc ją znaleźć na Fejsie. A w tym wszystkim było to takie podniecające, tajemnicze, nic o sobie nie wiedzieli i poznawali się powoli, stopniowo. Teraz on prosił ją o spotkanie, bo już wiedział, kim jest. Przypomniał sobie, że kiedyś, gdy byli jeszcze dziećmi, kilka razy się spotkali. A potem ich drogi się rozeszły. Już wtedy uwielbiał na nią patrzeć i się z nią bawić. Żyli w tym samym mieście, ale nie mieli kontaktu. I teraz… nagle, przypadek, szast-prast i wszystko się odnowiło. Lecz inaczej. Na poważnie. Miał nadzieję, że Skrzat, jak ją nazywał i w myślach, i w rozmowie, zgodzi się wreszcie na spotkanie. Wprawdzie był od niej rok młodszy, ale to było raczej bez znaczenia, skoro tak dobrze się im rozmawiało. Tutaj chodziło raczej o to, co łączyło ich ojców. Jakieś sprawy z przeszłości. Ale co go to mogło obchodzić? Z westchnieniem zamknął laptopa i wyszedł z pokoju, bo z dołu wołała go już mama.

*

W domu rodzinnym Borowskich było, jak zawsze, ogromne zamieszanie. W kuchni pachniało pieczenią, ciastem, bracia rozmawiali, śmiejąc się głośno, Kaśka, Magda i seniorka rodu piły kawę w salonie, Kacper siedział przy babci i opowiadał o swoich ostatnich treningach, „banda" grała w *Guitar Hero*, w tym całym zamieszaniu tylko koty zachowały stosowny umiar i pogardliwie spoglądały na cykliczne zamieszanie z wysokości swojego drapaka, sięgającego aż do sufitu.

– A jak tam ostatnia kampania? – Kaśka spojrzała na Magdę, która zajrzała do piecyka, aby sprawdzić pieczeń i wróciła do pań na sofę.

– Dobrze, kończymy. Wprawdzie ostatnio mój mąż dał cudowny popis swojego męstwa, ale jakoś klient nie uciekł z krzykiem.

– Co zrobił?

Magda opowiedziała o zajściu w biurze, obie panie Borowskie wybuchnęły śmiechem.

– No wiesz, biorąc pod uwagę, że to BYŁ Łukasz, i tak skończyło się dobrze… – Kaśka pokręciła głową.

– Zawsze mógł pana klienta wynieść razem z krzesłem – powiedziała z poważną miną mama braci.

– No tak, pocieszacie mnie. – Magda się wykrzywiła. – Ale co prawda, to prawda, mam już spokój i nikt mnie nigdzie nie zaprasza.

– Jaki zawód!

– Bardzo zabawne.

– Co zabawne? – Łukasz wszedł do salonu i spojrzał na siedzące na sofie kobiety.

– A nic. Siadamy zaraz do stołu. Wołaj dzieciaki.

– Chyba stare konie.

– Bandaaaa!

Zrobiło się zamieszanie, w którym wszyscy doskonale się odnajdywali. Każdy wiedział, gdzie jego miejsce, Kamil przyniósł dzbanki z kompotem, który zawsze do obiadu gotowała babcia, Olga rozłożyła talerze i sztućce, Iga podała serwetki. Krzysiek patrzył na to zawsze z radością, wszystko chodziło jak w dobrze naoliwionej machinie. Machina Borowskich. Pewna i niezawodna. O to walczył wraz z bratem i udało się im. Było warto.

*

Po obiedzie cała czwórka młodych poszła na strych, gdzie Kacper zrobił sobie małą siłownię i kąt do oglądania filmów. Iga unikała jego wzroku, jak tylko mogła, lecz gdy znaleźli się na górze i Kamil poszedł na chwilę do Olgi, która chciała mu puścić jakieś pierwsze kawałki Papa Roach, Kacper złapał Igę za rękę i pociągnął do swojego kącika filmowego.

– Co jest grane? Nie odbierasz, nie odpisujesz na SMS-y, unikasz mnie, jakbym był na coś chory. Miałem wrażenie… – Wziął głęboki wdech i zacisnął palce na jej nadgarstku. – Wydaje mi się, że coś ustaliliśmy. Wtedy, na Pergoli.

– Wiem… – Nie patrzyła nie niego. Myślała, że jej serce zaraz wyleci z piersi.

– Spójrz na mnie. Wiesz, że jestem spokojny, ale teraz doprowadzasz mnie do pieprzonego szału! – Powiedział to wszystko cicho, jednak odniosła wrażenie, że w jego głosie drży tłumiona furia. Spojrzała na niego zaskoczona. Nie znała go od tej strony.

– Iga – wpatrywał się w nią, nie pozwalając już odwrócić wzroku – jesteś dla mnie bardzo ważna. Cały czas o tobie myślę i zaczynam dostawać świra. Poradzimy sobie z tym… – Zrobił nieokreślony gest dłonią w stronę dołu, gdzie siedzieli ich rodzice. – Ze wszystkim damy radę, jeśli będziemy razem. Tylko pytanie, czy ty tego chcesz, czy jesteś gotowa?

Zacisnęła dłoń na jego ramieniu, przyciągnęła go do siebie.

– Tak – szepnęła. Tak bardzo chciała go pocałować. Ale ich rodzeństwo mogło tu zaraz wejść i w sumie lepiej by było, żeby inaczej dowiedzieli się o tym, co jest między nimi.

– To nie odwracaj się ode mnie – szepnął w jej usta, siłą woli powstrzymując się od pocałunku.

– Nie będę – odparła i uśmiechnęła się.

Chciał scałować ten jej uśmiech, ale dotarł do nich chichot Olgi, która zaśmiewała się z czegoś, co powiedział Kamil.

– Później – rzucił niskim głosem Kacper, a Iga zagryzła wargi i kiwnęła głową.

– Co, papużki? Starzy już wiedzą? Co oglądamy? – Olga wparowała na otwartą przestrzeń strychu, klasnęła w dłonie i klapnęła na materac zarzucony licznymi poduchami.

– No właśnie. Lowelasy? – Kamil dorwał ukrytą przed okiem ciotki Magdy paczkę chipsów, które zawsze chowali z Kacprem w specjalnej skrytce pod podłogą. Ich mamy jakoś nie rozumiały, że czasami po prostu trzeba zjeść „coś podłego".

– Ale o czym… – Iga próbowała oponować, ale Kacper złapał ją za rękę i przyciągnął do siebie. – Co oglądamy? Nie wiem, co chcecie. Może coś z moich starych…

– Ej, Kacper, może pokażemy im to, co ostatnio znaleźliśmy? – Olga spojrzała na brata.

– No nie wiem…

– A co znaleźliście? – Iga z zainteresowaniem wpatrywała się w Kacpra.

– Pudła ze zdjęciami i różnymi papierami ojca – powiedział chłopak i wzruszył ramionami.

– Są tam też zdjęcia waszych rodziców – dodała Olga.

– Dawaj! – Kamil był zainteresowany.

– Oglądamy. Oni czasami tak dziwnie się zachowują, że można by myśleć, że ściga ich ktoś albo co.

– Hm, dobrze… – Kacper czuł się nie do końca w porządku, bo wiedział o wielu sprawach, o których Iga, Olga i Kamil nie mieli pojęcia. I nie miał pewności, jak wiele może im powiedzieć. Nigdy tego nie ustalił ani z ojcem, ani z wujkiem. A na pudło ze starymi szpargałami wpadła Olga, która szukała czegoś na strychu.

Wyciągnęli szary karton i z ciekawością zajrzeli do środka.

– O rany, ale ojciec był przystojniak – cmoknęła Iga. – A wujek wygląda jak mafioso.

– Nooo, a zobacz to w raybanach i skórze.

– O kurczę, tata na motocyklu. Miał ścigacza, a jak ja chciałem, to miałem wykład na temat liczby wypadków spowodowanych przez młodych kierowców. Ja nie mogę! – Kamil był wyraźnie oburzony.

– A popatrzcie tutaj! – Olga podała reszcie kolejną fotografię. Widniał na niej jej ojciec, ubrany w skórzaną kurtkę, dziurawe dżinsy i trampki. W ręku trzymał saksofon, obok niego stał długowłosy chłopak z gitarą, obaj uśmiechali się bezczelnie do obiektywu. Olgę uderzyło to, że tata wyglądał tutaj naprawdę beztrosko, nie miał tej dziwnej twardości w spojrzeniu, która pojawiła się na poźniejszych fotografiach i którą teraz niejednokrotnie widziała w jego brązowych oczach.

– Nie wiedziałem, że wujek grał w zespole.

– Ja też nie… – Iga pokręciła głową.

– Grał. – Kacper odchrząknął. – Dawno temu, jak miał siedemnaście lat. Potem... potem pokłócił się ze swoim ojcem, naszym dziadkiem i wszystko się skończyło.

– Skąd wiesz? – Siostra spojrzała na niego z zaciekawieniem.

– Opowiedział mi kiedyś... – Wzruszył ramionami.

– Ej, a to nie Tomek? Ze sklepu – zapytała Iga, kiedy wzięła kolejne zdjęcie, na którym wujek Łukasz, kilku facetów i wujek Tomek, który zarządzał sklepem na placu Legionów, stali przed wejściem do jakiegoś klubu nocnego.

– No chyba, ale wygląda, jak ochroniarz z domu publicznego – parsknął Kamil. Zajrzał na drugą stronę. – Tu jest napisane *Fazi i Lukas. Imperial, 1998 r.* To ta dyskoteka, w której wujek był menedżerem? – Spojrzał na Kacpra. – Wujek Tomek to Fazi, kurczę, ale numer...

– Czym zajmował się nasz ojciec? – Olga wpatrywała się w brata. Kacper poczuł się niezręcznie.

– Pracował w dyskotece, przecież wiesz – odpowiedział, starając się przybrać obojętny ton.

– Yhm, ci faceci wyglądają, jak z tych starych polskich filmów sensacyjnych. – Olga wzięła kolejne zdjęcie. – A tu, patrzcie, to chyba ojciec i wujek, jak byli mali! – Fotografia przedstawiała małego Krzyśka na huśtawce, za którą stał Łukasz i chyba huśtał braciszka.

– He, he, Kamil, ojciec wygląda tutaj jak ty... – Iga wpatrywała się w zdjęcie z uśmiechem.

– Chyba odwrotnie. A to kto?

Zdjęcie było czarno-białe, przedstawiało ładną dziewczynę z jasnymi włosami. Kamil obrócił fotografię, był tam zamazany nieco napis: *Lukasowi – Małgosia. Zawsze twoja. Zawsze piękna.*

– To chyba jakaś dziewczyna wujka... – Iga wzięła zdjęcie z rąk brata. – Ładna.

Kacper nic nie powiedział. Doskonale wiedział, kto jest na fotografii i jaka historia wiąże się z tą dziewczyną. Ona zmieniła wszystko, a przede wszystkim ojca. I w jakiś sposób wpłynęła na jego życie. Pamiętał, że gdy dowiedział się o niej, ojciec zabrał go na cmentarz Osobowicki. Myślał, że jadą do dziadka, którego nigdy nie poznał, ale jeździł z rodzicami na jego grób, tak samo jak jeździł na groby rodziców mamy, którzy byli pochowani w Jeleniej Górze. Wiedział, że mama wychowywała się w domu dziecka, znał całą prawdę. Był roztropny i szybko dojrzał, dlatego rodzice niczego przed nim nie ukrywali.

Ale wówczas nie poszli dobrze znaną alejką do dziadka Borowskiego. Poszli w innym kierunku.

– Gdzie idziemy?

– Chcę ci coś pokazać. Kawałek mnie samego i kawał mojej przeszłości.

W milczeniu doszli do zadbanego nagrobka, na którym ktoś niedawno położył białe róże. Kacper spojrzał na złocone litery, które układały się w słowa: *Małgorzata Filipiak. Żyła lat osiemnaście.*

Ojciec kucnął, zebrał zwiędłe już kwiaty i dotknął dłonią zimnego marmuru.

– Cześć, piękna – powiedział cicho.

– Tato, kto to?

Łukasz wyprostował się i popatrzył na syna. Kacper nigdy nie widział w jego wzroku takiej rozpaczy. Poczuł się niepewnie. Ojciec, zawsze silny, pewny siebie, mocny, stanowiący dla niego wzór, przykład, będący zawsze przyjacielem, ale i mentorem. A teraz, tutaj… wyglądał na pokonanego.

– To była… – Łukasz wziął głęboki wdech. – To była moja dziewczyna. Taka pierwsza, wiesz, w której się zakochałem. Długo przed poznaniem twojej mamy.

– Taka młoda... Co się stało, dlaczego? – Kacper wskazał na nagrobek.

– Wiesz, zajmowałem się różnymi nieciekawymi rzeczami, mówiłem ci już co nieco, ale nie wszystko.

– Narkotyki?

– Też. W klubie było wszystko, dragów nie mogłem uniknąć, chociaż bardzo się starałem. A Gośka... – uśmiechnął się – była szalona, chciała żyć, dobrze się bawić. Ale potrzebowała kogoś, kto by się nią opiekował, wskazał właściwy kierunek. Tymczasem ja... nie umiałem tego zrobić, a może i nie chciałem, nie wiem. – Wzruszył ramionami. – Wiem, że to wszystko moja wina. I będzie to żyło we mnie już na zawsze. Pokazuję ci tę część siebie, z której jestem najmniej dumny, nie chciałbym, abyś ty kiedykolwiek popełnił taki błąd, który zaważy na twoim życiu i będzie do końca męczył cię i przypominał, że spieprzyłeś komuś życie.

– To dlatego – Kacper dotknął palcem piersi – masz ten tatuaż.

Łukasz pokiwał głową.

– Tak. Chciałem mieć kawałek jej przy sobie. Chociaż ona ciągle tam tkwi. Tutaj. – Dotknął zwiniętą pięścią głowy. – Na zawsze.

– Mama wie?

Ojciec uśmiechnął się i Kacper już wiedział. No tak, rodzice byli ze sobą blisko, czasami patrzyli na siebie i zdawali się rozumieć bez słów. Chłopak często myślał, że sam by chciał kiedyś być z kimś w takim związku, gdzie słowa są zbędne. To magia i coś niesamowitego.

Teraz przypomniał sobie tamtą wizytę, a właściwie spotkanie z przeszłością ojca. Reszta bandy z uwagą oglądała kolejne fotografie, a Kacper wiedział, że musi porozmawiać z ojcem i wujkiem, bo to bez sensu, żeby oni nie wiedzieli, co wydarzyło się kilkanaście lat temu.

Wcześniej…

Wujek schował ten album, ale pewnego razu, gdy nie było go w jego wielkim domu po dziadkach, poszedłem na strych i znalazłem oprawiony w skórę tom, ukryty w wielkim drewnianym pudle, należącym jeszcze do babuszki. W środku były zdjęcia ze ślubu rodziców, a także fotografie przedstawiające mamę w ciąży, a potem już mnie samego. Jako niemowlaczka w jej objęciach. Było też sporo zdjęć ojca, w różnych klubach, a także na budowie. Ojciec miał firmę deweloperską, ale wiedziałem już, że zajmował się wszystkim tym, czym zajmowała się wierchuszka. Wprawdzie był Bułgarem, ale ożenił się z Rosjanką, więc siłą rzeczy wszedł do tutejszej braci, można rzec, poprzez powiązania rodzinne. Czy przez to, czym zajmowała się moja rodzina, teraz płaciłem najwyższą cenę? Byłem jedynym męskim potomkiem rodu, dlatego musiałem przyjąć ten obowiązek, tę powinność? Pewnie tak. Tylko… czasami czułem się taki zmęczony. Bo żyć w ciągłym napięciu, oczekiwaniu i nieustannie pielęgnować w sobie nienawiść… nie jest łatwo.

ROZDZIAŁ 6

Massive Attack *Teardrop*

Oleg opuścił saunę, wszedł pod zimny natrysk i odkręcił kurek. Jego głośny krzyk rozległ się w całej moskiewskiej łaźni. Po chwili wyszedł, jedna z uśmiechniętych dziewoi podała mu szlafrok, sama będąc nagusieńka. Oleg zarechotał, klepnął pannę w tyłek i ruszył do kamiennego stołu, przy którym siedzieli jego *друзья*[5].

– Daj kawior, wódkę i potem coś na deser – powiedział do ciemnowłosej dziewczyny o lekko skośnych oczach.

Ta dygnęła posłusznie i pobiegła w stronę kuchni.

– Skąd wziąłeś tę sarenkę?

– A z Mongolii. Miała czternaście lat. Teraz ma szesnaście i wie, w czym rzecz.

– A *жена*[6] wie?

– Moja Stiepanida wie tyle, ile musi. A ty, Wasilij, nie łypaj tak na moją dziewczynę, jeszcze nie jest do wzięcia. – Oleg żartował, ale można było wyczuć w jego głosie ton ostrzeżenia.

– A poczekam, poczekam, przyjacielu… – Jasny blondyn ze złotym zębem uśmiechnął się szeroko. Oleg nie lubił Ukraińców, ale ten akurat był bardzo przydatny, więc czasami musiał się z nim bratać.

– Pierwszy się dowiesz. Powiedz lepiej, jak tam sprawa naszego przyjaciela w potrzebie?

– Wsio załatwione. Ma dobrego papugę, prosto z Warszawy. Pojutrze będzie wiadomo, czy się uda. Ale facet ostatnie

5. *Друзья* (ros.) – przyjaciele.

6. *Жена* (ros.) – żona.

osiemnaście lat chodził jak przykładna uczennica, więc raczej nie będzie problemów.

– On wszystko wie? Zaznajomiony?

– No jasne! – Blondyn pokiwał głową i sięgnął po jesiotra.

– I dobrze.

– Powiedz, Oleg, czemu ci tak na tym zależy? Na tych dzieciakach?

Achmadow zmarszczył brwi. Nie zamierzał się tłumaczyć przed tym ukraińskim upowcem. Ale spojrzał w jasne oczy blondyna.

– Sprawiedliwość, Wasilij. Sprawiedliwość. Ja człowiek prosty, ale i prawy. Lecz nie zapominam przelewu krwi mojej rodziny. Bo rodzina to podstawa, pamiętaj o tym.

Dla Achmadowa wszystko było proste i przejrzyste. Więzy krwi były najsilniejszymi, jakie mogły łączyć ludzi, i nigdy o tym nie zapominał. Dlatego jego dzieci, jego siostra i jej syn byli dla niego priorytetami. Niestety, nie miał już siostry. I to było jego największym przekleństwem, nie potrafił uchronić swojej młodszej ukochanej siostrzyczki przed nieodpowiednią miłością.

Miłość... Co za głupota! Jego ukochana Maszeńka wpadła w łapy tego gówniarza Siergieja, czyli Igora Siergiejewicza, jego bułgarskiego cyngla, który zajmował się głównie dziwkami, a potem zaczął tworzyć wielką siatkę handlu narkotykami. Oleg patrzył z przymrużeniem oka na ten jego biznes, w życiu nie robiłby interesów z Polaczkami, ale Igor zawsze był pazerny i w dodatku bardzo pewny siebie. Niestety, Masza widziała w nim tylko dobro.

Na początku Achmadow zastanawiał się, czy nie wyrwać mu paznokci, nie oblać benzyną i nie wrzucić do wcześniej wykopanego rowu, ale potem okazało się, że jego siostra jest w ciąży, więc zamiast tego wyprawił im huczne weselisko w Soczi, gdzie brać bawiła się przez tydzień. Młodsza o dziesięć lat Maszeńka była jego księżniczką od chwili, kiedy ich matka zmarła zaraz po jej narodzinach, a ojciec został zesłany na Kołymę za kradzież skrzynki wódki. Wtedy Oleg i Masza zostali umieszczeni w domu dziecka. Tam Oleg zdobył kolejne szlify w tym, jak przetrwać, jak kraść, jak gwałcić.

Był duży i silny, na dzień dobry jednemu ze starszych chłopaków wybił dwa zęby, innemu skopał jaja. A to wszystko po to, aby uchronić Maszeńkę. Potem zebrał sobie grupę zaufanych i zapatrzonych w niego kompanów, którzy mieli za zadanie chronić siostrę, gdy on już wyjdzie z tej placówki w wieku lat osiemnastu.

Po wyjściu przystąpił do moskiewskiej szajki złodziei, znalazł się w pudle, potem zaliczył obóz pracy śladami ojca, który dawno już nie żył. Ale zawsze pamiętał o siostrze, która po osiągnięciu pełnoletności wyszła z bidula i zaczęła pracować w szwalni. Jeden z dawnych kumpli zatrudnił się w burdelu jako ochroniarz i trzymał miejsce dla Olega, który po powrocie do Moskwy zdobywał następne szlify i dorabiał się kolejnych tatuaży.

Potem zaczęli pracować dla jednego z *worów w zakonie*, a gdy Achmadow brał udział w uwolnieniu porwanej córki jednego z nich przez brudasów z Mongolii, zyskał poważanie całej braci z Sołncewa. W międzyczasie wyciągnął Maszeńkę z zakurzonej szwalni i załatwił jej posadę w jednym z butików, które po *pierestrojce* wyrastały w stolicy jak grzyby po deszczu. Piął się coraz wyżej i w końcu dostał tytuł *wora w zakonie*, najwyższe poważanie i wsparcie.

Ale wówczas jego siostra już poznała tego przeklętego Bułgara. Potem urodził się ich syn i wydawało się, że Masza jest szczęśliwa. Siergiej dobrze traktował żonę, niczego jej nie brakowało, dziecku też. Zresztą Oleg miał wszędzie swoich ludzi, którzy donieśliby mu, gdyby jego siostrzyczce działa się krzywda.

A jeszcze później… pojawił się ten Polaczek, ten wielki milczący skurwysyn, który wraz ze swoim braciszkiem rozpierdolił wszystko to, co budował Siergiej, jego samego posłał do piachu, a Maszeńkę na skraj szaleństwa. Jego wrażliwa i ciągle zakochana siostra najpierw próbowała odebrać sobie życie, a potem, po odratowaniu, wpadła w katatonię i teraz od prawie dwóch dekad przebywała w zamkniętym ośrodku dla psychicznie i nerwowo chorych. Oczywiście Oleg opłacał najlepszych lekarzy, pielęgniarki, rehabilitantów, ale na próżno. Masza zamknęła się w swoim świecie, w którym żyła szczęśliwie ze swoim Jegorkiem, jak go nazywała. I nawet spotkania z Griszą, ukochanym synkiem, nie przynosiły najmniejszej poprawy.

Achmadow wziął małego na wychowanie i już wtedy wiedział, że nie pozwoli, aby tych dwóch polskich sukinsynów żyło sobie szczęśliwie w Polszy. Więzy krwi. Rodzina. To stanowiło o jego sile, to układało priorytety. Nie mógł pozwolić, aby śmierć Igora i śmierć za życia jego siostry nie zostały pomszczone. Oleg nie skończył szkół, ale dużo czytał i uważał, że oczytany człowiek wie więcej i rozumie życie o wiele lepiej niż niejeden profesorek.

Dlatego powoli, systematycznie, z pedantyczną wręcz drobiazgowością zaczął przygotowywać swój plan zemsty. Jasne, najprościej byłoby posłać dwóch cyngli, aby szybko załatwili sprawę, ale chodziło o coś innego. O pielęgnowanie tego uczucia zemsty, które zawładnęło życiem Olega i sprawiło, że w interesach stał się jeszcze bardziej bezwzględny i teraz był jednym z najgroźniejszych, najokrutniejszych i najbogatszych gangsterów w Mateczce Rossiji.

A ciemnowłosy Grisza o czarnych oczach ojca i uśmiechu matki, dla którego stawał się powoli nie tylko ojcem, ale i wyrocznią, mentorem, realizował jego plan w każdym punkcie. Najpierw skończył z wyróżnieniem podstawówkę, od początku pobierając intensywne lekcje języka polskiego. Potem Oleg umieścił go w jednym z najlepszych warszawskich liceów, kupił mieszkanie na Żoliborzu, wysłał tam siostrę żony, aby pilnowała młodego, gotowała mu i prała, aż do matury. Którą, nawiasem mówiąc, Grisza zdał jako jeden z najlepszych. Chłopak miał głowę do wszystkiego, świetnie przyswoił język, nauka nie sprawiała mu najmniejszych problemów, on sam także takich problemów nie sprawiał. Wiedział, co ma robić i co stało się jego przeznaczeniem. Był cierpliwy, tak jak wuj.

Później przez dwa lata był szkolony przez najlepszych ludzi, trenowany, uczony – jak walczyć, strzelać, zabijać. Stał się bronią doskonałą. Miał siłę, spryt, poważanie i cholerną motywację. Jeszcze później dostał się bez problemu na prawo na Uniwersytecie Wrocławskim. Jego była wychowawczyni nie mogła zrozumieć, dlaczego jedzie studiować aż do Wrocławia, skoro bez problemu dostałby się na każdy kierunek w Warszawie. Ale Grisza musiał studiować właśnie tam. I robił to, doskonale, jak wszystko w swoim dotychczasowym życiu. Poza tym czekał. Cierpliwie czekał na znak od wujka.

Aż nadeszła ta chwila. Czas zemsty. Oleg tak to nazywał i śmiał się, że to doskonały tytuł filmu. A może kiedyś ktoś nawet nakręci o tym jakiś dobry film sensacyjny?

*

Olga nie mogła doczekać się dzwonka oznajmiającego koniec zajęć. Wpatrywała się w okno, przy którym siedziała, aż w końcu Roksana pochyliła się ku niej i wyszeptała:

– Jeśli mi zaraz nie powiesz, o co chodzi, przegryzę ci aortę.

– Oj, cicho! – Olga zerknęła na nauczycielkę chemii, która zarysowała tablicę skomplikowanymi wzorami i perorowała coś o wodorotlenkach.

– Nie cicho. Mów w tej chwili – zasyczała scenicznym szeptem Roksi.

Olga wiedziała, że powinna wcześniej powiedzieć wszystko przyjaciółce, ale jakoś nie było ku temu okazji. W kilku zdaniach streściła Roksanie ostatnie wydarzenia i gdy doszła do momentu, kiedy jedli razem z Grześkiem kolację w Piramidzie, Roksana, zapominając, gdzie się znajduje, głośno gwizdnęła.

– Borowska i Polak! – Chemiczka patrzyła na nie z przyganą. – Widzę, że wodorotlenki wywołują u was niemałe emocje. W związku z tym na kolejną lekcję przygotujecie rozbudowaną prezentację. Ma się w niej znaleźć wszystko to, o czym dzisiaj mówiliśmy.

– Dobrze, pani psor – burknęła Olga, spojrzała na Roksanę i przewróciła oczami.

Przyjaciółka wykrzywiła się, ale pochyliła i wyszeptała z twarzą przy ławce.

– Na drugi raz informuj mnie na bieżąco!!! Taki nius, a ty milczysz? Wiesz co, foch!

– Dobra, cicho, bo nas zaraz wywali… – Olga wskazała wzrokiem nauczycielkę, a potem znowu utkwiła go w oknie. Gdy rozległ się głośny terkot, poderwała się jak oparzona i czym prędzej zaczęła pakować rzeczy do przepastnego skórzanego worka.

– A ty co taka nieprzytomna? – Kamil szturchnął kuzynkę w ramię. – Chemica będzie teraz miała na ciebie oko.

– E tam.

– Wracasz do domu?

– Nie, nie, narka – odparła i wybiegła z klasy.

*

Kacper siedział w samochodzie zaparkowanym nieopodal szkoły i czekał na Igę. Słuchał muzyki, bębnił palcami w kierownicę i wpatrywał się w bramę. Po chwili ujrzał swoją siostrę, która z rozwianym włosem i szalikiem byle jak owiniętym dookoła szyi zbiegała po schodach, wpatrując się gdzieś w lewo. Kacper spojrzał tam i dostrzegł wysoką postać jakiegoś ciemnowłosego faceta. Znowu przeniósł wzrok na siostrę i zobaczył, że ta uśmiecha się radośnie, jak rzadko kiedy mógł to u niej dostrzec, przynajmniej w ostatnim czasie. Niczym szpieg popatrzył na chłopaka, tamten wpatrywał się w jego siostrę, z poważnym, żeby nie powiedzieć ponurym, wyrazem twarzy. Coś mu się nie spodobało w spojrzeniu, jakim ogarniał Olgę.

– Co jest? – mruknął, ściszył radio i ponownie popatrzył na dziewczynę. Ta wybiegła z bramy i skręciła w lewo. Czekający na nią facet rozpogodził się, uśmiechnął i wyciągnął ku niej rękę. Olga podała mu swoją, a on przyciągnął ją do siebie i wyglądało to tak, jakby chciał ją pocałować, ale w ostatniej chwili się powstrzymał. Ruszyli razem w stronę zaparkowanej nieopodal czarnej beemki. Kacper wybrał numer do siostry. Musiał sprawdzić, może i zachowywał się jak nadgorliwy i nadopiekuńczy brat, ale musiał z nią porozmawiać.

– No co tam, brat? – Olga wyraźnie się uśmiechała.

– A tak dzwonię, skończyłaś już lekcje?

– No tak.

– Wracasz do domu?

– A ty co taki dociekliwy?

– A nic, bo umówiłem się z Igą...

– Spoko, ja jadę do Roksany, będziemy się razem uczyć. Masz chatę dla siebie, braciszku! – zawołała i roześmiała się.

– Aaaa, okej, no to miłej nauki ci życzę.

– Pa!

Kacper wyłączył komórkę i pokręcił głową. Teraz, gdy Kamil i Olga wiedzieli, że on i Iga się spotykają, było mu jakoś łatwiej żyć. Jasne, mieli jeszcze do przejścia kwestię rodziców, ale o tym na razie nie myślał. A teraz Olga… coś niepokojącego było w tym spojrzeniu ciemnowłosego faceta. Wyglądał na kilka lat starszego od jego siostry, no ale nie to było najważniejsze. Ten jego wzrok… Co w nim było? Kacper nie mógł tego w żaden sposób zdefiniować. Ale podskórnie czuł, że nie było to nic pozytywnego. Teraz dojrzał Igę, która wyszła ze szkoły i z uśmiechem ruszyła ku niemu. Z daleka dostrzegł Kamila, więc wysiadł z samochodu i poszedł w stronę bramy.

– Siema – rzucił i podał mu rękę.

– Cześć.

– Podwieźć cię?

– Nie, jadę do Rynku, spoko, dzięki.

– Jedziemy? – Spojrzał na Igę. Ta kiwnęła mu w odpowiedzi i pożegnała się z bratem.

Gdy wsiedli do samochodu, Kacper odpalił silnik, pogłośnił muzykę. Iga wpatrywała się w niego.

– Nie pocałujesz mnie? Boisz się mojego brata? – spytała zaczepnie.

Uśmiechnął się. Złapał ją za kark i przyciągnął do siebie.

– Nikogo się nie boję, mała… – Pocałował ją w usta, zagarniając je lekko. Spojrzał w jej błyszczące oczy i zapomniał o wszelkich niepokojących odczuciach związanych z siostrą. Teraz liczyło się tylko tu i teraz. On i Iga. I to, że nareszcie mają szansę być sami. Jasne, wcześniej też wielokrotnie byli sami, ale teraz jakby okoliczności się zmieniły. Wszystko się zmieniło… I to go przerażało, ale jednocześnie… był szczęśliwy. Naprawdę szczęśliwy.

*

Olga patrzyła na profil chłopaka siedzącego za kierownicą. Powiedział, że zabiera ją na dobre jedzenie i chociaż wiedziała, że powinna jechać na trening, postanowiła odpuścić. Cieszyła się, że będzie z nim, że przyjechał po nią, że nie traktuje jej jak gówniary.

– Dlaczego okłamałaś? – spytał po chwili, wpatrując się w drogę. We Wrocławiu, jak zawsze o tej porze, były korki, musiał jakoś przedostać się na Krzyki.

– Kogo?

– Brata. Rozmawiałaś z nim przez telefon.

– A... no tak... – Olga machnęła ręką. – W sumie nie wiem czemu.

– Jest nadopiekuńczy? – Grzesiek zgrabnie ominął blokujący drogę samochód, który wyraźnie chciał się wepchnąć do kolejki do skrętu w prawo.

– U nas, w naszej rodzinie, nadopiekuńczość to cecha wszystkich.

– To chyba dobrze, że troszczycie się o siebie?

– Czy ja wiem, czasami to jest wkurzające.

– A jest jakiś szczególny powód? Wiesz – uśmiechnął się – może uciekałaś z domu i teraz cię pilnują.

– No coś ty?! Gdybym zrobiła coś takiego, mój ojciec i wujek wezwaliby służby specjalne, prywatnych detektywów, FBI...

– Specnaz – dopowiedział poważnie Grzesiek.

– No i co tam jeszcze jest. Nie wiem, czemu rodzice są tacy przewrażliwieni. A Kacprowi, to znaczy mojemu bratu, się to udzieliło. Jest najstarszy z nas wszystkich i... – Olga odwróciła się i spojrzała na kierowcę. – Czy masz czasami wrażenie, że coś się wokół ciebie dzieje, a ty za bardzo nie wiesz, co to takiego, ale przeczuwasz, że nie jest to nic dobrego? Czy miałeś kiedyś takie odczucia, że twoi bliscy cię okłamują?

Coś drgnęło w twarzy mężczyzny, jakiś cień przebiegł przez jego śniade policzki. Olga dostrzegła, że zacisnął dłonie na kierownicy, ale to chyba było tylko przywidzenie. Grzesiek pokręcił głową i uśmiechnął się, trochę smutno.

– Wiesz, mam nieszczególną sytuację rodzinną. Moi rodzice dawno temu zmarli, ojciec zginął w wypadku, a matka umarła niedługo po nim. Wychował mnie dziadek. Ale on też już nie żyje. Jestem sam.

– Jak to sam? A dalsza rodzina? Dziadkowie, jakieś ciotki, kuzyni?

Grzesiek zatrzymał się na światłach na Karkonoskiej i spojrzał na zaskoczoną, żeby nie powiedzieć zaszokowaną, Olgę.

– Jestem sam. Nie mam nikogo. Czasami myślę, że to niemożliwe, że kiedyś miałem rodzinę, rodziców. Że pewnie urodziłem się nie wiadomo gdzie, może w tajdze rosyjskiej i tam mnie ktoś znalazł. I potem urosłem, a z tych najwcześniejszych lat niewiele pamiętam. Wszystko jest zamazane. Jakby było narysowane, a ktoś wymazał mi to z pamięci.

– Ja… nie wiem, co powiedzieć… – Olga nieśmiało dotknęła jego dłoni, on ścisnął lekko jej palce i zaraz puścił. Wrzucił jedynkę i znowu ruszyli w ślimaczym tempie. Dziewczyna czuła się niezręcznie, bo wiedziała, że to tylko niewielki fragment historii, którą jej towarzysz zapewne nosi w sercu, w duszy. I uświadomiła sobie, że chciałaby poznać całą jego opowieść, choćby była najbardziej bolesna i pełna złych wspomnień. Poczuła żałość, chciała go przytulić, objąć i obiecać, że zrobi wszystko, aby nigdy już nie czuł się samotny. Ale na to było jeszcze za wcześnie. Jednak… w tej chwili, w jego samochodzie… w jej młodym sercu zaczęło budzić się coś, co ją zaskoczyło, nieco przestraszyło, ale na co czekała i wiedziała, że gdy się pojawi, będzie mocne i zaanektuje ją całą. Czuła się wspaniale. I wiedziała, że to dopiero początek. Początek wszystkiego.

Wcześniej…

Miałem dość. Dzisiaj szczególnie. Były moje urodziny, kończyłem dwadzieścia dwa lata. Pamiętałem dokładnie, co robiłem dziesięć lat temu. Strzelałem z kałasznikowa gdzieś w lesie, nieopodal Sołncewa. Dzisiaj kumple z roku wyciągnęli mnie na imprezę z okazji urodzin. Upiłem się, chyba trzeci raz w życiu, rzadko piję alkohol, bo pamiętam słowa wuja: „To cię osłabi, a musisz być zawsze gotowy do skoku. Zawsze czujny i uważny, z szybkim refleksem, jak pantera. Jesteś moją panterą, czarną, sprytną i nieuchwytną. Nie zawiedź mnie".

Cały czas robiłem wszystko, aby przypodobać się wujowi, ale czasami odpadałem. Tak jak teraz. Wypiłem kilka piw, doprawiłem wódką i leżałem teraz na łóżku w akademiku, usiłując skupić wzrok na czymś, co nie będzie wirowało. I w pijackim widzie zdałem sobie sprawę, że nadejdzie jutro, a ja nadal będę w mieście, do którego nie chciałem jechać, jako ktoś, kim nie chciałem być, i będę musiał nadal robić to, czego robić nie chciałem, ale... obiecałem. I nie mogłem zawieść wuja. A obecnie to najważniejszy priorytet w moim życiu.

ROZDZIAŁ 7

Lube *Kombat*

Grzegorz leżał w swojej miniaturowej sypialence, słuchał ulubionego rosyjskiego zespołu i myślał o ostatnich dniach. Wszystko układało się doskonale, tak jak to z zegarmistrzowską wręcz dokładnością planowali. Zamknął oczy i wsłuchał się w słowa piosenki:

Комбат-батяня, батяня-комбат,
За нами Россия, Москва и Арбат.
Огонь, батарея, огонь, батальон...
Комбат, ё, командует он[7].

Tęsknił za ojczyzną, za bliskimi, a właściwie za wujkiem, który był jego jedyną rodziną. A właściwie komandirem, a życie wieczną walką i biegiem do upragnionego celu. Nie pamiętał matki, gdy była jeszcze sobą. Teraz wpatrywała się w przestrzeń niewidzącym wzrokiem i nie poznawała nikogo. Jakby była pusta w środku. Jej umysł zamknął się we własnym świecie i miał tylko nadzieję, że tam głęboko w sobie była szczęśliwa. Ojca też nie pamiętał, był za mały, wiedział tylko, że był odważny, kochał matkę i kochał jego. Zostały mu nieliczne zdjęcia, na których widział siebie, małego roześmianego chłopca na rękach wysokiego, śniadego mężczyzny, który patrzył na świat z miną posiadacza.

---

7. *Комбат-батяня...* (ros.)
Dowódca-tatulo, tatulo-dowódca,
Już za nami Rosja, Moskwa, Arbat.
Ognia, baterio, ognia, batalionie...
Dowódca, tak, on tu rządzi.
Lube, *Kombat*. Album *Kombat*, 1996 r.

I to wszystko zostało mu zabrane. Przez jakiegoś Polaka. Od najmłodszych lat miał wpajane, że Lachy to odwieczni wrogowie. Uczono tej nienawiści, pielęgnowano ją w nim, więc nie potrafił myśleć inaczej. A było mu trudno, bo mieszkał w tym kraju od czternastego roku życia i poznał wielu ludzi, którzy byli dla niego dobrzy. Lecz on nie umiał przyjmować tej dobroci, bo zawsze tłumaczył sobie, że to tylko poza, że to nieprawdziwe, że przez nich on nie ma już rodziny. I musi żyć tu, na wygnaniu, żeby spełnić swoje przeznaczenie, pomścić ojca i matkę. A także nie zawieść wujka. To było jego priorytetem. I teraz wszystko zaczynało się świetnie układać. Prawie... Dzisiaj, wbrew wszystkiemu, bawił się całkiem dobrze. W jej towarzystwie. Wiedział, że musiał grać, udawać, ale po pewnym czasie zorientował się, że wcale nie udaje, że czuje się naturalnie, jak od dawien dawna się nie czuł. Że żartuje, śmieje się, jest taki spokojny, gdy ona uśmiecha się szeroko, a jej dziwne dwukolorowe oczy błyszczą. Zabrał ją do pizzerii na Krzykach, zamówiła pizzę z czterema rodzajami serów.

– Jakiś ubogi ten twój wybór, ale okej. – Także złożył zamówienie i patrzył na ciemnowłosą dziewczynę, która też nie spuszczała z niego wzroku.

– Lubię taką, a poza tym nie jem mięsa.

– Wegetarianka. Dobrze. Ja bez mięsa nie mógłbym żyć, ale w sumie każdy je to, co chce.

– Przeżyłbyś, gwarantuję – odparła przekornie.

– Nie będę się spierał. A ty nie masz dzisiaj treningu? – Zmrużył oczy.

– Mam. Urwałam się. Przez ciebie.

– Moja wina? Dobrze, wezmę to na siebie. No to kiedy masz ten mecz, o którym ostatnio wspominałaś?

– Za trzy tygodnie. W piątek o dziesiątej. Przyjdziesz?

– Czekaj, zanotuję sobie przypomnienie… – Wyciągnął telefon i wpisał datę. – Postaram się przyjść.

– Wprawdzie nie wiem, czy będzie na co patrzeć, ale poznasz mojego brata.

– Przecież nie chciałaś, aby wiedział, że się spotykamy?

– No tak – spłoszyła się. – Ale to dopiero za trzy tygodnie, więc…

– Do tej pory już go zaznajomisz z tym faktem?

– Może. To jest trochę skomplikowane. Ty masz fajnie, nie musisz się przed nikim tłumaczyć.

– Czasami dobrze jest mieć kogoś, przed kim trzeba się wytłumaczyć z różnych rzeczy – powiedział, a jego twarz znowu zrobiła się poważna.

– No tak, przepraszam. – Wbiła wzrok w trzymaną w ręku szklankę z wodą mineralną, którą wcześniej podała im kelnerka.

– Nie masz za co. Co robisz w weekend? – Tak szybko jak temat zmienił się tembr jego głosu. Był już weselszy i nie miał w sobie tego ponurego tonu, od którego przebiegały po jej plecach niepokojące dreszcze.

– Nie wiem. W sobotę zawsze jeżdżę na basen. Ale po południu będę wolna.

– A gdzie jeździsz na ten basen?

– Do Redeco na Nowym Dworze.

– Będziesz sama? – Pochylił się i wpatrywał w jej oczy. Spłoszyła się nieco, a on wiedział, że idzie w dobrym kierunku.

– Mogę być sama – odparła z lekkim uśmiechem. – Musiałabym pojechać wcześniej niż reszta bandy.

– Bandy? Borowskich? – Jego spojrzenie było mroczne, dziwne.

– No tak. Wstaniesz tak rano, żeby być na basenie o siódmej?

– Nie ma problemu. Mogę nawet po ciebie przyjechać. I tak o szóstej zawsze biegam.

– Morderca czasu. Ale okej, to przyjedź po mnie na pętlę na Muchoborze. – Już nie oponowała, że będzie miał za daleko.

– Na pewno będę. O, jedzenie nadchodzi! – Zerknął na kelnerkę, która przyniosła im parujące kamionkowe tace z gorącym posiłkiem.

Potem rozmawiali, żartowali, ona pięknie się śmiała, wiele razy rozbawiła go, tak naprawdę, szczerze. I dlatego teraz, w małej ciemnej sypialence, złapał się na tym, że o niej myślał. Ale bez jakiegoś zacięcia, tylko wspominał każdą chwilę spędzoną w towarzystwie tej ciemnowłosej, zwariowanej nieco dziewczyny i zdawał sobie sprawę, że były to nieliczne chwile w jego życiu, kiedy czuł się, jakby był kimś innym. Bez tego napięcia i czujności. Jakby nie istniała ponura historia jego rodziny, przeszłość, która naznaczyła całe jego życie. Czasami dobrze było poczuć swobodę. Choćby miała trwać tylko moment, bo przecież doskonale wiedział, co go czeka i jaki jest jego główny cel. Ale teraz uświadomił sobie, że nie może doczekać się soboty i kolejnego spotkania z Oleńką. Tak ją nazywał i żałował, że urodziła się właśnie w tej rodzinie. Córka Borowskiego. TEGO Borowskiego. Przewrócił się na brzuch i zakrył głowę poduszką.

*

Iga usiadła na pufie na strychu Kacpra i patrzyła na niego z uśmiechem. Przyniósł napoje, popcorn, włączył film.

– Serio, *Gwiezdne wojny*? – Przewróciła oczami.

– No co?

– Który raz w tym miesiącu?

– Czternasty.

– I to ma być romantyczna atmosfera?

Spojrzał na nią ponuro.

– Wolałbym z tobą unikać takiej atmosfery.

Oparła się o grubą poduchę i patrzyła na niego lekko wyzywającym wzrokiem.

– A niby czemu?

– Igła... – W jego głosie zabrzmiał jakiś ostrzegawczy ton.

Przeciągnęła się. Zdawała sobie sprawę, że igra z ogniem, ale tego właśnie chciała. Tego ognia. Dostrzegała go teraz w jego niebieskich oczach.

– Co... – Chciała znowu powiedzieć coś zaczepnego, ale w ułamku sekundy leżała na poduszkach, a jego ciało przyciskało ją do podłoża. Wpatrywał się w nią z takim głodem w oczach, jakiego nigdy w życiu nie widziała. Zrobiło się jej gorąco, zaczęła ciężko oddychać.

– Jesteś niemożliwa. Wpędzisz mnie do grobu. Co ja mam z tobą zrobić, dziewczyno?

– Nie wiem – szepnęła. – Może pocałować?

Wziął głęboki wdech i pokręcił głową.

– Do grobu. Właśnie tak...

Zanim zdążyła odpowiedzieć, jego usta zmiażdżyły jej wargi. Nie był to pocałunek delikatny, badający, jak daleko można się posunąć. Nie... To było żywe, czyste pożądanie, pragnienie pochłonięcia się nawzajem, dania sobie wszystkiego. Kacper opadł całym ciężarem na Igę, czuł jej wypukłości, jej dłonie objęły jego głowę, jedno udo się uniosło i objęło jego biodra. Zdawał sobie sprawę, że ona go czuje, całego, podnieconego, twardego. Chciał tego, Boże, jak bardzo chciał... Ona jęczała, wyginała się i dotykała go, kurwa, tak cudownie dotykała... Zaczynał wariować. Chciał znaleźć się w niej, w tej chwili myślał tylko o tym. Jego dłonie podwinęły jej bluzkę i palce zacisnęły się na krągłej piersi. Iga zaczęła ściągać jego T-shirt i już po chwili był nagi od pasa w górę. Na chwilę oderwali się od siebie, ich usta były czerwone i spuchnięte.

– Kocham cię – powiedziała cicho, wpatrując się w niego błyszczącymi jak w gorączce oczami.

– Och, Igła... – Jego głos był zachrypnięty i drżący od pożądania. – Ja... – Chciał także wyznać jej miłość, ale na dole nieoczekiwanie trzasnęły drzwi i rozległ się głos mamy:

– Kacper, jesteś?

Usłyszał też głos ojca mówiącego coś do niej.

Iga poderwała się, usiłując zrzucić z siebie Kacpra. Ten momentalnie wstał i podał jej rękę, stawiając błyskawicznie do pionu.

– Szybko! – Sam włożył koszulkę i pomógł Idze doprowadzić się do porządku.

– Na górze! – krzyknął do matki, wpatrując w Igę. Ta spojrzała na niego i się uśmiechnęła.

Gdy Magda weszła na górę, a zaraz za nią Łukasz, zarówno Iga, jak i Kacper siedzieli w luźnych pozach na rozłożonych na strychu poduszkach, zgodnie zajadali prażoną kukurydzę z wielkiej misy i wpatrywali się w ekran telewizora.

– Co wy tak szybko w domu? Kacper, pojedziesz po babcię? Jest na rehabilitacji. Moje auto jest w warsztacie, a tata musi wracać do firmy.

– Jasne, już teraz?

– No, jakbyś mógł. Cześć, Iguniu.

– Cześć ciociu, wujku! – Iga się uśmiechnęła. – To pojadę z tobą, zobaczę się z babcią.

– Okej.

– Znowu to oglądacie? – Łukasz pokręcił głową. – Ileż można?

– No jeszcze trochę. – Kacper wstał i wyłączył telewizor. – Babcia jest w Dolmedzie?

– Jak zawsze.

– Okej, to jedziemy.

Gdy wraz z Igą zeszli na dół i po chwili zamknęły się za nimi drzwi, Magda zamyśliła się na moment, ale już po chwili przybrała normalny wyraz twarzy. Miała nadzieję, że jej mąż nic nie zauważył. Ale się myliła.

– Magda – zaczął, a w jego głosie było coś, co kazało jej na niego spojrzeć.

– Tak?

– Czy ja to sobie wymyśliłem?

– Co, kochanie?

– Dobrze wiesz. – Łukasz zmarszczył brwi, podszedł bliżej i spojrzał na żonę z góry.

– Powiedz mi.

– Kacper i Iga. Oni… Coś jest, coś się dzieje między nimi.

– Dlaczego…

– Daj spokój. Widziałaś, jak on na nią patrzy.

– Jak?

Objął żonę i przyciągnął do siebie.

– Tak jak ja na ciebie.

– Nie wiem, może – westchnęła.

– Mam nadzieję, że to tylko moja nadinterpretacja.

– A nawet gdyby? Są młodzi, są ze sobą blisko.

– No właśnie… – Łukasz pokręcił głową.

– Przestań, nie są spokrewnieni. – Magda wzruszyła ramionami.

– Nie chciałbym, aby mój brat urwał mi głowę.

– Nie przesadzaj, poza tym Krzysiek miał o wiele więcej gorszych powodów, aby to zrobić, a jakoś jeszcze żyjesz.

– Dziękuję, kochanie, cudowna jesteś! – Łukasz był rozbawiony.

– Może po prostu spytajmy Kacpra. Wiesz, że najlepiej od razu wyłożyć kawę na ławę, a nie udawać, że się nic nie widzi.

– Nie wiem, może. Kurczę, nie wiedziałem, że to takie trudne.

– Co takiego? – zapytała, podeszła do części kuchennej salonu i włączyła ekspres.

– Bycie ojcem. – Łukasz przejechał dłonią po gęstych włosach.

– Jesteś cudownym ojcem, kochanie – odparła ciepło Magda.

– Nie wiem, staram się.

– I dobrze ci to wychodzi. Dlatego przestań – powiedziała, a jej czoło przecięła pionowa zmarszczka.

– Co takiego?

– Myśleć o tym, co było. – Stanęła przed mężem i pogłaskała go po policzku.

– Dobrze mnie znasz.

– Tak. I kocham nad życie.

– To też dobrze. A co do dzieciaków, porozmawiajmy najpierw z Kacprem. A potem może z Krzyśkiem. I co gorsza z Kaśką! – Łukasz znowu objął żonę i oparł podbródek o czubek jej głowy. Wiedział, że z nią u boku stawi czoło najgorszym przeciwnościom życia.

*

Łysy, szczupły facet siedział naprzeciwko grubasa w drogim garniturze i okularach Marc O'Polo. Grubas był prawnikiem, który właśnie przedstawiał wszystkie szczegóły jego rychłego wyjścia na wolność.

– Wychodzisz za tydzień, przyjedzie po ciebie kolega butelkowym mercedesem.

– Jaki kolega?

– Twój kolega – powiedział prawnik, patrząc zupełnie bezosobowo. No tak, on był tylko po to, aby wyciągnąć go na wolność i wsadzić do odpowiedniego samochodu.

– A co dalej?

– Nie martw się, tak jak wspominałem wcześniej, pan Oleg wszystkim się zajął.

 – Pomoże mi spotkać się z synem?

– No jasne. Teraz został ci tydzień, postaraj się nie wchodzić nikomu w drogę i unikaj kłopotów.

– Unikam, całe zasrane osiemnaście lat.

– I bardzo choroszo! – zaśmiał się grubas.

Gdy wyszedł, Adam Księżopolski poczekał na strażnika, który zaprowadził go do celi. Tam usiadł na łóżku i zapatrzył się w małe zakratowane okienko na górze sześcioosobowej klatki. Wreszcie… Już niedługo spotka się z synem. I powie mu, jak niewdzięczną suką była jego matka i jaką wielką krzywdę mu zrobiła. I może… może Kacper to zrozumie i może będzie chciał, aby znowu stali się ojcem i synem.

Wcześniej…

Przyjechałem do wuja i oznajmiłem, że nie dam dłużej rady tego ciągnąć. Jestem kompletnie sam i mimo że mieszkam tam już tyle lat, to tęsknię za domem i nie chcę dłużej czuć się jak sierota. Przecież tutaj jest wuj, jego rodzina, a także matka, którą powinienem częściej odwiedzać. Wuj słuchał w milczeniu, kiwał głową, a potem kazał mi iść za sobą. Wsiedliśmy do samochodu, Viktor usiadł za kierownicą, ruszyliśmy. Zorientowałem się, gdzie zmierzamy. Już wiedziałem. Gdy po chwili stanęliśmy przed nagrobkiem z wyrytym wizerunkiem ojca, wuj popatrzył na mnie i cicho powiedział:

– Powiedz to jemu, Grisza. Spójrz w oczy ojca i powiedz, że nie masz już siły doprowadzić do tego, aby człowiek, który go zabił, nadal chodził po tym świecie. I nie zapłacił za swoje grzechy ani za twoją krzywdę. Możesz to zrobić?

Opuściłem głowę i pokręciłem przecząco. Nie mogłem tego zrobić. Zrezygnowany wsiadłem do samochodu. I przeklinałem siebie, wuja, ojca i tego pierdolonego gnoja, który był wszystkiemu winien!

ROZDZIAŁ 8

Metallica *Unforgiven*

Grzesiek patrzył na Olgę, która przepływała właśnie kolejną długość basenu, młóciła ramionami wodę i parła do przodu jak mała motorówka. Musiała „wypływać” swoją normę, a on zorientował się, że wielką przyjemność sprawia mu patrzenie na jej smukłe, umięśnione ciało, i złapał się na tym, że chciałby zlizać krople wody spływające po jej ramionach. Wcześniej, gdy po nią przyjechał, czekał w znacznym oddaleniu od jej domu, ale oczywiście wiedział, gdzie mieszka – po drugiej stronie parku, w dużym, wielorodzinnym, wolno stojącym domu, okolonym wysokim płotem. Brama wjazdowa na pilota była szczelnie zakryta, jedynie przez furtkę wśród wysokich tui można było dostrzec drogę prowadzącą do wejścia. Ten dom wyglądał trochę jak forteca, brakowało tylko tabliczek jakiejś firmy ochroniarskiej. Ale... w tym przypadku chyba było to zbędne.

Całą drogę na basen Olga opowiadała o swoich przygodach podczas treningów, o zadymach na zgrupowaniach, o imprezach, o których nie wiedzieli jej rodzice. Gdy dojechali na Nowy Dwór, spojrzała na niego z obawą.

– Pewnie cię zagadałam i zanudziłam?

Uśmiechnął się nieznacznie.

– Nie, Oleńka. Bardzo lubię cię słuchać.

Dostrzegł radość w jej oczach, zapragnął przyciągnąć ją do siebie i pocałować, tak po prostu, teraz, tutaj, ale powstrzymał się. Nie taki był plan, musiał jeszcze poczekać. Wkurwił się sam na siebie, że to wszystko jest nie tak, jak wstępnie było ukartowane. Czasami nie można postępować, jak podpowiada instynkt, są wyższe wartości, którym trzeba być wiernym. A on musiał. Nie miał innego wyjścia.

– Co masz taką minę?!

Nie słyszał, jak do niego podpłynęła, podparła się na ramionach i wyskoczyła na brzeg basenu. Jej widok naprawdę zapierał dech w piersiach. Musiał jak najszybciej uspokoić rozbiegane myśli i przestać pożerać ją wzrokiem. Widziała to, o tak, była spostrzegawcza, poza tym był zbyt oczywisty w tym, co robił. No, ale o to przecież chodziło. Usiadła obok niego, śmiała się.

– Wszystko gra? – spytała. Owinęła się ręcznikiem, zsunęła czepek, wilgotne czarne włosy opadły na jej plecy. A jemu zaschło w gardle.

– Tak, Oleńka. Jak najbardziej. Pojedziemy gdzieś po południu?

– Gdzie? – Patrzyła na niego roziskrzonym wzrokiem.

– Może do Książa?

– Byłam tam kilka razy z rodzicami, ale chętnie.

– Chcę po prostu… – odchrząknął – chcę spędzić z tobą trochę czasu. Mógłbym cię zaprosić do siebie, ale… – Urwał i wpatrywał się w nią poważnym wzrokiem.

Ona także spoważniała. Dostrzegł, jak szybko unosi się jej klatka piersiowa, i wiedział, że to nie skutek basenowej przeprawy.

– Tak?

– Wolę być z tobą tam, gdzie są ludzie – dokończył ciszej. Złapał jej dłoń i zacisnął palce na jej nadgarstku. – Póki co.

– Póki co – także szepnęła i zagryzła wargę, aby powstrzymać uśmiech. Po chwili pochyliła się i pocałowała go w usta. Delikatnie, to było jak muśnięcie, a jemu zdawało się, że został uderzony czymś ciężkim w sam środek głowy. Albo serca. Miał ochotę złapać ją wpół i przyciągnąć do siebie i całować, całować, całować…

– Chyba lepiej będzie, jak pójdziemy do szatni – powiedział zachrypniętym głosem.

– Kto ostatni ten stawia pizzę! – Roześmiała się, złapała ręcznik i pobiegła w stronę damskiej przebieralni.

Patrzył na nią, aż nie zniknęła mu z oczu. Pokręcił głową i szepnął:

– *Ой, девочка, бежи от меня...*[8]

*

Łukasz włączył płytę Metalliki, usiadł na sofie i obracając w dłoniach kubek z kawą, intensywnie myślał. Wcześnie rano wyruszył do parku pobiegać, a potem zabrał Dragona na spacer. Gdy wracał, nieopodal domu dostrzegł czarne bmw, do którego wsiadała jego córka. Nie widziała go, ale za to on miał doskonały widok na nią i kierowcę auta. Chłopak, a właściwie facet był ciemnowłosy, trochę śniady, może opalony, wyglądał na wyćwiczonego. Łukasz w pięć sekund potrafił rozpoznać człowieka i powiedzieć o nim coś więcej niż tylko tyle, jak wyglądał. Tamten miał czujne oczy, zdawał się zamyślony i wówczas jego twarz stawała się ponura, a nawet groźna. Gdy Olga pojawiła się w zasięgu jego wzroku, uśmiechnął się i wpatrywał w nią tymi ciemnymi gałami.

Jego wzrok stanowczo się Łukaszowi nie podobał. Nic mu się nie podobało. Ani ciemnowłosy facet, ani czarna beemka na warszawskich blachach, ani to, jak jego córka biegła do samochodu. Jakby ktoś ją gonił albo pchał. Do tego kolesia. Łukasz zapamiętał oznaczenie tablic rejestracyjnych i miał zamiar sprawdzić, z kim spotyka się jego Olga. Musiał też powiedzieć o tym Magdzie. Lecz najpierw, jak zawsze, postanowił wziąć sprawy w swoje ręce.

---

8. *Ой, девочка, бежи от меня...* (ros.) – Oj, dziewczyno, uciekaj od mnie...

Gdy znalazł się w samochodzie, wybrał numer i czekał na połączenie.

– Co tam, szefie?

– Jedziesz już?

– Właśnie otwieram sklep.

– Zaraz będę.

– Ale wszystko gra?

– Tak, pogadamy, jak przyjadę.

Gdy zaparkował na tyłach sklepu, dostrzegł wysoką postać z ogoloną głową. Tomek palił papierosa i wpatrywał się w niego lekko zaniepokojony.

– Miałeś rzucić to gówno – mruknął Łukasz i przywitał się z kumplem.

– Rzucę, jestem na dobrej drodze.

– Yhm, chyba do raka. Chodź, musimy pogadać.

– Już lecę!

W środku nie było jeszcze nikogo, kasjerka i pracownicy obsługi klienta przychodzili na dziesiątą.

– Coś nie podoba mi się twój wyraz twarzy, szefie.

– Czy ty kiedyś przestaniesz? – Łukasz pokręcił głową.

– Nie. – Tomek wpatrywał się w niego z poważną miną. – Co jest grane?

– Fazi, słuchaj… – Lukas spojrzał na kumpla i już obaj wiedzieli, że jest coś na rzeczy. – Trzeba sprawdzić jednego gościa.

– Coś się dzieje? – Fazi spiął się, czujnie spoglądając dookoła.

Łukasz uśmiechnął się pod nosem. Cały Tomek. Zawsze mógł na niego liczyć. A gdy Lukas zwracał się do niego starą ksywką, w kumplu jakby coś się otwierało. Stare życie ciągle w nich tkwiło i wystarczyła sekunda, aby przywołać wszystko to, co na co dzień było uśpione w bezpiecznej otoczce teraźniejszości.

– Moja córka spotyka się z jakimś studentem prawa. Starszym od niej.

– No to chyba nie problem, szefie. – Fazi mrugnął, ale zaraz spoważniał, gdy Łukasz spiorunował go wzrokiem.

– Koleś jeździ czarną bawarą na warszawskich blachach.

– Coś w tym złego? Czasy się zmieniły.

– Wiem. – Łukasz potarł nasadę nosa. – Chodzi o to, że...

– Wkurwiasz się, że Olga dorosła? Znam to, moja Anita ma chłopaka, też chciałem na początku przejechać się z nim... wiesz...

– Nie w tym rzecz. Po prostu... mam przeczucie... – Borowski utkwił wzrok w kumplu.

– Przeczucie?

– Tak. Musimy sprawdzić tego kolesia.

– Dobra. Masz coś?

– Mam numer rejestracyjny jego samochodu. Mógłbym pogadać z Ratajczakiem, ale wolę nasze... stare metody i kontakty.

– No zrozumiałe. Zajmę się tym, szefie.

– Fazi... – Łukasz pokręcił głową i się uśmiechnął.

– Tak, szefie?

– Nic. Dzięki – powiedział i podał mu kartkę z zapisanym numerem rejestracyjnym.

– Zawsze i wszędzie.

Łukasz wiedział o tym doskonale. W końcu sam kiedyś, w innym życiu uchronił Tomka od więzienia, pomógł stanąć na nogi i żyć po właściwej stronie. Ale jemu też wiele zawdzięczał, Fazi był jego najwierniejszym kumplem. Żołnierzem. O tak, Lukas nigdy nie zapomniał przeszłości. Lecz teraz żył spokojnie, był szczęśliwy, kochał Magdę, Kacpra, Olgę. Kochał też... ją. Miał swoje chwile samotności, kiedy jechał na cmentarz Osobowicki i kładł na jej grobie białe róże. Zawsze siódmego września był u niej. Mówił do niej, zwierzał się. Czasami płakał. Tyle lat... ale on nigdy nie zapomniał. To była zadra w jego sercu, duszy, chociaż czasami myślał, że ich nie posiada. Jednak musiał coś mieć, skoro ciągle pamiętał i ciągle czuł gnębiący go żal i złość. Na siebie. Potem wracał do domu, wpatrywał się w niebieskie oczy żony, patrzące na niego z miłością i niepokojem, i zamykał całą przeszłość w najdalszych zakamarkach umysłu. Ale nie zapominał. I wiedział, że nie tylko on ma taką dobrą pamięć. Bo przecież oni... też nie zapominają. Jego całe życie to była walka i wyczekiwanie na cios. Musiał być czujny, gotowy, bo wciąż czuł się odpowiedzialny za to wszystko, co zgotował swojej rodzinie.

Nigdy, przez te wszystkie lata, od momentu, kiedy na nowo zbudował swoje życie, odkąd miał dom, Magdę, Kacpra, Olgę. Brata, jego rodzinę, matkę... Nigdy nikt nie dał mu odczuć, że go o coś obwinia, obarcza zamierzchłymi przewinieniami. Ale on wiedział, doskonale wiedział, kto za to wszystko odpowiada. Dlatego nie przestawał strzec swojej rodziny jak oka w głowie. I zawsze zdawał się na swój zmysł, wyćwiczony przez lata życia na granicy i bycia członkiem, a potem szefem zorganizowanej grupy przestępczej. Dlatego teraz podświadomie, podskórnie czuł, że coś się szykuje. I najbardziej bał się tego, że to coś nie dotknie bezpośrednio jego, tylko spadnie na dzieci. Tylko ktoś, kto im zagrażał, chyba do końca nie zdawał sobie sprawę, co to może dla niego oznaczać. Bo w tym przypadku... żadne granice nie będą go już obowiązywać. Łukasz Borowski wycofa się, schowa, a świat we władanie znowu weźmie Lukas. Gangster bez serca, który widzi tylko jedną metodę na rozwiązanie wszelkich zagrożeń, gdy chodzi o bezpieczeństwo jego rodziny.

Nie wracał do przeszłości zbyt często, robił to tylko wówczas, gdy był sam, jak teraz, albo gdy jechał na grób Małgośki. Wiedział, że Magdalena nie lubi, jak on zadręcza się wydarzeniami sprzed lat, a nie chciał za żadne skarby świata sprawiać jej przykrości. Jego ukochana wiele już wycierpiała, najpierw był jej popierdolony mąż, który zrobił z niej niewolnicę, potem zamach, z którego cudem uszła z życiem, jeszcze później on sam, jego zniknięcie na ponad rok. A Magda czekała, tęskniła i nie wierzyła w pogłoskę o jego śmierci. To jej wiara, niezłomność sprawiły, że teraz był tu, gdzie był, miał rodzinę i naprawdę czuł się szczęśliwy. Dlatego, gdy tylko ogarnęło go to trudne do wytłumaczenia przeczucie, że coś się zbliża, gdy w otoczeniu jego córki pojawił się ten chłopak... Wiedział, że musi być czujny i wszystko sprawdzić. Nawet gdyby się okazało, że to tylko jego głupia ojcowska przezorność.

Pamiętał dzień, w którym urodziła się Olga. Pojechał wtedy do Katowic w interesach, Magda miała jeszcze dwa tygodnie do terminu wyznaczonego przez lekarza. Sama przekonywała go, aby jechał.

– Kochanie, Kacpra przenosiłam o sześć dni, na pewno dzisiaj nie urodzę – mówiła, leżąc w łóżku, gdy on z samego rana szykował się do wyjazdu.

– Obiecujesz? – spytał z uśmiechem.

– Tak – odpowiedziała, kiwając skwapliwie głową.

Gdy poszedł na spotkanie z nowym kontrahentem, wyciszył telefon. Za co potem chciał urwać łeb sobie, partnerowi w interesach i wszystkim dupkom jadącym autostradą A4, którzy nie potrafili zmienić sprawnie pasa przed nadjeżdżającą czarną beemką, błyskającą ostrzegawczo światłami. Gdy skończył spotkanie, zobaczył, że ma kilkanaście nieodebranych połączeń od Kaśki. Prawie zwichnął sobie bark, gdy wybierał jej numer, jednocześnie biegł do samochodu, bo już wiedział, że coś się dzieje. Zawsze wiedział. Miał te swoje przeczucia, szósty zmysł, nosa, można to nazwać jakkolwiek, ale po prostu wiedział. Zbiegał po schodach, wielki, z szałem w oczach, ludzie w biurowcu usuwali mu się z drogi. Gdy dopadł samochodu, Kaśka wreszcie odebrała.

– Zaczęło się – powiedziała bez ogródek.

– Gdzie Magda?

– Już w szpitalu, jestem z nią, Krzysiek też już jedzie.

– Wszystko w porządku?

– Chyba tak, ale dość szybko idzie.

– Będę za godzinę.

– Łukasz... – Było w jej głosie coś takiego, że na moment się uspokoił.

– Tak?

– Ona chce cię całego. Jedź ostrożnie. Nie zabij się gdzieś tam po drodze.

– Dobrze. – Już wyjeżdżał spod biurowca.

– I nikogo innego też nie zabij.

– Postaram się. A ty się dobrze czujesz? – spytał, bo Kaśka też była w ciąży, tylko miała jeszcze kilka miesięcy do porodu.

– Dobrze, dzięki, że pytasz. – Słyszał, że się uśmiechnęła. – Ciągle mnie zaskakujesz.

– To moje zadanie na najbliższe lata.

– Uspokoiłeś się już trochę? – spytała poważnie.

– Tak, już jadę.

– Czekamy na ciebie.

– Mam nadzieję, że zdążę.

– Liczy się tylko to, żeby wszystko poszło dobrze. Ona nie jest tu sama, więc nie wariuj.

Nie wariował, tylko pruł sto osiemdziesiąt kilometrów na godzinę, wyprzedzając liczne ciężarówki i niedzielnych kierowców, którzy chyba omyłkowo znaleźli się na autostradzie. Gdy wpadł do szpitala na Brochowie, gdzie pracował lekarz, do którego Magda przez całą ciążę chodziła na prywatne wizyty, minęło równo osiemdziesiąt minut od chwili, kiedy skończył rozmawiać z Kaśką. Wpadł jak burza na oddział i z miejsca został zatrzymany przez pielęgniarkę.

– Gdzie pan leci?

– Moja żona rodzi.

– Tam nie wolno wchodzić.

– Magdalena Borowska, gdzie leży? – warknął, prując do przodu jak taran.

Kobieta wybiegła zza wysokiej lady pełniącej rolę dyżurki i złapała go za rękaw skórzanej kurtki.

– Z tą panią jest już rodzina…

Łukasz zatrzymał się i spojrzał na pielęgniarkę z wysokości metra dziewięćdziesięciu pięciu centymetrów wzrostu. Musiało coś być w jego wzroku, bo kobieta skurczyła się i powiedziała cicho:

– Prosto i na prawo. Proszę włożyć obuwie ochronne i fartuch. Tu można zdezynfekować ręce. – Wskazała pojemnik z płynem.

– Oczywiście. Dziękuję.

Zrobił wszystko tak, jak trzeba i po chwili był już na sali porodowej. Wcześniej przywitał się z bratem, który siedział na korytarzu i czekał. Kaśka była z Magdą. Ta wyglądała na zmęczoną, ale gdy zobaczyła wchodzącego Łukasza, uśmiechnęła się.

– No, jest już tata, to możemy zaczynać – powiedział z humorem doktor i pochylił się nad aparaturą KTG, która monitorowała czynności płodu.

Łukasz pocałował Kaśkę w policzek i podziękował jej za opiekę. Ta pokazała Magdzie wyciągnięte dwa kciuki i poszła do Krzyśka.

– Tak wyglądają twoje obiecanki. – Łukasz kucnął przy wezgłowiu i pocałował żonę w spocone czoło.

– Jakoś tak samo… wyszło – odparła i uśmiechnęła się.

– Zaraz wyjdzie. Jestem przy tobie, będzie dobrze.

I było, wszystko poszło jak z płatka. Tak jakby jego piękna wiedziała, że on musi przy tym być. Czekała na niego, wiedziała, że zdąży. Przecież musiał widzieć, jak rodzi się jego córka. Trzymał ją na rękach, czuł jej niewielki ciężar, słyszał krzyk. To była dla niego magia. I nic się nie zmieniło. Nic. Dlatego zmiecie z powierzchni ziemi każdego skurwiela, który będzie chciał skrzywdzić jego Olgę. Bo wprawdzie był Łukaszem Borowskim, biznesmenem, mężem, bratem i ojcem, ale… w głębi duszy nigdy, przenigdy nie przestał być Lukasem.

Wcześniej…

Zacząłem obserwować dziewczynę, która miała być moją przepustką do lepszego życia. Gdy już zrobię to, do czego zostałem stworzony, zyskam najwyższe poważanie zarówno u wuja, jak i u innych worów, a potem będę mógł wrócić do domu, czego tak bardzo pragnąłem. Wprawdzie wuj chciał, abym został tutaj i prowadził sprawy prawne jego licznych firm, które stanowiły swego rodzaju przykrywkę dla prawdziwej działalności mojej rodziny, ale nie będę już tak bardzo tutaj uwiązany. I wreszcie będę sobą. Teraz jednak zbliżał się moment, w którym miałem pojawić się w życiu tej dziewczyny i w sumie nawet zaczynało mnie to bawić. Bo na szczęście ona okazała się bardzo ładna, wysoka, smukła, ciemnowłosa. Uprawiała sport, widać to było w jej wyprostowanej naprężonej sylwetce. Zaczynałem jedno z przyjemniejszych zadań planu mojego wuja.

ROZDZIAŁ 9

Power of Trinity *Wszystko, co lubię*

Kacper skończył trening i wraz z Darkiem szykowali się do wyjścia. Darek rzucał cały czas głupie przytyki związane z Palomą, ale Kacper nie dał się sprowokować.

– I opowiadała ostatnio, że poszedłeś z nią do łóżka.

Kacper pokręcił głową.

– Darek, a ty zachowujesz się jak jakaś stara plotkara. Naprawdę chce ci się powtarzać te pierdoły? A co gorsza ich słuchać?

– Tylko ci mówię. Ona jest znana z tego, że jak na kogoś zagnie parol, to nie ma bata…

– Wiesz co? – Kacper zapiął sportową kurtkę i zarzucił na ramię torbę treningową. – Mam to w dupie. Mnie nie można do niczego zmusić. Poza tym… mam już dziewczynę.

– Dobra, nie unoś się Borowski, przypominasz czasami swojego starego.

– No bo to rodzinne u nas. Spadam, Iga na mnie czeka. – Podał koledze rękę, pożegnali się.

– Pozdrów ją! – krzyknął za wychodzącym kumplem Darek.

Kacper w odpowiedzi uniósł prawą pięść i wyszedł na zewnątrz.

Iga podbiegła do niego, prawie uwiesiła mu się na szyi i pocałowała w usta. Uśmiechnął się.

– Wygląda na to, że tęskniłaś.

– Nie widzieliśmy się dwa dni. A ty nie tęskniłeś? – Zrobiła smutną minkę.

– Cały czas – powiedział, a potem przyciągnął ją do siebie, objął ramieniem i pocałował we włosy. Poszli razem do samochodu, zapakowali rzeczy i po chwili wyjechali z parkingu. Kacper dostrzegł na schodach pływalni Palomę, która patrzyła na niego mało przyjaznym wzrokiem. Westchnął i odwrócił wzrok. Ale Iga zauważyła wszystko.

– Pamela chce mnie zabić – oznajmiła, gdy wyjechali na Mickiewicza.

– Martwi cię to?

– To, że laska ma żądzę mordu w oczach na mój widok?

– Prędzej na mój… – Wzruszył ramionami.

– Olać ją. Gdzie jedziemy?

– Do ciebie?

– Do mnie, Kamil wprawdzie jest, ale on ciągle z kimś romansuje w necie, a rodzice są w terenie. Tata w kancelarii, a mama pojechała na rozprawę do Opola.

– No to do ciebie, Igła. – Uśmiechnął się, a ona przytuliła się do jego ramienia.

*

Gdy znaleźli się w jej pokoju, Iga włączyła muzykę, odwróciła się i nie zdążyła nawet nic powiedzieć, a już znalazła się w objęciach Kacpra. Przytulił ją, a jego usta łaskotały delikatnymi pocałunkami jej szyję.

– Cały czas o tobie myślę. W dzień, na zajęciach, nie mogę się skupić na nauce, w nocy, w moim łóżku, nie mogę się skupić na spaniu. Doprowadzasz mnie do szału, Igła.

Uniosła dłonie i objęła jego szyję, potem głowę, na końcu policzki. Odchyliła się i spojrzała na niego z uśmiechem.

– Ja też nie mogę się na niczym skupić.

– Nie patrz tak na mnie – mówił, a oczy błyszczały mu nienaturalnym blaskiem.

– Niby jak?

– Jakby chodziło ci po głowie coś… – Jego dłonie gładziły jej plecy, zjechały niżej i zatrzymały się tuż nad pośladkami.

– Co takiego? – wyszeptała.

– Coś takiego… jak to! – Bez ostrzeżenia przycisnął ją do ściany i zaczął gwałtownie całować. Uniósł jej nogę, zacisnął palce na biodrze i przywarł jeszcze mocniej. Czuła go, ach, jak bardzo, twardego i napiętego, drżącego, tak samo jak ona. Wygięła się w łuk, chciała go mieć jeszcze bliżej, Boże! Chciała go mieć w środku. Tego potrzebowała, o tym marzyła. Pociągnęła go w stronę łóżka. Położył się na niej, opierając dłońmi o materac i jeszcze utrzymując dystans. Ale nie pozwoliła mu na to. Przyciągnęła go bliżej, tak że całym ciężarem przywarł do jej ciała. Zajęczała i poruszyła biodrami, jego twardy członek znalazł się pomiędzy jej rozsuniętymi udami.

– Jezu, Iga – wyszeptał, dysząc i całując jej szyję.

– Chcę cię, kocham cię! – Zerwała z niego T-shirt.

– Nie możemy… – Na przekór słowom ściągnął z niej bluzkę i zgrabnym ruchem odpiął biustonosz.

– Wszystko możemy… – Pokręciła biodrami i zsunęła z siebie spodnie. Złapała za skórzany pasek przy jego czarnych dżinsach, on w ostatniej chwili zatrzymał jej dłoń.

– Za chwilę. Najpierw… – mruczał coś niezrozumiałego, gdy jego dłonie zacisnęły się na jej piersiach, a usta zjeżdżały niżej i niżej, aż wreszcie dotarły do koronkowych czarnych majteczek.

– Och… Jezu… – wyjęczała, gdy poczuła powiew powietrza między nogami, była naga i otwarta, gotowa na niego.

– Nie, tylko Kacper – powiedział z uśmiechem. – Taka cudowna – znowu zaczął coś mamrotać i po chwili jego język rozpoczął taniec na jej gorącej, mokrej, pulsującej łechtaczce. Zacisnęła dłonie na prześcieradle, wygięła się w łuk i miała wrażenie, że jej głowa przebije materac. Kacper był nieustępliwy, jego dłonie masowały jej piersi, a usta i język wciąż tańczyły pomiędzy nogami. Wreszcie krzyknęła głośno i miała wrażenie, że jej ciało poszybowało gdzieś ponad światem. A na pewno daleko od jej rozumu i pojmowania tego, co się z nią dzieje. Opadła na gorące prześcieradło i po chwili poczuła jego silne ciało otulające ją jak kokon. Czuła się cudownie, bezpiecznie, czuła się...

– Kocham cię, Iga – wyszeptał do jej ucha, pocałował je i polizał małżowinę. – Kocham cię tak, że nie jestem w stanie tego pojąć. I wybacz, że mówię to dopiero teraz. Ale kocham cię już od dawna. Jesteś moją Igłą. Na zawsze.

– Ja też cię kocham. I mam gdzieś, co będzie dalej. Wiem tylko, że chcę być z tobą. Już zawsze.

– Poradzimy sobie... – Gładził jej nagie plecy, sięgając aż do pośladków.

– Nie będziesz się ze mną dzisiaj kochał? – spytała, rozleniwiona.

– Nie dzisiaj – odpowiedział i uśmiechnął się.

– Czemu?

– Bo cię kocham. I chcę mieć na co czekać. Poza tym jakoś nie czuję się tu bezpiecznie. A chcę, abyś ty czuła się komfortowo.

– Jesteś cudowny... – Położyła się na nim, wciąż czując jego twarde i podniecone ciało.

– Jak tak będziesz robić, to mogę przestać taki być... – Jego głos był zachrypnięty, a mięśnie drżały.

To było dla niej niesamowite. Wiedza, że tak właśnie na niego działa. Kochała go całym sercem. A teraz jeszcze... o ile to możliwe, zaczynała dostawać na jego punkcie prawdziwego świra.

– Nie mogę się doczekać. – Uniosła się na przedramionach i spojrzała mu w oczy. Patrzył na nią przez chwilę, a jego tęczówki błyszczały lazurem.

– Pamiętam, gdy się urodziłaś. Wcześniej na świat przyszła moja siostra. Powiedzieli mi, że ciocia Kasia też będzie miała niedługo córeczkę. Spytałem, czy to też będzie moja siostrzyczka. Mama odparła, że to będzie siostra mojego serca. Nie pomyliła się. Jesteś w moim sercu. Tylko nie jako siostra.

– Uwielbiałam z tobą przebywać, ale gdy miałam jakieś czternaście lat, zaczęłam inaczej na ciebie patrzeć. To było dla mnie takie... straszne! – Potrząsnęła włosami. – Bałam się, ale jednocześnie nie umiałam sobie z tym w żaden sposób poradzić. I najgorsze było to, że nie miałam komu o tym powiedzieć. Normalnie zwierzyłabym się Oldze, ale jak miałam to zrobić w tej sytuacji?

– Wiem, że tak było. Może trochę później się zorientowałem, ale czułem, podświadomie. Wyczuwałem cię, Igła. Jakbyś żyła we mnie, gdzieś pod skórą. Gdy twój tata do nas przyjeżdżał, a ty byłaś razem z nim, od razu wiedziałem, że zaraz cię zobaczę.

– Świetnie się kamuflowałeś – powiedziała i skrzywiła się.

– Wiem. Nie mogłem sobie z tym poradzić, tak samo jak i ty. I też nie miałem z kim o tym pogadać. Zresztą nie jestem skory do zwierzeń.

– Teraz mamy siebie. Byliśmy tyle lat tak blisko, ale teraz się odnaleźliśmy.

– Jak w jakimś romansie.

– I co z tego. Nasze rodzeństwo już wie, teraz czas na starych.

– Rodziców.

– Oj, wiem! – Przewróciła oczami.

– Ubierzmy się.

– Po co? – Roześmiała się.

– W sumie... – Też się zaśmiał, ale sięgnął po bieliznę i podał jej.

– Kacper?

– Tak, Igła?

– Kiedy będziemy sami? Tak razem. Wiesz... – Wyglądała na zakłopotaną.

– Pomyślę nad tym. Chcę tego, bardzo – powiedział i przewrócił ją na plecy. Teraz patrzył na nią z góry, mięśnie jego ramion lekko drżały, oczy błyszczały, pochłaniał ją głodnym, pełnym pragnienia wzrokiem. – Nawet sobie nie wyobrażasz, co teraz czuję – powiedział cicho. – Jakbym chodził po jakimś pieprzonym urwisku. Jeden nieopatrzny krok i spadnę. Dlatego musisz się ubrać, i ja też.

– Bardzo cię kocham – powtórzyła i objęła go ramionami.

– Ja też, Igła, ja też – zapewnił ją kolejny raz, pocałował mocno i po chwili, niejako siłą, oderwał się, wstał i zaczął ubierać.

Po dłuższej chwili zeszli na dół, a tam Kamil szykował sobie coś do jedzenia, jednocześnie rozmawiając z kimś przez telefon. Przyłączyli się do wspólnego posiłku, a potem zasiedli w salonie i puścili muzykę. Tak zastała ich Kaśka, która wcześniej wróciła z sądu. Spojrzała na córkę i uśmiechnęła się. Gdy Kacper pojechał do domu, Iga chciała iść na górę, ale Kaśka ją zatrzymała.

– Iguś, poczekaj chwilę.

Dziewczyna westchnęła i usiadła na wysokim stołku przy kuchennej wyspie. Brat przezornie poszedł na górę, jedynie na schodach wyciągnął dwa kciuki w jej kierunku i uśmiechnął się pokrzepiająco. Kaśka zrobiła sobie kawę z dużą ilością mleka i usiadła po drugiej stronie. Patrzyła na córkę, a ta nic nie mogła wyczytać ze wzroku matki. Tak już z nimi było... Z rodzicami. Zwłaszcza z ojcem, który umiał przywdziewać tę swoją prawniczą maskę na twarz i nic nie można było nigdy z niej wyczytać. Ale mama też była w tym całkiem dobra.

– Jak sprawa? – zapytała Iga i popatrzyła na nią niepewnie.

– Dobrze. Żona dostanie to, co jej się należało po dwudziestu latach małżeństwa i wychowywania trójki dzieci pana biznesmena. Który teraz zostawił ją dla dziewczyny o rok starszej od swojej córki. Życie... – Kaśka wzruszyła ramionami. Przez lata pracy jako adwokat i specjalistka od trudnych rozwodów zdążyła się napatrzeć na wojny podjazdowe małżonków, którzy kiedyś przysięgali sobie te wszystkie rzeczy, a teraz zamienili je w nic nie warte słowa rzucane na wiatr.

– No tak.

– Iguś, powiedz mi, kochanie... Czy ty się zakochałaś?

Dziewczyna zaczęła się wiercić na stołku, jakby skórzane siedzenie ją parzyło.

– Pytam, bo obserwuję cię od dłuższego czasu. Jesteś moją córką, znam cię, Iguś. Coś cię trapi. Męczy. Wiesz, że zawsze byłam dla ciebie otwarta, że zawsze mogłaś na mnie liczyć. Przynajmniej taką mam nadzieję. Sama wcześnie straciłam mamę, a potem za bardzo nie miałam z kim porozmawiać. Znasz historię moją i taty. Dlatego obiecywałam sobie, że gdy będę mieć dziecko, a zwłaszcza córeczkę, będę gotowa na przyjęcie nawet najgorszej prawdy. Co cię trapi, Iga? Poznałaś kogoś? Jest ci źle? Powiedz, proszę. Wiem, że jesteś dojrzała i odpowiedzialna, ale chciałabym wiedzieć, że coś się dzieje. I wiedz, że nie jestem od oceniania, zawsze stanę po twojej stronie.

– Mamo, nie jesteś w sądzie! – Iga pokręciła głową, ale się uśmiechnęła.

– Sorry, dziecko, ale masz starych prawników, papugi tak mają. – Kaśka też się uśmiechnęła.

– No dobrze... bo chodzi o to, że jest taki chłopak... – Iga uciekała wzrokiem, skupiając całą uwagę na trzymanej w ręku szklance z sokiem.

– Czy to TEN chłopak? – Kaśka spytała łagodnie.

– Zdecydowanie TEN – powiedziała Iga i spojrzała matce w oczy.

– To co cię trapi? Przyprowadź go do nas. Znasz mnie, znasz tatę...

– No właśnie... – Dziewczyna się skrzywiła.

– Daj spokój, ojciec cię kocha, będzie tylko pilnował, żeby cię nikt nie skrzywdził.

– On na pewno mnie nie skrzywdzi. Mówię o NIM.

– Wiem, więc o co chodzi?

Iga przełknęła ślinę. Popatrzyła na matkę poważnym wzrokiem.

– Chodzi o to, że go znacie.

Kaśka zmarszczyła czoło.

– Znamy?

– Mamo... – Załamał się jej głos.

– Iguś, mów.

– To jest Kacper... – Ciche wyznanie potoczyło się echem po pustej kuchni.

Kaśka wzięła głęboki wdech. Teraz wszystko zrozumiała. Te wspólne wieczory, wspólne pasje, oglądane razem filmy, muzyka. To przekomarzanie się, uśmiechy, walka na poduszki. Te spojrzenia... Jak mogła się nie połapać? Wielokrotnie widziała, jak Kacper wpatruje się w jej córkę. Ale ciągle widziała w nim bratanka, kuzyna, brata... Pokręciła głową.

– No to mnie zaskoczyłaś, chociaż chyba nie do końca.

– Tak się stało... Nic nie możemy na to poradzić.

– On czuje to samo co ty?

– Tak. – Dziewczyna skwapliwie pokiwała głową.

– No to cóż... W sumie mogę powiedzieć, że kamień spadł mi z serca – powiedziała z uśmiechem Kaśka.

– Naprawdę?

– Wiesz, byłoby gorzej, jakbyś przyprowadziła wytatuowanego, ogolonego trzydziestolatka. A Kacper to dobry chłopak.

– Z porządnej rodziny! – Iga wyszczerzyła się w uśmiechu.

– Cwaniara. Chodź tu! – Kaśka wyciągnęła ramiona i po chwili córka skryła się w nich, tak jakby była małą dziewczynką.

– Kocham cię, Iguś. Wszystko będzie dobrze. I jakbyś chciała pogadać, wiesz, o wszystkim...

– Mamo, wiem. – Dziewczyna wywinęła się z objęć. – Nie martw się. Nie jesteśmy głupkami.

– Wiem. Ale ja też miałam osiemnaście lat i zakochałam się w twoim ojcu. Nic się dla nas wtedy nie liczyło...

– Chyba nie chcę znać szczegółów! – Iga przewróciła oczami.

– Boże, brzmię jakoś staro! – Kaśka złapała się za głowę. Śmiała się.

– Mamo, ty nigdy nie będziesz stara. A co teraz? – Iga nagle spoważniała.

– Z ojcem?

– No tak. I wujek, ciocia...

– Nie martw się. Wszystko będzie dobrze. Zajmę się tym.

– Naprawdę?

– Tak, słoneczko moje.

– Kochana jesteś! – Przytuliła mamę i pocałowała w policzek.

– A co to za czułości? Cześć, dziewczyny! – Krzysiek rozbierał się w przedpokoju.

Iga spojrzała na mamę szeroko otwartymi oczami. Kaśka zmrużyła oczy i potrząsnęła głową.

– Idź do siebie, kochanie. Potem jeszcze pogadamy.

Iga przywitała się z ojcem i pobiegła na górę. Krzysiek wyszedł z łazienki, podszedł do żony i pocałował ją w usta.

– Co taka radosna jesteś? Sprawa wygrana?

– Nie tylko. Zaraz odgrzeję obiad. A potem musimy porozmawiać.

– Stało się coś? – Krzysiek spojrzał na żonę czujnym wzrokiem.

– Nie. Wszystko gra. Wszystko gra.

Wcześniej…

Ale była z niej nieznośna dziewczyna. Rodzice bardzo ją pilnowali, zwłaszcza jej… ojciec. Widziałem go, przyjechał po nią kiedyś na trening. Mimo że wcześniej wielokrotnie oglądałem jego zdjęcia, to teraz miałem okazję zobaczyć go na żywo. Był starszy niż na fotografiach, które miał w swoim archiwum wujek, ale nadal wywoływał niepokój już samą swoją posturą. Chyba podobał się kobietom, bo nawet gdy szedł ze swoją córką, przyciągał spojrzenia studentek wychodzących z pływalni na wrocławskiej AWF. A ta… Olga. Mrużyła oczy i chyba się z nim o coś kłóciła. Była zadziorna, widziałem to w całej jej postawie. I była w tym podobna do swojego ojca. Z jednej strony chciałem bardzo obudzić w sobie to znajome uczucie nienawiści, które czułem w stosunku do Borowskiego, a z drugiej… jakoś nie mogłem. Ona mnie… rozbawiała. Tak, właśnie tak. Nie miałem zbyt wielu powodów do radości, a gdy ją obserwowałem, gdy potem w domu oglądałem liczne fotografie, na których ją uchwyciłem… czułem się jakoś tak lekko. I już nie mogłem doczekać się spotkania z nią.

ROZDZIAŁ 10

Lube *Doroga*

Wpatrywał się w stare, pogięte nieco zdjęcie. Ciemnowłosy mężczyzna o ogorzałej twarzy, jasnowłosa delikatna kobieta i mały chłopiec stojący pomiędzy nimi. I podpis: *Masza, Igor, Grisza.*

Wielokrotnie przyglądał się tej fotografii, to była jego ucieczka do przeszłości, którą chciał pamiętać i oprócz której nie miał nic. Powtarzanie sobie, że robi to dla nich, było dla niego jak mantra. Jak jedyny ratunek, kiedy ogarniały go wątpliwości i próbował sobie tłumaczyć, że to, co robi, jest złe, chore, że tak nie wolno, że lepiej zająć się własnym życiem i budować sobie jakąś przyszłość. Ale wciąż miał to zdjęcie. Gdzie jest rodzina, która się kochała i była taka szczęśliwa? Jak przez mgłę pamiętał śmiech matki, gdy ojciec ją przytulał i całował. A jego brał pod pachy i podrzucał wysoko. Piszczał wtedy z radości i za każdym razem szczęśliwie lądował w ramionach ojca. Dlatego zawsze, gdy działo się w jego obecnym życiu coś, co w jakiś sposób mogło odwrócić jego uwagę od głównego celu... wpatrywał się w tę fotografię i od razu rozumiał, że to, co robi wspólnie z wujem, jest jedyną metodą odkupienia i zadośćuczynienia. Potem będzie mógł odpocząć i zająć się sobą. Spojrzeć w oczy ojca i matki na zdjęciu i powiedzieć, że zostali pomszczeni.

Dzisiaj znowu czuł się jak stąpający po linie nad przepaścią. Wszystko przez tę dziewczynę. W jej towarzystwie potrafił nawet na kilka minut zapomnieć, kim jest i co stanowi jego cel, potrafił szczerze się roześmiać i rozbawić także ją. Jasne, było to częścią planu, ale łapał się na tym, że wcale nie musiał się zmuszać do takich zachowań. To przychodziło naturalnie, wynikało z tego, że przy niej zaczynał czuć się swobodnie i naprawdę nie musiał udawać, grać.

Ale tu zaczynało dziać się coś jeszcze. Dzisiaj... po basenie pojechali na śniadanie, a potem ona wróciła do domu. Umówili się na popołudnie. Gdy odebrał ją z pętli na Muchoborze, była taka szczęśliwa. Nawet teraz, gdy zamknął oczy, widział jej uśmiechniętą twarz i błyszczące oczy. Zaproponowała, żeby pojechali do Leśnicy. Zgodził się. Tam zostawił samochód i poszli na spacer do lasu.

– Lubię tu przyjeżdżać. Zabieramy naszego psa, Dragona, może wówczas biegać sobie swobodnie.

– Z kim tu przyjeżdżasz?

– Najczęściej z ojcem. Albo z bratem.

– Co jeszcze lubisz robić? – Szedł obok niej, trzymał ręce w kieszeniach kurtki.

Olga podążała tuż obok, jednak cały czas gestykulowała, poprawiała długi, owinięty wokół szyi kolorowy szalik, odgarniała długie ciemne włosy, które wiatr stale zwiewał jej na twarz. Mówiła i mówiła, sprawiała wrażenie, jakby nie było w niej nic statycznego. Była żywiołem, radością i młodością. W przeciwieństwie do niego. Jego nieruchome spojrzenie utkwione było w leśnej ścieżce, a czasami przenosiło się na nią. Poważny, wręcz ponury, chłonął jej postać wszystkimi zmysłami. Zorientował się, że takim zachowaniem sprawia, że ona czuje się niepewnie, denerwuje się. Zatrzymał się i utkwił w niej wzrok.

– Za dużo gadam? – Olga także się zatrzymała, znowu poprawiła szal, odgarnęła włosy, dmuchnęła na pasemko, które przykleiło się do jej ust.

Nie był w stanie patrzeć na to nieruchomo, bez uczuć. To było tak cholernie, kurewsko trudne. Uniósł dłoń i palcami delikatnie odsunął długie ciemne pasmo włosów z jej policzka.

– Nie – odparł krótko, zaciskając miarowo szczęki. Pomyślał, że mógłby zrobić to tutaj, byli w środku lasu, nikt po drodze ich nie widział. Ale jednocześnie obraz, jaki podsunął mu umysł, sprawił, że poczuł złość. Na siebie, na swoją przeszłość, na swoje pochodzenie, na to, co go przygnało tak daleko od domu. I to wszystko skumulowało się w jego umyśle, sprawiło, że w tym momencie przestał być Griszą, Grześkiem, kimkolwiek tam był. Teraz… przez moment… był chłopakiem, który przyszedł z dziewczyną na jesienny spacer. Z dziewczyną, która podobała mu się tak bardzo, że przez moment przestał myśleć. I zrobił to. Po prostu złapał ją za kurtkę, przyciągnął do siebie i trzymając w mocnym uścisku, zaczął całować.

Na początku była spięta, raczej zaskoczona, ale po chwili zmiękła, wtopiła się w jego objęcia i poczuł jej dłonie gładzące jego kark. Kurwa… Była taka słodka, niewinna, cudowna. I ufna. Tak cholernie ufna. Pocałował ją jeszcze raz, złapał jej twarz w dłonie i lekko odsunął. Spojrzał w te wspaniałe dwukolorowe oczy. Błyszczały, śmiały się do niego. Poczuł ukłucie gdzieś w okolicach serca. Sumienie. Pierdolone sumienie… Nie mógł dać mu dojść do głosu.

– Chyba jednak za dużo mówiłam – szepnęła, wciąż wtulając się w niego. Stała na palcach, jej twarz była kilka centymetrów poniżej jego.

Mógł z łatwością znowu ją całować. Tak bardzo tego chciał. Ale nie… Wrócił Grisza. Jeszcze nie teraz. Na to też przyjdzie pora. Na wszystko przyjdzie pora.

– No, trochę – odezwał się wreszcie. Jego głos był zachrypnięty i przepełniony emocjami. Ale już za chwilę uspokoił zmysły. Potrafił zrobić to w ułamku sekundy. Lata treningów sprawiły, że doskonale panował nad emocjami. Tylko dlaczego przy niej… zapominał, co było jego celem? Grzechy ojców… są naszymi grzechami. I on, i ona musieli za nie zapłacić.

Gdy szli w kierunku samochodu, poczuł jej dłoń na swojej. Nieśmiało dotknęła jego palców, a on miał wrażenie, że przez jego ciało przebiega prąd o dość wysokim natężeniu. Nie zastanawiał się, nie analizował. Złapał jej dłoń, splótł palce z jej palcami i poprowadził w kierunku zaparkowanego nieopodal auta. Potem siedzieli w środku, uruchomił silnik i włączył ogrzewanie, bo na zewnątrz było już chłodno.

– Puść jakąś muzykę – poprosiła. Zdjęła szalik i rzuciła go na tyle siedzenie.

Włączył odtwarzacz, rozległy się dźwięki piosenki, wokalista śpiewał po rosyjsku.

– O fajnie, nie znam tego. Zostaw! – Złapała go za rękę, gdy chciał przełączyć.

– Lubię inne zespoły, u nas mało popularne.

Pokiwała głową w rytm piosenki.

– Całkiem dobre. Ja słucham głównie metalu, ale to mi się podoba.

– To fajnie.

– Czemu zawsze jesteś taki poważny? Śmiejesz się czasami? – Oparła się o drzwi i spojrzała na niego z uśmiechem.

– Czasami tak – odparł poważnie.

– Może zabiorę cię na imprezkę? Pobawisz się z licealistami.

– Nie wiem tak do końca, czy umiałbym się bawić.

– A spotkaliśmy się w klubie… – Zrobiła śmieszną minę.

Uśmiechnął się i pokręcił głową.

– Co to za imprezka?

– Urodziny koleżanki. Osiemnastka. Robi party w domu, ale potem chcemy się urwać do klubu. Moi rodzice oczywiście nie mogą o tym wiedzieć. Ojciec ma świra na tym punkcie.

– Na jakim? – Grzesiek zainteresował się nagle.

– Nie lubi, gdy chodzę gdzieś na dyskotekę, do pubu. W sumie jak uda mi się wyrwać, to zawsze muszę coś kombinować.

Uważa, że to jaskinia zła i zepsucia – wyjaśniła, przewracając oczami.

– Może ma rację?

– Bez przesady. Mam swój rozum.

– Ciekawe, czemu ma takie zdanie na ten temat?

– Nie wiem. – Olga wzruszyła ramionami. – Kiedyś miał jakąś knajpę, potem zainwestował w sklepy muzyczne. Ale co robił przed moimi narodzinami… to wielka rodzinna tajemnica. – Przyłożyła palec do ust i ściszyła głos.

Uśmiechnął się nieznacznie.

– Dlaczego tajemnica?

– No, skoro to *top secret*, to nie wiem. Może był jakimś gangsterem? Albo szefem mafii? – zażartowała i roześmiała się.

– Jak w filmie.

– Taaaa. Nieważne! – Machnęła ręką. Nie widziała, że Grzegorz cały się spiął, a w jego oczach pojawiło się coś, co zapewne poważnie by ją zaniepokoiło, gdyby to dostrzegła.

– Nie dam rady pójść z tobą na imprezę.

– Nawet nie wiesz, kiedy to będzie – powiedziała ze smutkiem.

– Możemy się umówić, że cię odbiorę z tego klubu i zawiozę do domu. Co ty na to? – Spojrzał na nią, uśmiechał się.

– No dobrze – bąknęła.

– Twoja mina mówi co innego.

– Wcale nie.

– Oleńka… – zaczął i przybliżył się tak, że miał jej twarz tuż przed swoją.

– Lubię, jak tak do mnie mówisz.

– To dobrze. Przyjadę. Odstawię cię do domu, wolę, żebyś nie jeździła nocą po mieście.

– Tak ci na mnie zależy? – spytała przekornie i za chwilę zawstydziła się, jakby się zorientowała, że poszła odrobinę za daleko.

– Tak – odparł poważnie, patrząc jej prosto w oczy. Zaczerwieniła się, a on wówczas pogłaskał ją po policzku i przybliżył się jeszcze bardziej. – Zależy mi. Bardzo.

Zamknęła oczy. Wpatrywał się w nią. Była śliczna i niewinna. A on był skurwielem. Ale nie to go uderzyło. Zorientował się, że... że wcale nie kłamał. Nie musiał udawać. Mówił prawdę. Prosto ze swojego czarnego serca. Złapał jej policzki w dłonie i pocałował ją prosto w usta. Znowu zdawała się roztapiać w jego ramionach, a to go całkowicie znokautowało. Domyślał się, że dziewczyna nie ma większego doświadczenia w sprawach damsko-męskich i jeszcze bardziej się nakręcił. Czuł, jak na niego reagowała, jak poddawała się naciskowi jego ciała. Nie był ze stali, do diabła! I w dodatku zdawał sobie sprawę, że ona zaczyna do niego coś czuć. Widział to w jej spojrzeniu, w uśmiechu, którym go często obdarowywała, w gestach. I to budziło w nim uczucia, których do tej pory nie miał i których nie rozumiał. Których się bał. Przerażało go to bardziej, niż gdyby ktoś teraz przystawił mu lufę do skroni. Pocałował ją jeszcze raz, mocno, głęboko. Smakowała cudownie, krew szumiała mu w uszach, był gotowy wziąć tę dziewczynę tutaj i teraz. Wiedział, że byłoby to pochopne, za wcześnie, nie taki był plan. Musiał doprowadzić się do porządku. Za szybko to wszystko poszło. Stanowczo tempo było zbyt szalone. Odsunął się i spojrzał jej w oczy. Błyszczały, były piękne. Tak jak ona.

– Odwiozę cię do domu, Oleńka.

– Dobrze – zgodziła się z uśmiechem.

– Daj mi znać odnośnie do tej imprezy – dodał, kiedy usiadł za kierownicą i wrzucił jedynkę. Musiał się uspokoić.

– To w przyszłą sobotę. Ale chyba się jeszcze zobaczymy?

– No właśnie chyba nie. – Wyjechał na główną i podążył w stronę miasta. – Muszę pojechać do domu, do wujka.

– Do Białegostoku?

– Tak.
– Mówiłeś, że nie masz nikogo…
– Mam wujka, daleki krewny – odparł, wpatrując się w drogę.
– Rozumiem, ale wrócisz do soboty?
– Jasne.
– To dobrze.

Gdy dojechali na Muchobór, zatrzymał się przy parku, tak jak zawsze. Olga wzięła torbę, spojrzała na niego i powiedziała cicho:

– Będę za tobą tęskniła.

Gdy wysiadła, on patrzył na jej szczupłą, wysoką postać, aż zniknęła w bramie dużego domu. Obejrzał się do tyłu, dostrzegł jej kolorowy szalik. Sięgnął po niego, przybliżył do twarzy. Pachniał nią. Zaciągnął się jak najlepszym papierosem, przymknął oczy.

– *Я тоже, девочка, я тоже*[9].

Potem wyjął pogniecione zdjęcie z portfela i umieścił w kratce nawiewu. Musiał pamiętać, nie mógł zapomnieć, nie mógł wybaczyć. To było jarzmo przeszłości, które zgotował mu jej ojciec. Każda zbrodnia musi zostać ukarana. A największą karą dla rodzica jest moment, kiedy dziecko cierpi za jego przewinienia. On także cierpiał za to, kim był jego ojciec, i za to, w jakiej rodzinie się urodził. Ale nie miałby takiego życia, gdyby ojciec wciąż żył. Dlatego musiał doprowadzić to zadanie do końca. Był to winien wujowi, który zastąpił mu ojca i matkę.

Wcześniej…

Wuj postanowił dać mi odrobinę rozrywki. Tak to nazwał. Viktor przyjechał do Warszawy z kilkoma chłopakami, zabrali mnie do nocnego klubu. Tam zabawiłem się z młodą, ale już

---

9. *Я тоже, девочка, я тоже* (ros.) – Ja także, dziewczyno, ja także.

doświadczoną dziewczyną, oczywiście od nich. Zawsze jeździliśmy do „naszych" klubów, których w stolicy było mnóstwo. A potem poszliśmy na dyskotekę. A tam kilku facetów wyraźnie coś do mnie miało. Wiedziałem, że to zostało ukartowane przez Viktora i jego ludzi, to był także element mojego treningu, nie pierwszy raz spotykało mnie coś takiego. Kiedyś szedłem ulicą i zaczepiło mnie trzech zakapiorów. I wtedy, i teraz rozprawiłem się z nimi w okamgnieniu. Viktor poklepał mnie po plecach i postawił dużą wódkę. Wyjątkowo, bo nigdy nie oferowali mi alkoholu, mimo że sami pili bardzo dużo. No ale ja byłem ich cudowną bronią. Inwestowali we mnie jak w dobry biznes, mający przynieść określony dochód. Tym byłem… Biznesem, inwestycją. Zero człowieczeństwa, tylko interesy.

ROZDZIAŁ 11

Type O Negative *Wolf Moon*

Oleg wyszedł ze szpitala, porozmawiał jeszcze z lekarzem prowadzącym Maszę. Ten jak zwykle nie miał dla niego zbyt dobrych wieści.

– Wycofała się, zamknęła w sobie. Nie widzi celu w realnym życiu, dlatego żyje we własnym świecie, zatapia się we wspomnieniach, na swój sposób na pewno jest szczęśliwa. Widział pan, że się uśmiecha.

– Do siebie… – Oleg pokręcił głową.

– Nie do siebie. Ona uśmiecha się do ludzi, którzy żyją tam razem z nią. Trzeba dać jej spokój i czas. Może kiedyś wyjdzie na zewnątrz. A może nie.

– Dobrze, dzięki doktorze. – Achmadow wyciągnął grubą kopertę wypchaną dolarami i popchnął ją w stronę starszego mężczyzny w okularach.

– Nie trzeba. – Doktor pokręcił głową.

– Darowizna na rzecz szpitala. Nie do zwrotu.

Westchnął i schował kopertę do szuflady. Wiedział, że w tym przypadku nie ma co dyskutować. A swoją drogą za pieniądze od Achmadowa nie raz zakupił nowy sprzęt do szpitala, a także wyremontował skrzydło przeznaczone na świetlicę dla lżej chorych pacjentów. Poza tym… lepiej było mieć ich po swojej stronie.

W samochodzie Oleg odebrał połączenie od Viktora.

– Małodziec chce rozmawiać.

– Dobrze, umów nas na dwudziestą.

Oleg zachowywał daleko idącą ostrożność. Rzadko kontaktował się bezpośrednio z Griszą, najczęściej używał do tego zaszyfrowanego połączenia internetowego. Viktor trochę śmiał się z tych jego dziwactw, ale Oleg wiedział, że lepiej dmuchać na zimne. Nie po to przygotowywał taki długoletni i dalekosiężny plan, aby dać się pokonać przez zasraną nieuwagę, lekceważąc przeciwnika.

*

Grzesiek nigdzie nie wyjeżdżał, zamknął się w swoim małym mieszkaniu. Musiał trochę pomyśleć i na moment odciąć się od tego, co robił. Odciąć się od niej. Poza tym trochę tęsknoty dobrze jej zrobi. Dzisiaj umówił się na rozmowę z wujem, potrzebował tego od czasu do czasu, chociaż wujek ostrzegał go, aby zbyt często się nie kontaktowali. Rozumiał jego obawy i ostrożność, ale czasami po prostu musiał z nim pogadać. Był mocno z nim związany i często po prostu tęsknił, zwłaszcza że od najmłodszych lat przebywał poza domem i z reguły był sam. Nauczył się żyć w samotności, nie przeszkadzała mu aż tak bardzo, ale przecież też miał swoje uczucia i potrzebował słowa wsparcia. Zwłaszcza od tego, który był mu ojcem. Nie chciał przyznać przed sobą, że coś go zaczynało gnębić, że pojawiło się nieznaczne uczucie zwątpienia, a przecież nie mógł do tego dopuścić! To byłoby ogromnym zagrożeniem i jego osobistą klęską. Nie mógłby żyć ze świadomością, że zawiódł. I tak by pewnie długo nie pożył, gdyby coś spieprzył, ale nawet sam ze sobą nie mógłby wytrzymać i spojrzeć w swoje odbicie w lustrze. Cholerne uczucia, doskonale umiał je wyłączać, a jednak przy niej… Czasami głupie serce zaczynało bić odrobinę za szybko. Dlatego okłamał ją co do wyjazdu. Pragnął w samotności pomyśleć i porozmawiać z wujem. To była jego metoda na odzyskanie równowagi.

Nie chciał iść z Olgą, Oleńką właściwie, na tę licealną imprezę. Wiedział, że będzie musiał się z nią gdzieś pokazywać, skoro stawał się jej „chłopakiem". Ale będzie robił wszystko, aby jak najrzadziej widywać się z jej towarzystwem. Jeszcze tylko kilka tygodni i rozpoczną realizację kolejnego etapu ich zadania, a wówczas już wszystko będzie jasne i ona spojrzy na niego z nienawiścią i zawodem. Na to też był doskonale przygotowany.

Pamiętał, że jedna dziewczyna też patrzyła na niego w ten sposób. Agata była o rok młodsza, chodzili do jednego liceum, zaprosiła go na studniówkę. Potem odebrał jej dziewictwo, a ona oszalała na jego punkcie. I kiedyś zobaczyła go jadącego ciemną beemką, z głośno włączoną muzyką, z kolegami, którzy nie wyglądali jak studenci prawa, i z piszczącymi dziewczynami. Powiedział jej, że jest z kimś, a z nią to była tylko miła przygoda. Bo nie mógł się z kimkolwiek wiązać, przynajmniej wtedy. I teraz. Dopóki nie zakończy tego, co od lat decydowało o jego losie, nie będzie mógł zająć się sobą i swoim życiem.

Teraz czekał na połączenie z wujem i słuchał muzyki, przy której niejednokrotnie bawił się ze swoimi druzjami i zabawiał z chętnymi pannami, które nigdy o nic nie pytały, nie wymagały, pojawiały się i znikały. I takie było jego dotychczasowe życie: jak film wyświetlany w starym kinie. Seans się kończy i wszystko znika. On też miał wkrótce zniknąć. Wraz z Oleńką.

Usłyszał dochodzący z laptopa sygnał, nacisnął słuchawkę i zobaczył zatroskaną twarz wuja.

– No co tam, Griszeńka? Stało się coś?

– Nie. Chciałem się z tobą zobaczyć.

– Ciężko ci tam samemu, wiem. Ale jeszcze trochę.

– Dam radę. Co w domu?

– Wsio w pariadkie. Wszystko gra. Byłem u Maszeńki.

Grzesiek zacisnął usta.

– Nic się nie zmieniło, synek. Nic... – Oleg pokręcił głową ze smutkiem.

– Wiem.

– Jak wrócisz, może jak cię zobaczy…

– Widziała mnie wiele razy. Ona już nie wróci, wujaszku.

– Trzeba próbować.

– A tak poza tym? Do przodu?

– Tak, Grisza. *Скоро*[10].

– *Хорошо*[11].

– *А как наша девочка?*[12]

– *Она моя*[13].

– To dobrze, synek. Działaj dalej. Uważaj na siebie. I na tego wielkiego sukinsyna.

– Będę. Kocham cię, wuju.

– Ja ciebie też, Griszeńka.

Gdy obraz zniknął, Grzegorz zamknął pokrywę od laptopa, podszedł do barku, wyjął czystą wódkę i nalał sobie pół szklanki. Nie pił, ale czasami tego potrzebował. Wypił jednym haustem i zapatrzył się w widok za oknem, na hotel przy placu Drobnera, na wieże katedry i efektownie oświetlony Ostrów Tumski. Wiedział, co zrobi. A gdy to zrealizuje, ona już naprawdę będzie jego.

*

– Jak to są parą? – Krzysiek podniósł się na łokciu i patrzył na leżącą obok żonę. Była niedziela, nie mieli żadnych spraw, nie musieli jechać do sądu, do kancelarii, mieli cały dzień dla siebie. Kamil pojechał rano na basen, Iga wybyła gdzieś z Kacprem. To oni stali się przedmiotem porannej rozmowy rodziców. A miała to być niedziela pełna relaksu.

---

10. *Скоро* (ros.) – Wkrótce.

11. *Хорошо* (ros.) – Dobrze.

12. *А как наша девочка?* (ros.) – A jak nasza dziewczyna?

13. *Она моя* (ros.) – Jest moja.

– No chodzą ze sobą! – Kaśka przewróciła oczami.

– Wiem, co to znaczy. Ale jak do tego doszło? – Krzysiek usiadł i potarł twarz.

– No wiesz, to się zaczęło już jakiś czas temu. Najpierw czujesz przyspieszone bicie serca, cały czas myślisz o tej drugiej osobie, masz ją ciągle przed…

– Katka, nie mówimy o nas. – Borowski się uśmiechnął.

Kaśka też usiadła, uśmiechnęła się i przytuliła do ramienia męża.

– Myślałam, że o nas. – Pocałowała go w policzek. – Chyba lepiej, że jest to Kacper niż ktokolwiek inny.

– No tak, ale wiesz… Ja ich traktowałem zawsze jak… nie wiem, cholera, rodzeństwo.

– Ale nim nie są – odparła spokojnie Kaśka. – Widać oni traktowali się zupełnie inaczej.

– A Łukasz i Magda? Wiedzą? – Krzysiek spojrzał na żonę.

– Chyba jeszcze nie.

– Już widzę minę mojego brata.

– Myślę, że nie będzie robił z tego tragedii. Wyluzuj, Krzysiu.

– I kto to mówi?

– Nasz córka jest zakochana. W dodatku w porządnym chłopaku. Jest szczęśliwa.

– W kolejnym Borowskim… – Krzysiek pokręcił głową.

– I dobrze. Borowscy są całkiem fajni.

– Tak mówisz? – Przytulił żonę, położył się i wciągnął ją na siebie.

– Nie wstajemy?

– Za chwilę.

– Za dłuższą chwilę?

– Może jutro… – Uśmiechnął się i zaczął całować usta, które kochał nieprzerwanie od prawie trzech dekad.

*

Iga patrzyła na Kacpra, który wyłuszczał jej szczegóły wyjazdu.

– To znaczy, że jedziesz tam ze swoją grupą?

– No tak. Rano mamy zawody i zostajemy na weekend.

– Myślałam, że pójdziesz ze mną na imprezę. Do Roksany.

– Wiem, tak wyszło. – Kacper rozłożył ręce. – Poza tym będzie Olga, idziecie pewnie razem?

– No tak. Ale szkoda.

– Przepraszam cię, muszę tam jechać.

– A Pamela Anderson też będzie? – Iga zmarszczyła brwi.

– Oj tak – Kacper uśmiechnął się kącikiem ust – ale jakie to ma za znaczenie?

– Takie, że będziesz z nią przez dwa dni spać w jednym schronisku.

– Dla mnie to nie ma najmniejszego znaczenia. Zobaczę, jakie są warunki i pomyślałem, że na następny weekend moglibyśmy tam sami pojechać.

– A gdzie to jest?

– W Świdnicy, przy trasie na Wałbrzych.

– Wiem gdzie – powiedziała ponurym głosem.

– Igła, rozchmurz się! – Kacper objął ją i przycisnął usta do czubka jej głowy. – Hm, lubię twój szampon, pięknie pachniesz.

– Nie mogę znieść, że będziesz tam z nią.

– Jesteś zazdrosna – raczej stwierdził, niż zapytał.

– No brawo, Sherlocku! Ciekawe, czy ty byś nie był? – Odsunęła się i spojrzała mu w oczy.

– Ale…

– Wyobraź sobie, że jest w pobliżu mnie jakiś chłopak, który ślini się na mój widok.

– Ona wcale się…

– Ślini się i chce cię zaciągnąć do łóżka.

– Igła! – Złapał ją za ramiona i lekko potrząsnął. – Pamiętaj, że do tego trzeba dwojga. Nie jestem jakąś pieprzoną marionetką.

– Jesteś facetem.

Kacper patrzył na nią przez chwilę, po czym odsunął się. Był zły.

– A więc uważasz, że tylko dlatego będę korzystał z okazji i łapał, co popadnie? Tak mnie właśnie postrzegasz?

Zreflektowała się.

– Nie... To znaczy...

– Trochę mnie rozczarowujesz, używając takiego argumentu. Myślałem, że masz o mnie lepsze zdanie.

– Po prostu nie cierpię tej laski i jej nie ufam.

– Wystarczyłoby, gdybyś ufała mnie. Chodź, zawiozę cię do domu – powiedział i podniósł się z ławki przy Pergoli, gdzie siedzieli.

– Jesteś na mnie zły?

– Brawo, Sherlocku!

– To może ja mam cię teraz jeszcze przeprosić? – Też wstała i patrzyła na niego wściekłym wzrokiem. Wyglądała tak pięknie, że musiał na chwilę spojrzeć gdzieś ponad jej głową i powstrzymać się od chęci złapania jej w ramiona i całowania wydętych teraz w złości ust. Cholera, czasami była taka nieznośna! Nic nie rozumiała!

– Nie potrzebuję twoich przeprosin – odezwał się po chwili. – Wystarczy, że będziesz mi ufała. Chodź.

Poczuła się jak skarcone dziecko. Było jej przykro, że tak ją potraktował, była zła na siebie, że zachowywała się trochę jak rozkapryszona nastolatka, a najbardziej wściekała się na tę pieprzoną Palomę, która spędzi z jej Kacprem dwa dni i będzie paradowała przed nim w stroju kąpielowym, kusząc go swoimi pięknymi, długimi do samej szyi nogami. Zdawała sobie sprawę, że musi się uspokoić, bo to nie prowadzi do niczego dobrego. Czuła, że jej zachowanie jest idiotyczne, ale co mogła na to poradzić, że była zakochana i zazdrosna? Poszła wraz z Kacprem do samochodu, w milczeniu dojechali do jej domu. Tam wysiadła, mrucząc pożegnanie. Powstrzymując łzy, poszła do siebie. Tłumiła rozczarowanie, że nawet nie próbował jej powstrzymać i pocałować. Rodzice krzątali się w kuchni, burknęła powitanie i pobiegła na górę do swojego pokoju. Napisała pełnego żalu SMS-a do przyjaciółki i rzuciła się na łóżko, dusząc płacz w poduszce.

Po jakichś czterdziestu minutach usłyszała szmer na schodach, śmiech i po chwili do jej pokoju wparowała Emilia.

– Musiałam przyjechać. Co to za jęki i płacze? – zapytała bez wstępów, usiadła na łóżku i rzuciła w Igę kolorowym jaśkiem.

– Pisałam ci.

– Iga, masz prawo być zazdrosna. A on powinien to zrozumieć.

– On tego nie rozumie i potraktował mnie jak dziecko.

– Nie wydaje mi się, żeby on coś tego z tą lalą.

– Emilka, on nic nie „tego", ale chodzi o to, że ona by bardzo chciała. A wiesz, jakie dziewczyny są zdesperowane i napalone.

– Wprawdzie nie z autopsji, ale wiem. – Blondynka uśmiechnęła się i położyła koło Igi. – Pamiętasz o imprezie Roksany?

– Tak, Olga mi już sto razy przypominała.

– Idziesz, mam nadzieję?

– Idę.

– Z Kacprem?

– No nie, skoro on ma ten wyjazd. – Iga wzruszyła ramionami.

– Nie martw się, Iguś, zrobimy sobie babskie wyjście, będzie fajnie. A o Kacpra chyba nie masz się co martwić. On wgapia się w ciebie, jakby chciał cię schować do kieszeni.

– Yhm. Długonoga Pamela też się tak w niego wgapia – odparła z przekąsem Iga.

– Pociesz się, że on ma to w dupie. – Emilia obróciła się na brzuch i popatrzyła na przyjaciółkę. – Tyle czasu robiliście do siebie podchody. Już dawno widziałam, że coś jest na rzeczy. On udawał, że jesteś dla niego jak siostra, ty do pewnego momentu grałaś jego przyjaciółkę. A powietrze pomiędzy wami aż parowało.

– Wariatka! – Iga wreszcie się uśmiechnęła.

– Nie wariatka, tylko uważna obserwatorka. A jak starzy? Wiedzą już?

– Mama tak. Pewnie powie o tym ojcu.

– Nie robicie nic złego. Nie martw się tym jego wyjazdem i nie rób scen.

– Myślisz, że powinnam do niego zadzwonić?

Emilia się zamyśliła.

– Poczekaj. Może on zrobi pierwszy krok. W sumie byłoby lepiej, nie?

– No tak... – Iga westchnęła i położyła sobie poduszkę na twarz.

– Lecę do domu, muszę jechać z Marusiem do Arkad. Ma tam imprezę urodzinową kolegi – powiedziała Emilka i przewróciła oczami. Obiecała mamie, że zawiezie młodszego brata na urodziny i poczeka tam na niego dwie godziny.

– Dobrze, dzięki, że przyjechałaś. – Iga objęła przyjaciółkę.

– Zawsze i wszędzie. Trzymaj się i nie twórz historii. Poczekaj do – Emilka skrzywiła się i spojrzała na zegarek – powiedzmy do piętnastej. Jak się nie odezwie, to napisz mu esa.

– Dobrze, mamo.

– No, lecę, bo mnie matka zamorduje. Pa! Odezwę się później.

– Pa!

Iga leżała jeszcze kilka minut, w końcu zebrała się w sobie i zeszła na dół. Tam rodzice siedzieli przy wyspie kuchennej i pili kawę. Ojciec spojrzał na nią i spytał z uśmiechem:

– A ty dzisiaj bez Kacpra? Nie widzicie się?

– Rano się spotkaliśmy – odparła powoli, spoglądając na mamę.

– Aha. My dzisiaj idziemy do kina, a potem na kolację.

– Jakaś okazja? – Iga nalała sobie soku pomarańczowego i piła, patrząc znad szklanki na rodziców.

– Bez okazji. Po prostu twój ojciec chce zabrać swoją ukochaną na romantyczną schadzkę – powiedziała Kaśka.

– Bo twój ojciec to chodzący romantyk – dodał Krzysiek.

– Kocham was! – Iga uśmiechnęła się i spojrzała na rodziców. – Naprawdę bardzo mocno.

– My ciebie też. I pamiętaj, nie ma takiej rzeczy, której bym dla ciebie nie zrobił. Jeśli ktoś cię skrzywdzi – Krzysiek wpatrywał się w córkę – nie będzie miał życia.

– Jezu, tato, brzmisz jak z filmu o mafii.

– Nader celnie, Igusia – stwierdził Krzysiek, w tej samej chwili zerknął na żonę, uniósł brew, a potem dolał sobie kawy ze szklanego dzbanka stojącego na ekspresie.

– Kacper dzisiaj przyjdzie? – Kaśka uśmiechnęła się do Igi i mrugnęła, dając znak, że wszystko gra.

– Eee, jeszcze nie wiem.

– My będziemy wieczorem, jakbyś chciała gdzieś wyjść, to musisz pozamykać dom i włączyć alarm, bo Kamil też wybył.

– Jasne, na razie nie mam jeszcze planów. Dam ci znać, jak coś.

W tym momencie z góry rozległ się dźwięk komórki Igi, więc zerwała się i pobiegła na górę, biorąc po dwa stopnie.

Krzysiek spojrzał na żonę i uśmiechnął się kącikiem ust.

– Ciekawe, czy jak my dzwonimy, to ona też leci na złamanie karku?

– Daj spokój. Ty też tak biegałeś, kiedy ja dzwoniłam.

– Katka, nic się nie zmieniło. – Podszedł do niej i pocałował ją w szyję. – Nic a nic.

*

Iga wpadła do pokoju i w ostatniej chwili odebrała telefon.

– Halo! – powiedziała lekko zdyszana.

– Igła… – Kacper był zaniepokojony.

– Byłam na dole.

– Myślałem, że nie chcesz ze mną rozmawiać.

– Chcę.

– Chciałem ci powiedzieć, że rozumiem.

– Co?

– Wszystko. Rozumiem. I byłbym niesamowicie wkurwiony, gdyby jakiś koleś ślinił się do ciebie. Wówczas zająłbym się jego śliniankami.

– Wariat! – Uśmiechnęła się.

– Mogę do ciebie przyjechać?

– Czy kiedyś pytałeś?

– Teraz pytam. Bo wiem, że cię zraniłem.

– Rodzice wiedzą.

– Jak to?

– Powiedziałam mamie, a ona chyba przekazała ojcu.

– Nie chce mnie zabić?

– Póki co nie. Ale dostałam przekaz, że jeśli ktoś mnie skrzywdzi…

– Igła, jeśli ktoś cię skrzywdzi, to ja go zabiję. Tym się nie kłopocz.

– Po południu będę sama – powiedziała z uśmiechem.

– To zaproszenie?

– Propozycja.

– Przyjadę, Igła.
– Czekam, Kacper.
Gdy skończyła z nim rozmawiać, włączyła swoją ulubioną piosenkę i zaczęła tańczyć. Była szczęśliwa. I zakochana. I wiedziała, że żadna zasrana Paloma jej nie zagraża. Bo Kacper naprawdę ją kocha. Kocha. Kocha!!! I ona go też. Na śmierć i życie!

Wcześniej…
Gdy spędzałem czas na nauce i obserwowaniu Olgi Borowskiej, przypomniałem sobie wydarzenia sprzed lat, kiedy to zafascynowałem się pewną dziewczyną. Jeszcze w liceum, w Warszawie. Agata naprawdę się we mnie zakochała, a potem, gdy spędziliśmy razem noc, kiedy okazałem się jej pierwszym facetem… naprawdę dostała na moim punkcie świra. Ale to było za wcześnie i nie na miejscu. Zły moment, zły czas. Wprawdzie zdawałem sobie sprawę, że gdybym pociągnął to dalej, wpadłbym głębiej i mogłoby to źle się odbić na całej akcji, na moim życiu, zaplanowanym w każdym calu. Dlatego zadbałem o to, aby przekonała się, że byłem skurwysynem, który najzwyczajniej w świecie ją wykorzystał. Uczucia były złe, były słabością, nie mogłem sobie pozwolić na żadne inne niż to, które pielęgnowałem w sobie od lat. Nienawiść. O tak, to było coś, o co warto było dbać.

ROZDZIAŁ 12

Type O Negative *Love You to Death*

Tydzień minął niepostrzeżenie. Olga była zawiedziona, że nie widziała się w tym czasie z Grzegorzem. Napisał jej tylko oszczędnego w słowach SMS-a, że zajechał do Białegostoku i że postara się przyjechać po nią do klubu. To wcale jej nie uspokoiło. A wręcz przeciwnie, czuła się oszukana i pozostawiona samej sobie. W dodatku ojciec wielokrotnie wypytywał ją o szczegóły imprezy i w końcu dała się złamać pod jego uporczywym wzrokiem. Czasami miała wrażenie, że powinien pracować gdzieś w policji, najlepiej jako śledczy, wówczas z każdego przestępcy wyciągnąłby na jaw nawet najgorszą prawdę.

– Tak podejrzewałem, Olga. Wiesz, że jestem wyczulony na kłamstwa. – Łukasz wpatrywał się w córkę, która wierciła się pod obstrzałem jego spojrzeń. Przypomniały mu się stare czasy, kiedy to przepytywał swoich ludzi, a ci kręcili tylko na początku, a potem przyznawali się do małych lub większych grzeszków.

– Oj, sorry, tato. Wiedziałam, że będziesz marudził.

– Olga! – Łukasz objął się ramionami i spojrzał na córkę z góry. Cholera, tak bardzo przypominała mu jego samego. Zamknięta w sobie, zbuntowana, ubrana w czarne dżinsy i czarną koszulkę z logo Metalliki. Ciemne proste włosy sięgały do pasa, w uszach miała kilkanaście kolczyków, na palcach kilkanaście srebrnych obrączek. Jego dziecko. Jego córeczka.

– Wiem, przepraszam – wymamrotała. – Jestem odpowiedzialna. Naprawdę. Będzie Roksana, Iga, Emilia. Kamil też wpadnie. Silna grupa Borowskich, oprócz Kacpra, bo on wyjeżdża. Tato, zaufaj mi.

– Ufam. Nie wiem tylko, dlaczego usiłowałaś to przede mną ukryć. Wiesz, że wolę naj…

– Wiem, wiem – przerwała z niecierpliwością Olga – najgorszą prawdę niż najlepsze kłamstwo.

– O której to się zaczyna?

– Najpierw w domu Roksi, potem idziemy do klubu. I wracamy do Roksany. I tak miałam u niej spać.

– Jaki to klub?

– Rising Sun.

– Aha. – Oczywiście wiedział, że ten klub należy do czterech kumpli, których znał.

– Mogę do ciebie przyjechać.

– Tato, proszę cię…

– Ale mam prośbę, napisz do mnie, gdy wrócisz z klubu do domu Roksany. Bardzo cię o to proszę.

– Jasne, oczywiście, że napiszę.

– To dobrze.

Olga wstała i spojrzała na ojca.

– I wiesz co, to działa w obydwie strony.

– Co takiego? – Łukasz zmarszczył brwi.

– Ta najgorsza prawda.

– Wiem…

– No to może najwyższa pora porozmawiać ze mną.

– Olga…

– Serio, tato. Nie jestem już małolatą, przed którą trzeba ukrywać rodzinne sekrety. Serio – powtórzyła dobitnie, zabrała jabłko leżące na tacy w kuchni i poszła na górę.

Łukasz oparł się o blat w kuchni, potarł twarz rękoma i zaklął cicho. Tak. Jego córka nie była głupią małolatą. O nie… Wciąż się uczył, jak to jest być ojcem, mężem. Jak to jest być za kogoś odpowiedzialnym. Musiał zrozumieć, że nie jest już Lukasem-panem świata. Jest facetem, który ma rodzinę. Dlatego z jednej strony robił wszystko, aby chronić ją przed tym cholernym światem, a z drugiej zdawał sobie sprawę, że zamknięcie własnej córki w wieży nic nie da. Kiedyś gdzieś przeczytał, że wychowujemy dzieci nie dla siebie, lecz właśnie dla świata. Nie chciał ograniczać ani Kacpra, ani Olgi. Ale wciąż czuł strach i obawę o ich bezpieczeństwo. Lata życia na krawędzi nauczyły go, że nikomu nie można za bardzo ufać i zapominać o przeszłości. O nie! On nigdy nie zapominał o tym, co było i co stało się jego udziałem. A w tej chwili chciał tylko, aby jego dzieci były bezpieczne. Postanowił, że puści Olgę na tę imprezę, przecież dziewczyna była odpowiedzialna i nie sprawiała im do tej pory większych problemów. Miała swój własny świat, ale to dobrze, cenił indywidualności, a ona właśnie taka była. Ale nie za bardzo ufał innym, dlatego wyciągnął komórkę i zadzwonił do jednego starego znajomego. Wojtek obiecał, że będzie miał oko na młodą Borowską. Łukasz zadowolony wyłączył telefon. Mógł zrobić chociaż tyle. I miał nadzieję, że ten chłopak, z którym ostatnio widział córkę, nie pojawi się w klubie. I w ogóle, nie pojawi się już w ich życiu.

*

Olga szykowała się na imprezę. Była zawiedziona, że nie będzie z nią Grześka, który wysyłał jej tylko oszczędne w słowach SMS-y. To też ją zastanawiało, obawiała się, że zdążyła już sobie stworzyć jakąś ich wspólną historię, a tymczasem mogło się okazać, że to była tylko jej projekcja. Ten pocałunek, wtedy w lesie... Nigdy czegoś takiego nie czuła. I dlatego wkurzała się sama na siebie, że to tak wiele dla niej znaczyło, a dla niego chyba nie. Chociaż dostrzegała mnogość uczuć w jego oczach i była pewna, że widzi w nich... pożądanie. Tego nie mogła sobie wymyślić. To dlaczego był taki daleki?

I tak daleko? Dziewczyna potrząsnęła głową i zaczęła wciągać na nogi obcisłe czarne dżinsy. Na górę włożyła czarny top ze srebrnym napisem „I wanna be a Rock Star". Do tego wysokie kozaki, skórzana kurtka i praktycznie była gotowa. Makijaż już miała zrobiony, ciemne kreski pod oczami załatwiały sprawę. Umówiła się z Igą i Emilią w domu Roksany, Kamil miał dojechać prosto do klubu. Postanowiła, że dzisiaj nie będzie rozmyślać o pewnym facecie, który miał ją podobno odebrać z dyskoteki, ale w tej chwili nic na to nie wskazywało. Zamierzała dobrze się bawić i udawać, że nigdy się z nim wcześniej nie spotkała.

U Roksany był okrutny melanż, młodzież rozpierzchła się po domu, muzyka grała na full, ktoś śpiewał, dziewczyny się śmiały, Maciek, przyjaciel Kamila, grał na gitarze.

– Maciek, Kamil będzie? – Iga usiadła obok kumpla i próbowała przekrzyczeć wszechogarniający chaos.

– Będzie później! – wydarł się chłopak.

– Lecimy, dzieciaki! – Roksana klasnęła w ręce.

– Czekaj, poprawię oko! – Marta, koleżanka z klasy, poderwała się w stronę łazienki.

– Chodźcie do wujka, trzeba dostać cukiereczka! – Patryk, który także kumplował się z Maćkiem i Kamilem, hojnie rozlał wódkę do kieliszków i wołał wszystkich na shota. Wreszcie, przy akompaniamencie krzyków, śpiewów, śmiechu całemu towarzystwu udało się wyjść, zapakować do trzech taksówek busów i podążyć w stronę klubu Rising Sun, który znajdował się w samym sercu miasta. Olga czuła się trochę wstawiona, piwo i trzy shoty zrobiły swoje, cieszyła się, że zdążyła zjeść sałatkę, bo picie na pusty żołądek mogłoby skończyć się źle. W klubie napili się jeszcze po jednym i towarzystwo zgodnie ruszyło na parkiet. Dziewczyny tańczyły, muzyka dudniła, świat pulsował, wszystko wirowało. Olga tańczyła z Igą, Roksi, Emilią, obok wydurniali się Maciek, Patryk i reszta towarzystwa.

– Idziemy na fajkę? – wydarła się jej do ucha Roksana.

– Taaaak.

Dziewczyny wyszły na zewnątrz i zapaliły. Olga nie paliła. Każda z nich coś trenowała, ale na takim melanżu zawsze fajki szły w ruch. Dostrzegła idącą od strony Ratusza znajomą sylwetkę. Kamil żegnał się z jakąś długowłosą dziewczyną, pocałował ją i podążył w stronę klubu.

– Kamiiiiiil – piszczała Roksi – zdradzasz mnie?! – Rzuciła mu się na szyję. Pocałował ją w policzek i wręczył jedną różę.

– Ciebie? Nigdy! Gdzie chłopaki? – spytał siostrę.

– Na dole. Maciek jest mistrzem parkietu – parsknęła Iga.

– Widzę, że zdążyłyście się już nieźle zrobić – zauważył, kręcąc głową.

– A to dopiero początek! – wykrzyczała Olga.

– Dobra, lecę nadrobić! – Kamil podążył w stronę kamiennych schodów prowadzących w dół.

– Kamo, a co to za dziewczyna? – Iga zatrzymała brata.

– Koleżanka – zbył ją.

– Czy to jest…?

– Tak. Ale na razie zostaw to, Iga. – Popatrzył z uwagą na siostrę.

– Jasne. Ale jaja.

– Wiem.

– No to może nas zapoznasz? – wtrąciła się Roksi.

– To tylko koleżanka. – Kamil wzruszył ramionami, odwrócił się i poszedł na dół, do klubu.

– Tiaaa, na pewno… – Roksana przewróciła oczami.

– Kamil jak zawsze tajemniczy.

– Borowscy tak mają! – Olga, Iga, Emilia i Roksana wykrzyczały to chórem. Tak było zawsze, gdy którekolwiek z rodzeństwa coś zrobiło. Zresztą tego sformułowania nader często używały także mamy: Kaśka i Magda.

– Dobra, spadamy na parkiet?

– No a jak!
– Ale najpierw po wściekłym psie.
– O nie!!!!
– O taaaaaak!!!
Olga szalała. Było już dobrze po północy, muzyka dudniła, teraz leciało wściekłe techno, ale jej już to nie przeszkadzało. Chciała się wyżyć, zdusić w sobie te niepokojące myśli, gnębiące uczucie tęsknoty i rozczarowania. Wcześniej kilkakrotnie sprawdzała komórkę, ale teraz schowała ją do małej torebki, którą miała przewieszoną przez lewe ramię, więc nawet gdyby ktokolwiek do niej dzwonił – i tak by nie słyszała. Towarzystwo, jak to zwykle bywa, zaczynało się rozchodzić. Ktoś zasnął na sofie, ktoś pojechał do domu, Roksana tańczyła z jakimś chłopakiem, którego nie znała. Iga siedziała na niskim pufie z ponurą twarzą i wlewała w siebie wódkę. Kamil non stop pisał SMS-y i wydawał się zupełnie nieobecny. Emilia tańczyła niedaleko Olgi, ale też jakby zatopiona w swoim świecie. A jej samej to nic nie obchodziło. Miała własną rzeczywistość. I najchętniej pozbyłaby się tych wszystkich ludzi krążących wokół, ocierających się o nią, popychających... W tym momencie ktoś złapał ją za biodra i przyciągnął do siebie. Myślała, że to któryś z kumpli, odwróciła głowę i zobaczyła twarz nieznajomego faceta. Owszem, była wstawiona, ale nie na tyle, aby nie wiedzieć, co się z nią dzieje. Odwróciła się gwałtownie, pokręciła przecząco głową i chciała odejść. Ale zderzyła się z innym facetem.
– Obserwujemy cię, czarna. Widzę, że lubisz szaleć. Zabawmy się – wykrzyczał jej do ucha. Jego oddech cuchnął wódką i papierosami. Chciała się wyrwać, ale złapali ją i pociągnęli w stronę wąskiego przesmyku prowadzącego do toalet. Na parkiecie i wszędzie panował ścisk, wszyscy byli pijani, nikt nie zwrócił uwagi na facetów prowadzących zataczającą się dziewczynę. To trwało ułamek sekundy, a jej

wydawało się, że wieczność. Zamachnęła się i uderzyła jednego z nich w twarz.

– Ty kurwo! – Już widziała zbliżającą się pięść. Zamknęła oczy. I wtedy... Szamotanie, krzyk, jęki, przekleństwa. Wparowali ochroniarze klubu i chyba jeden z menadżerów. A dwaj napastnicy leżeli na drewnianej podłodze i wyglądali na nieprzytomnych. Uniosła głowę i spojrzała w najbardziej czarne i najbardziej ponure oczy, jakie znała. Prawa ręka była zaciśnięta w pięść, dostrzegła zaczerwienione kostki i od razu zrozumiała, co zaszło.

– Nie odbierałaś telefonu! – Grzesiek wyglądał na wkurwionego. Ledwo nad sobą panował.

– Nie słyszałam – wyszeptała, ale mimo hałasu on wszystko zrozumiał.

– Wszystko w porządku? – Wysoki facet w białej koszuli i marynarce podszedł do niej i spojrzał zaniepokojony.

– Tak. – Kiwnęła głową.

– Wyprowadźcie te gówna – rozkazał ochroniarzom. – A ty, chłopie – popatrzył na Grześka – byłeś szybki, ale i tak byśmy zareagowali, mamy tu kamery. Na drugi raz nie rozrabiaj, bo też damy ci bana na wstęp.

– To moja dziewczyna, musiałem zareagować. – Grzesiek spojrzał na mężczyznę. Olga dostrzegła plakietkę na jego marynarce „Arkadiusz Sarneńczyk. Właściciel. Rising Sun".

– Jasne, rozumiem. Ale od zachowania porządku mam ludzi. Jest pani tu z kimś? – zapytał, patrząc na Olgę.

– Z przyjaciółmi i kuzynami.

– To zaprowadzę panią do nich.

– Nie trzeba, teraz już mi nic nie grozi. – Spojrzała na Grześka.

Facet patrzył na nich spod zmarszczonych brwi. Jego nadopiekuńczość była co najmniej dziwna. Ale w końcu kiwnął głową i się oddalił. Grzesiek nadal wyglądał na wkurzonego.

– Nie słyszałam telefonu. – Olga podeszła do niego i spojrzała mu w oczy. – Wcześniej kilka razy sprawdzałam, ale nic się nie odzywałeś. Myślałam, że... dałeś sobie spokój.

– Obiecałem, Oleńka. Jeśli coś mówię, to to robię.

– Teraz to wiem. Dobrze, że się pojawiłeś.

– Zabiłbym ich... – dodał, a w jego głosie usłyszała jakiś niepokojący ton, od którego po jej ciele przebiegły dreszcze. Pomieszały się z innymi dreszczami, które wywoływała sama jego obecność i ciepło bijące od jego ciała. Teraz myślała tylko o tym, aby poczuć go jak najbliżej siebie.

– Zatańczymy?

– Serio? – Patrzył na nią z góry, objął się ramionami, jakby chciał trzymać się od niej z daleka. Ale spojrzenie mówiło coś całkiem innego.

– Serio. – Dotknęła jego przedramion.

Westchnął, objął ją i przytulił. Pochylił głowę i szeptał coś w jej włosy, ale nic nie mogła zrozumieć. Mówił po rosyjsku? Czy jej się zdawało?

– Co mówiłeś?

– To, że jesteś bardzo nieznośną dziewczyną.

– A to prawda?

– Co takiego? – Odchylił głowę i spojrzał na nią. Jego oczy już nie były takie wściekłe.

– Że jestem twoją dziewczyną. Tak powiedziałeś temu menedżerowi.

– Tak. A widzisz jakoś inaczej to, co dzieje się między nami?

– Nie – wyszeptała.

– Chodź na parkiet! – Pociągnął ją, trzymając mocno za rękę. Wcześniej bardzo się przestraszyła, przeraziła właściwie, ale teraz wiedziała, że nic już jej nie grozi. I uświadomiła sobie, że zakochała się w tym dziwnym czasami facecie swoją pierwszą wielką miłością.

Tańczyli kilkanaście piosenek, teraz didżej zaczął puszczać nieco wolniejsze kawałki, bo pora była już późna, a i towarzystwo trochę zmęczone i pijane. W pewnym momencie Grzesiek zostawił ją na chwilę i podszedł do didżeja. Olga w tym czasie podążyła do stolika, przy którym siedziała Roksana i nowo poznany przez nią chłopak, z którym dynamicznie o czymś rozprawiała i widać było, że świetnie bawią się w swoim towarzystwie.

– A gdzie Iga i Kamil? – Olga rozejrzała się zaniepokojona. Poczuła coś na kształt wyrzutów sumienia. Mieli się przecież pilnować.

– Kamil wyszedł, bo przyjechała do niego ta dziewczyna, z którą go widziałyśmy. A Iga była bardzo wkurwiona i pojechała z Emilią do domu. Zamówiły taksówkę.

– Posłuchaj, Roksi… – Olga pochyliła się i spojrzała na koleżankę. – Ja nie wracam ani do domu, ani do ciebie. Ale jak coś, to śpię u ciebie.

– No dobra, ale co ty… – Roksi nie dokończyła, bo gdy zobaczyła Grześka stojącego za Olgą, już wszystko zrozumiała. – Aaaaa, okej! – Uśmiechnęła się szeroko.

Grzegorz kiwnął do niej, ujął Olgę za rękę i pociągnął ku sobie.

– Zatańczymy – powiedział i ruszyli w stronę parkietu. Po chwili rozległy się ciężkie kawałki jednego z jej bardziej ulubionych zespołów.

– Skąd wiedziałeś?

– Słuchasz tego, co i ja. A to klasyk.

– Kocham Type O Negativ.

– Ja też. Posłuchaj słów.

– Znam je… – Spojrzała w jego oczy. Były czarne i błyszczały. Ale już nie złością.

– To dobrze, Oleńka.

– Nie jadę do Roksany. Ani do domu.

Milczał, nie spuszczając z niej wzroku.

– Gdzie chcesz jechać? – spytał wreszcie, trzymając ją w ramionach i kołysząc lekko w rytm piosenki.

– Do ciebie.

Widziała, jak pulsują jego kości policzkowe. Wpatrywał się w nią błyszczącymi jak w gorączce oczami. Zdawała sobie sprawę, że miota się, że teraz wszystko analizuje. Nie rozumiała go. Przecież widziała, że jej pragnie. Nazwał ją swoją dziewczyną. Czasami był taki zagadkowy... Wreszcie przytulił ją i poczuła jego usta na swojej szyi. Po chwili wyszeptał jej wprost do ucha:

– To jedźmy już teraz, Oleńka. Teraz.

Teraz...

Tylko to huczało jej w głowie, gdy prawie wybiegli z klubu i podążyli w stronę placu Solnego, gdzie Grzesiek zamówił taksówkę. Z Rynku było blisko do jego mieszkania, ale nie chciał włóczyć się z nią po ulicach. Chciał znaleźć się jak najszybciej u siebie.

Gdy już wylądowali w małej poniemieckiej kawalerce, umiejscowionej w odremontowanej kamienicy, Olgę opuściła cała odwaga, którą wcześniej tak nieopatrznie szastała. Grzesiek włączył cicho muzykę, podał jej colę, bo tego sobie zażyczyła. I stał. I patrzył na nią.

– Ja...

Podszedł do niej, złapał za rękę i przysunął bliżej. Musiała mocno podnieść głowę, żeby na niego spojrzeć.

– Nie zrobimy niczego, czego nie będziesz chciała. Nie musisz się mnie obawiać, Oleńka.

– Wiem – wyszeptała.

– Chciałbym cię kochać. Myślę o tym od pierwszej chwili, kiedy zobaczyłem cię wtedy w klubie. Ale to wszystko zależy od ciebie. Pewnie dostanę pomieszania zmysłów, ale nie zrobię nic pochopnego. Lecz teraz daj mi swoje usta, bo naprawdę oszaleję! – I zanim zdołała mu cokolwiek odpowiedzieć, złapał ją w pasie, a jego usta dotknęły jej w gwałtownym, pełnym tłumionego pożądania pocałunku. Popchnął ją lekko w kierunku łóżka, delikatnie położył, a jego usta wciąż jej dotykały. Gdy jego twarde ciało przylgnęło do niej, gdy go wreszcie poczuła, silnego, podnieconego, szalonego, zadrżała i z jeszcze większą pasją zaczęła oddawać pocałunki. Ich języki dotykały się, zęby uderzały o siebie, a dłonie zaczęły po omacku szukać kawałka nagiej skóry.

– Oleńka… – Jego zachrypnięty szept był najpiękniejszym dźwiękiem, jaki kiedykolwiek słyszała. Złapała za kusy czarny top i ściągnęła go z siebie. On zrzucił bluzę i T-shirt. Oparł się na przedramionach i patrzył na nią poważnym wzrokiem. Jego spojrzenie wręcz pożerało jej twarz, a potem zeszło w dół i gdy czarne oczy zatrzymały się na piersiach ukrytych w czarnym biustonoszu, coś błysnęło w jego tęczówkach, a muskularna klatka piersiowa zaczęła się gwałtownie unosić. Olga podkurczyła palce u nóg, a w dole brzucha poczuła gwałtowny skurcz. Jego dłonie delikatnie wsunęły się pod jej plecy i sprawnie poradziły sobie ze sprzączką stanika. Powoli ściągnął z niej bieliznę, a jego wzrok zdawał się dotykać najpierw jej twarzy, potem szyi, a na końcu piersi. Potem odpiął ciemne dżinsy i równie powoli i delikatnie je zdjął. Olga leżała w samych czarnych majteczkach, jej czarne włosy rozsypały się na poduszce, tworząc coś na kształt korony.

– Czarny anioł – powiedział cicho zachrypniętym głosem.

– Co mówisz?

– Piękna. Piękna – szeptał, a potem znowu powiedział coś, czego nie usłyszała, ale była pewna, że mówił po rosyjsku.

Czuła się taka obnażona, wystawiona na pokaz, pragnęła, by do niej przylgnął, by ją nakrył swoim twardym ciałem. Teraz czuła zimno i osamotnienie, potrzebowała jego dotyku, ciepła. Ale on tylko patrzył. Jego oczy studiowały każdy skrawek skóry Olgi, jakby chciał nauczyć się jej faktury na pamięć, jakby chciał zapamiętać każdą krągłość, każde załamanie.

– Piękna… – Wreszcie pochylił się i jego usta dotknęły skóry tuż nad lewą piersią.

– Chcę ciebie… – wyciągnęła do niego ręce. – Całego. Teraz. We mnie.

Spojrzał na nią czarnymi oczami. Pełnymi pożądania, tłumionego szaleństwa… i rozpaczy? Nie, chyba źle to zinterpretowała.

– Teraz?

– Teraz.

Pocałował ją w usta, mocno, szaleńczo. A potem jego wargi rozpoczęły eksplorację jej ciała, tak samo, jak wcześniej oczy. Rozłożył jej nogi i dotknął lekko palcem jej kobiecości. Drgnęła i wygięła się w poszukiwaniu jego dotyku.

– Więcej? – spytał cicho.

– Tak – jęknęła.

Pochylił głowę i w tym momencie miała wrażenie, że świat mógłby się skończyć. Jego język drażnił jej czuły punkt, a dłonie pieściły piersi. Wystarczyło kilka sekund, a odleciała, znokautowana wręcz pulsującym orgazmem. Gdy otworzyła oczy, on był już nagi. Patrzył na nią, jakby chciał ją pożreć, jakby z trudem nad sobą panował.

– Jestem pierwszy? – spytał ponurym głosem.

– Tak.

– Wiesz, że po tym nie będzie już odwrotu?

– Odwrotu?

– Tak. Będziesz naznaczona mną. Będziesz moja. Tylko moja. Teraz. I na zawsze.

– Wiem – wyszeptała.

– Od pierwszego momentu wiedziałem, że dotrzemy aż tutaj. I nie mogłem myśleć o niczym innym.

– Ja też – odpowiedziała i wyciągnęła do niego dłonie.

– Wciąż jeszcze możesz się wycofać... – Sprawiał wrażenie, że nie chce tego mówić, że robi wbrew to sobie, a jednak wypowiedział te słowa. Słowa, których nie rozumiała. Zupełnie nie rozumiała, o co mu chodzi. Wiedziała tylko jedno...

– Kocham cię – szepnęła, wpatrując się w jego czarne oczy. – Grzesiek, zakochałam się w tobie.

Coś złamało się w jego wzroku. Jakby nigdy wcześniej nikt nie obdarzył go miłością. Jakby się tego bał i przed tym uciekał. Jakby go w tym momencie znokautowała. Pochylił się nad nią i delikatnie przylgnął do jej ciała. Był gorący, twardy i drżał. Wtulił twarz w jej szyję.

– A jak zakochałem się w tobie, Oleńka. Chociaż nie powinienem... – Ostatnie słowa powiedział tak cicho, jakby nie chciał, aby je usłyszała.

A jednak słyszała. Chciała coś powiedzieć, ale już jej nie pozwolił. Wsunął się w nią z łatwością, aż do miejsca, w którym go zatrzymała. Popatrzył na nią i wyszeptał cicho słowa, jednak ich nie rozumiała. I gdy dotknęła dłońmi jego twarzy, pchnął mocniej i był cały w niej. Ona drżała, on szeptał i całował jej policzki, oczy, szyję.

– Moja – powtórzył i wreszcie dotarło do niej to, co mówił.

– Twoja – wydyszała.

– Moja – jęknął i zaczął się poruszać. Najpierw powoli, delikatnie, ale po chwili trudno mu było nad sobą panować.

– Chodź, chodź – szepnęła, przygarniając go jeszcze bliżej.

Zrozumiał. Opory puściły, hamulce także. Jego dłonie wsunęły się pod jej pośladki i zanurzał się w niej jeszcze bardziej, jeszcze mocniej. Była jego, tylko jego, to było teraz dla niego najważniejsze, tylko to się liczyło.

– Moja! – Pocałował ją w usta, nieomal je miażdżąc, jego szczupłe biodra pracowały, a ona wyginała się jeszcze mocniej, aby być bliżej niego, aby być z nim, w nim. Jedność – tego chciała. Ona i on, nic się nie liczyło. Tylko ich oddechy, szepty, jęki i uderzanie ciała o ciało. W końcu jęknął głośno i wydyszał jej w szyję:

– *Я люблю тебя*[14], Oleńka.

Poczuła, że jego mocne ciało drży, bo przeszywa je dreszcz. Po chwili opadł na nią, wbijając ją jeszcze mocniej w materac. Uśmiechała się, chociaż pod powiekami czuła łzy. Nigdy nie zdawała sobie sprawy, nie marzyła, nie była sobie w stanie wyobrazić, że może być aż tak. Wariacko, mocno, intensywnie, bez granic, bez oporów. To było niesamowite, cudowne i takie obezwładniające. Chciała pozostać tak już na zawsze. Czując ciężar jego potężnego ciała, wciąż mając go w środku, z opuchniętymi od gwałtownych pocałunków ustami. To było życie. Teraz to wiedziała.

– Grzesiek – szepnęła.

– Tak, Oleńka?

– Ja ciebie też kocham.

– Wiem.

– Dlaczego mówisz do mnie po rosyjsku?

Położył się obok, nakrył ją prześcieradłem i przytulił do siebie.

– Moja mama była Rosjanką. Znam ten język bardzo dobrze.

– Lubię, jak tak mówisz. Niewiele rozumiem, ale to, że mnie kochasz, zrozumiałam.

Uśmiechnął się.

– Bo do tego nie trzeba znać języków.

– Wiem.

– Moja dziewczynka... – Pocałował ją w usta.

– I jak teraz będzie? – Oparła się o brodą o jego pierś i patrzyła w oczy. Były takie pogodne, jak nie u niego.

---

14. *Я люблю тебя* (ros.) – Kocham cię.

– Będzie dobrze, maleńka. Będzie dobrze – powiedział i znowu jakiś cień przebiegł przez jego twarz. Ale zanim zdążyła się zmartwić, przewrócił ją na materac, przygniótł ciężarem swego ciała i zaczął całować. W tym momencie z jej głowy wyleciały wszystkie niepokojące myśli. Teraz zdała się tylko na to, co odczuwało jej ciało i co działo się w jej sercu. To było najważniejsze.

Wcześniej…

Byłem coraz bliżej. Znałem doskonale rozkład jej dnia, plan zajęć w szkole, potem na basenie, wiedziałem, kiedy jeździ na trening koszykówki. Często też spotykała się z koleżanką, Roksaną. Chodziły razem do klasy, jeździły na zakupy albo do pubów w Rynku, wypijały po jednym piwie, a potem Olga żuła namiętnie gumę, zapewne po to, aby zamaskować zapach alkoholu. Piwo to wprawdzie nie wódka, ale jest dość aromatyczne. Może powinienem jej powiedzieć, że lepiej rzuć ziarenka kawy, bo o wiele lepiej niwelują piwne wyziewy. Więc nie była taka do końca ugrzeczniona, jak na początku myślałem. Ojciec wprawdzie bardzo jej pilnował, gdy kończyła późno trening, zawsze ktoś ją odbierał i przywoził do domu, ale widać było, że dziewczyna ma swój charakterek. I bardzo dobrze. W moim życiu tak dawno nic się nie zmieniło. Teraz, odkąd zacząłem zbierać materiał o dziewczynie, która miała mi pozwolić zbliżyć się do tej rodziny, czułem się tak, jakbym grał w jakimś sensacyjnym filmie. Wreszcie coś się działo. A ja powoli zmierzałem do końca tej udręki, jak czasami nazywałem własne życie.

ROZDZIAŁ 13

Rihanna *Kiss It Better*

Iga leżała w łóżku przyjaciółki, która już wstała, żeby naszykować im coś do picia i jakieś lekkie śniadanie. W nocy próbowała dodzwonić się do Kacpra. Gdy odebrał, słyszała jakieś piski, muzykę, śmiech, ale nie porozmawiali, bo stracił zasięg. Za to gdy weszła na Facebooka, zobaczyła zdjęcia z niezłego melanżu, w którym uczestniczył jej chłopak. Jej? Czy naprawdę tak było? Potem dostała od niego kilkanaście SMS-ów, ale już na nie nie odpisywała. Była zła i rozczarowana. Na zdjęciach widziała roześmianą Palomę, zawsze uwieszoną na szyi Kacpra. Nie mogła tego znieść. Z jednej strony wciąż miała w uszach słowa, które jej niedawno powiedział, zapewnienia i szczere wyznania. Naprawdę mu wierzyła i ufała. Ale to wszystko... Niemożność porozmawiania z nim, te fotografie, ta dziewczyna... Do tego doszły drinki, które wypiła, była pijana i rozżalona. Teraz przypomniała sobie, że w pijackim widzie napisała mu jakąś wiadomość. Szarpnęła się po telefon, czując zawroty głowy.

– Nigdy więcej – wyszeptała i weszła do skrzynki wiadomości.

To juz konieec. Idx sobie do swojjejj pameli klamco.

– Kurwa! – jęknęła, czytając wysłaną przez siebie wiadomość, pełną błędów, ale i przekazu, za który chciałaby teraz siebie zlinczować.

Emilia weszła do pokoju, niosąc na tacy kanapki z serem i herbatę.

– A ty gdzie się zrywasz?

– Muszę wracać do domu.

– Przecież twoi rodzice wiedzą, że śpisz u mnie.

– Nie chodzi o nich! – Iga pokazała przyjaciółce ostatnią wiadomość wysłaną do Kacpra.

– O kurde.

– No właśnie. Więcej nie piję.

– No tak, ale wkurzyłaś się tymi zdjęciami. I nie można było z nim porozmawiać. Każdy by przestał myśleć.

– Dokładnie. I ja przestałam myśleć. Liczę tylko, że on nie. Dzwonię do ojca, może po mnie przyjedzie.

Krzysiek przyjechał w ciągu piętnastu minut. Popatrzył na córkę uważnie, ale nie komentował jej bladej cery i podkrążonych oczu. Gdy dojeżdżali do domu, powiedział spokojnie:

– Ktoś na ciebie czeka na górze.

– Kt-to? – zająknęła się Iga.

– Idź i zobacz. Chyba macie do pogadania – powiedział i pokręcił głową.

Dziewczyna pobiegła w stronę wejścia, mruknęła przywitanie do mamy i brata i przeskakując po dwa stopnie, wbiegła na górę, wprost do swojego pokoju. Tam, na jej łóżku leżał Kacper.

– Co ty tu robisz?

– Czekam na ciebie – odparł spokojnie.

– Ale skąd…

– Przyjechałem stopem. Nad ranem, lekko pijany, ruszyłem do domu, aby przetrzepać ci tyłek. Czasami naprawdę zachowujesz się jak nieznośna młodsza siostra. Ale nawet gdybym chciał, nie potrafię cię tak traktować. – Wstał i ruszył w jej kierunku. – Nawet gdybym sobie tłumaczył, że jesteś młodsza i nieufna i zachowujesz się czasami jak dzieciak, nie umiałbym trzymać się od ciebie z daleka. Żebyś wiedziała, jak mnie to wkurwia – mówił cicho, a jego głos drżał od tłumionej frustracji. – Żebyś wiedziała, jak ty mnie wkurzasz. I doprowadzasz do szału. A jednocześnie wciąż i wciąż o tobie myślę. I tęsknię.

I w dupie mam inne dziewczyny. W dupie mam cały świat, jeśli ciebie w nim nie będzie. Czy to w końcu dotrze do twojej mądrej, ale czasami głupiej głowy??? – Popchnął ją w kierunku ściany, a gdy się o nią oparła, otoczył ramionami i spojrzał z góry świdrującym wzrokiem. – Czy zrozumiesz, że kocham cię jak wariat i nigdy bym cię nie skrzywdził ani nie zdradził? I czy pojmiesz, że wbijasz mi nóż w samo serce, wysyłając takie pijackie SMS-y, kiedy ja jestem daleko i nie wiem, co się z tobą dzieje? Poza tym mieliście się, kurwa, pilnować. Co tam się w ogóle stało? Wujek Łukasz od rana wydzwania za Olgą.

– Kacper...

– Kocham cię, Igła. I zrozum to, zanim dojdzie do sytuacji, kiedy naprawdę strzelę ci kilka pasów na twoją śliczną dupcię.

– Ale...

– Zamknij się. Pocałuj mnie – warknął.

Iga stanęła na palcach i dotknęła ustami jego ust. Przyciągnął ją bliżej i pogłębił pocałunek. Była naprawdę niemożliwa. Ale wpadł na całego i nie mógł już z tym walczyć. Należał do niej. A ona do niego.

Nieco później zeszli na dół, gdzie od razu znaleźli się pod czujnym wzrokiem Kaśki i Krzyśka.

– Musimy porozmawiać – powiedział Krzysiek, wpatrując się w córkę i bratanka.

– Wujku, tak to wszystko wyszło, ale ja... – zaczął Kacper, lecz Krzysiek uniósł dłoń i pokręcił głową.

Chłopak zamilkł.

– Nie chodzi mi o to, że chodzicie ze sobą. I bardzo dobrze, przynajmniej wiem, że wybranek mojej córki pochodzi z dobrego domu. Czekam na twoich rodziców i siostrę. Kamila zaraz zdrapię z łóżka. Musimy z wami porozmawiać. Wszystkimi. Wczoraj narobiliście niezłego bigosu. Tymczasem siadajcie – wskazał niskie sofy w salonie – niedługo będzie szybki obiad.

Kaśka dyplomatycznie się nie odzywała, poszła tylko na górę obudzić syna. Iga wzruszyła ramionami i usiadła na kanapie, obok niej spoczął Kacper.

– O co im chodzi? – spytała, sięgając po wodę z cytryną. Miała lekkiego kaca, ale nie przyznawała się, zresztą ojciec i mama i tak wiedzieli, w czym rzecz. Przed ich przenikliwym wzrokiem mało co miało szansę się ukryć.

– Pewnie o to, że mieliście się pilnować, a każdy z was poszedł swoją drogą. A moja siostra wcale nie spała u Roksany.

– A gdzie? – Iga wyprostowała się i spojrzała na Kacpra.

– Napisała mi SMS-a, że jest u swojego chłopaka, że wszystko gra.

– Olga ma chłopaka?

– Widocznie tak. W każdym razie ojciec pewnie będzie chciał go przesłuchać.

– Jeśli tamten w ogóle przeżyje.

– Nie śmiej się. Ty masz to szczęście, że związałaś się ze mną.

– No tak, tylko dlatego to zrobiłam – odparła poważnie.

– Dobrze, że są tu twoi rodzice – szepnął jej do ucha i ścisnął lekko za ramię. Przewróciła oczami, a on rzucił jej ponure spojrzenie, bo teraz najchętniej zacząłby ją całować, a musiał zachowywać się grzecznie.

*

Olga wpatrywała się w profil Grzegorza, który z kolei wpatrywał się w drogę.

– A więc okłamałaś rodziców i teraz twój ojciec będzie chciał zrobić mi krzywdę?

– A co miałam im powiedzieć? Że idę na noc do chłopaka?

– Nie przypuszczałaś, że twój stary pojedzie do tej twojej koleżanki? Poza tym skąd on wiedział, że wyszliśmy z klubu razem?

– Nie wiem. On czasami wie… różne rzeczy. A tak w ogóle to wszystko dlatego, że się wszyscy pogubiliśmy.

– To znaczy? – Grzesiek zerknął na nią z boku.

– Mamy przykazane, żeby się pilnować i zawsze trzymać razem. To ich fobia. A tymczasem Kamil się zerwał, Iga pijana pojechała do Emilii, a ja… – Rozłożyła ręce. – No i potem wrócił Kacper, który… ech, nieważne.

– Mam iść z tobą?

– Lepiej nie. Poradzę sobie.

– Jesteś pewna?

– Tak, wszystko załagodzę. Chcę, żebyś do mnie przychodził, ale w innych okolicznościach.

– Dobrze, ale jakby co, to mogę stanąć z twoim ojcem twarzą w twarz – powiedział, a w jego głosie zabrzmiały jakieś twarde tony.

– Wiem, dzięki. – Olga przytuliła się do jego ramienia. Akurat stali na światłach, Grzesiek objął ją i pocałował w usta.

– Wolałbym, żebyś została u mnie.

– Ja też.

– Na zawsze.

– Najlepiej – odparła, uśmiechając się. Ale wiedziała, że długo nie będzie to możliwe. Teraz czekała ją przeprawa z ojcem i mamą, których okłamała. A najdziwniejsze, że nie czuła się specjalnie winna. Zdawała sobie sprawę, że w obecnej sytuacji zrobiłaby wszystko, aby być z Grześkiem. To dawało jej siłę i nawet nie odczuwała strachu przed konfrontacją z rodzicami.

– Zobaczymy się dzisiaj? – spytała, gdy Grzesiek zaparkował w pewnym oddaleniu od jej domu, tuż obok parku.

– Wszystko zależy od ciebie. Jeśli wypuszczą cię z tej wieży obronnej, to wiesz, że będę bardzo *happy*. – Uśmiechnął się i pogłaskał ją po policzku. Wtuliła się w jego dłoń i zamknęła oczy. Po raz kolejny w jej obecności coś zakłuło go w okolicy serca. Musiał to w sobie zdusić. Zabić.

– Postaram się. A jeśli nie…

– Zadzwoń. Będę czekał, Oleńka – powiedział, pochylił się, pocałował ją w usta, a potem mocno przytulił.

– Bardzo cię kocham – wyszeptała w jego szyję.

– Wiem, diewoczka. Ja tożе – wymamrotał w jej włosy, będąc pewnym, że tego nie słyszała.

Potem, gdy pobiegła w stronę swojego domu, przed samym wejściem odwróciła się, pomachała mu i zniknęła za wysoką bramą.

– *Что ты делаешь со мной, девочка?*[15] – powiedział spokojnie, popatrzył w swoje odbicie w lusterku, wrzucił wsteczny, wycofał i odjechał, uświadamiając sobie, że to wszystko toczy się nie tak, jak zaplanował. I jednocześnie uśmiechnął się z goryczą. Jakby uważał, że jest Panem Bogiem i może wszystko planować i nad wszystkim mieć kontrolę. To tak nie działało. Nie w tym przypadku.

*

Łukasz i Magda stali w przedpokoju i patrzyli na córkę, która weszła właśnie do domu.

– Już teraz będzie wyrok, czy mam jeszcze szansę na złożenie zeznań? – spytała, patrząc na rodziców.

– Nie rozbieraj się. Jedziemy do wujka. – Magda wsunęła ręce w rękawy płaszcza, który trzymał mąż.

– Czyli potrzebuję prawnika?

– Nawet dwóch – mruknął Łukasz i otworzył drzwi.

– A gdzie Kacper?

– Już u wujka, czeka na nas.

---

15. *Что ты делаешь со мной, девочка?* (ros.) – Co ty ze mną robisz, dziewczyno?

– O co chodzi? – Olga była zdezorientowana.

– Zobaczysz. Wychodzimy.

W milczeniu zajechali do domu Krzyśka i Kaśki. Olga wpatrywała się w krajobraz za oknem, po drodze napisała także wiadomość do Grześka: *Czeka mnie przyśpieszony proces. Dam znać, jak przeżyję.*

Po chwili usłyszała dźwięk SMS-a. W odpowiedzi widniało: *Bardzo się martwię. I bardzo tęsknię. Czekam na twój telefon.*

Odpisała, że na pewno się odezwie. Uśmiechnęła się i popukała telefonem w usta. Spojrzała we wsteczne lusterko i zobaczyła wzrok ojca. Westchnęła, schowała komórkę do kieszeni i już z ponurą miną utkwiła wzrok w bocznej szybie. Łukasz też westchnął i pokręcił głową.

Podjeżdżali pod dom Borowskich. Magda spojrzała na męża i powiedziała spokojnie:

– To była jedna z najdłuższych podróży w moim życiu.

Gdy znaleźli się w środku, pachniało zapiekankami, które naszykowała Kaśka, na stole stało wino i owoce.

– Cała ty – powiedziała Magda i pocałowała Kaśkę w policzek.

– Musimy się jakoś wzmocnić – odparła cicho tamta i zaprosiła wszystkich do salonu.

Kacper przywitał się z rodzicami. Wszyscy rozsiedli się na skórzanych sofach, Krzysiek i Łukasz stanęli naprzeciwko i patrzyli na swoją ukochaną rodzinę. To było cholernie trudne. Ale nieuniknione. Obaj o tym wiedzieli.

– O co tutaj chodzi? – Iga nie wytrzymała.

– Ja nabroiłam – mruknęła nieco zrezygnowanym tonem Olga.

– Raczej wszyscy daliśmy ciała. No, może oprócz Kacpra. – Kamil był chyba najbardziej wyluzowany. Coś pisał w komórce, ale gdy Kaśka szturchnęła go w ramię i spojrzała znaczącym wzrokiem na telefon, wyłączył go i schował do kieszeni.

– Może jakbym z wami był, to nic by się nie stało – stwierdził Kacper, kręcąc głową.

– Przestań, stary, nie jesteś naszą niańką. – Kamil przewrócił oczami. – Wydaje mi się, że rodzice chcą nam coś powiedzieć.

– Najwyższa pora. – Olga spojrzała ponurym wzrokiem na ojca.

– To, że nie pilnowaliście się nawzajem, było bardzo głupie. I bardzo nas wkurzyło. – Łukasz patrzył na młodzież, starając się nie brzmieć jak stary marudny rodzic, ale niestety tak właśnie się czuł.

– Było też powodem, dla którego się tu zebraliśmy – dodał Krzysiek.

– I pretekstem do wyjaśnienia pewnych wydarzeń z przeszłości, przez które zachowujemy się tak, a nie inaczej.

– No to czekamy. – Iga objęła się ramionami i spojrzała na mamę, z której wyrazu twarzy nie mogła nic wyczytać.

– Chodzi o to, że zawsze, ale to zawsze musicie się pilnować i nie zapominać, że jesteście dziećmi braci Borowskich – podjął Krzysiek.

– A bracia Borowscy przed waszym urodzeniem po pierwsze stali najpierw po dwóch stronach barykady, po drugie potem zjednoczyli swe siły, a po trzecie… – Łukasz spojrzał na brata – po trzecie…

– O co chodzi? – Kamil pochylił się i szturchnął Kacpra.

Ten wskazał gestem na ojców, którzy wyraźnie starali się tak dobrać słowa, aby jak najłagodniej przedstawić te dramatyczne wydarzenia sprzed ponad dwudziestu lat.

– Po trzecie zadarliśmy z pewną zorganizowaną grupą przestępczą o wschodnio-południowych korzeniach – dokończył za brata Krzysiek, wiedząc, że ten chciałby siebie obarczyć całą winą za to, co było.

– Co? – Kamil roześmiał się, ale jego oczy niespokojnie wpatrywały się to w ojca, to w wujka.

– To chyba jakieś jaja? – Olga była zdezorientowana. – Mamo? – zwróciła się do Magdy, która pokiwała twierdząco głową.

Iga za to spojrzała na Kacpra.

– Jak długo o tym wiesz?

Chłopak nie zamierzał się kryć z czymkolwiek.

– Już jakiś czas.

– Dłuższy czas?

– Tak – potwierdził i spojrzał w dwukolorowe oczy Igi, które także od lat śniły mu się w nocy.

– Yhm – mruknęła i przeniosła wzrok na ojca.

– Nasza przeszłość nie wpasowuje się w typową historię rodzinną. U nas była tragedia za tragedią, strach, rozpacz i źli ludzie.

– Wybuchające samochody – dodała Kaśka.

– Psychopaci – szepnęła Magda.

– A ja... kiedyś związałem się nie z tą stroną, co trzeba. I z powodzeniem nią zarządzałem. – Łukasz wpatrywał się w siedzących młodych ludzi.

– Byłeś w mafii?

– Czy to była mafia? – Łukasz uśmiechnął się z przekąsem. – Działałem w zorganizowanej grupie przestępczej. Zarządzałem nią. Miałem klub, potem przejmowałem inne kluby. Nie, nie byłem tym, kim jestem teraz. – Był zdenerwowany, przejechał dłonią po gęstych włosach. Magda wstała, złapała go za rękę, lekko ścisnęła. Gdy tylko poczuł jej dotyk, od razu się uspokoił i odzyskał równowagę. – To było szybkie życie, którego teraz nie życzyłbym nikomu. I nie chciałbym tego dla was. Prawda jest taka, że przez moje działania, kontakty, układy sprowadziłem na moją rodzinę, na brata zagrożenie.

– To już minęło, Łukasz. – Krzysiek objął brata i lekko ścisnął za ramię. – Minęło, przeżyliśmy. Ja też wiele głupich rzeczy zrobiłem. Ale chodzi nam o to, że nie mamy zaufania.

– Do nas? – Kamil spojrzał na ojca.

– Nie. – Ten pokręcił głową. – Do świata i do ludzi. Dlatego od najmłodszych lat uczyliśmy was, abyście byli ze sobą blisko, abyście ufali tylko sobie i byli dla siebie wsparciem. To się liczy, rodzina, rodzeństwo. I dlatego strasznie nas wkurzyliście. Musicie uważać, bo zagrożenie może pojawić się z najmniej spodziewanej strony.

– Wujku – Kacper odchrząknął – rozumiem was. Ale minęły już dwie dekady. Przez ten czas nic się nie działo, myślisz, że teraz, gdy dorośliśmy i mamy swój rozum…

– Właśnie o tym mówimy! – Łukasz się skrzywił.

– Oj, nie zrobiliśmy nic, czego nie robi młodzież w naszym wieku – wtrąciła Olga.

Łukasz zerknął na córkę, a ona dostrzegła w jego wzroku coś, co pozwalało jej domyślać się tylko, że kolejna rozmowa, tym razem w cztery oczy, jeszcze przed nią.

– Jasne, zgadzam się – Krzysiek pokiwał głową – że to jest też trochę nasza wina, właściwie nie trochę, ale całkiem duża. Bo chcieliśmy trzymać was pod kloszem bez wyjaśniania powodów naszej nadopiekuńczości.

– Myśleliśmy, że wszystko pójdzie gładko, że posłuchacie. Wy, Borowscy! – Łukasz zaśmiał się i pokręcił głową.

– Czy możecie opowiedzieć wszystko od samego początku? – Iga spojrzała na wujka, ojca, a potem przeniosła wzrok na mamę i ciocię Magdę. – Tak prosto i szczerze. Przecież nie jesteśmy głupi.

– Nigdy, nawet przez moment tak nie pomyśleliśmy, córciu! – Kaśka potrząsnęła głową.

– Wiem, dlatego chcemy historii braci Borowskich. Od początku do końca. Jakieś skrawki, szczątki do nas dochodziły, ale wy tylko Kacprowi zaufaliście, a on waszego zaufania nie zawiódł i nic nam nie powiedział. Ale teraz chcielibyśmy też w tym uczestniczyć. I jeśli mamy się przed czymś bronić, czegoś wystrzegać, to musimy wiedzieć czego. Prawda? – Iga spojrzała na brata, Olgę, omijając wzrokiem Kacpra.

– Jasne – mruknął Kamil.

– Tak. – Olga kiwnęła głową. Była bardzo spięta.

– No więc po prostu powiedzcie, co się wydarzyło, zanim przyszliśmy na świat. I już.

Krzysiek spojrzał na brata, a potem na żonę. Ta uśmiechnęła się pokrzepiająco.

– To chyba ja zacznę, bo wszystko zaczęło się ode mnie. – Łukasz odchrząknął jak przed dłuższym przemówieniem.

– Tylko pamiętaj, braciszku, to nie czas na… – powiedział cicho Krzysiek.

– Wiem, na samobiczowanie, wiem. – Starszy Borowski zacisnął usta, po chwili wziął głębszy wdech i zaczął mówić.

Potem włączył się Krzysiek, Kaśka, Magda. Nie przerywali sobie, tylko wchodzili w słowo i każdy opowiadał swój fragment historii, która zbudowała ich życie. Jakby idealnie się zgrali i idealnie do siebie pasowali, cała czwórka. Jakby przedstawiali tę opowieść nie po raz pierwszy, jakby ją już kiedyś sumiennie przećwiczyli. Borowscy, perfekcyjnie do siebie pasujące osobowości.

Gdy skończyli mówić, zapadał zmierzch. Dzieci wpatrywały się w nich z zaskoczeniem, może i nawet przestrachem na twarzach.

– Ale numer… – Kamil potarł kark i popatrzył na ojca. – Naprawdę wróciliście do siebie po trzynastu latach? Ty i mama?

– Tak. – Kaśka uśmiechnęła się, chociaż w jej oczach błysnął na moment bezbrzeżny smutek. Jakby te trzynaście lat bez niego ciągle w niej tkwiło i nawet najmniejsze wspomnienie uwalniało druzgocące uczucie straty i bólu.

– O rany, tato… – Olga patrzyła na Łukasza ze wzruszeniem. – Mamo… – prawie płakała.

Magda przytuliła córkę i pocałowała ją we włosy. Potem Łukasz objął Kacpra i Igę, Krzysiek i Kaśka przytulili Kamila, Olgę, i tak cała ósemka Borowskich trwała przez dłuższą chwilę w krzepiącym uścisku, który oznaczał tylko jedno: Możemy na siebie liczyć. Każdy, kto wystąpi przeciwko nam, będzie naszym wrogiem. Jesteśmy rodziną. A rodzina jest najważniejsza.

Później starsze pokolenie odpowiadało na niezliczone pytania młodszego, a raczej nowego pokolenia, jak nazwał ich Łukasz. Wprawdzie wciąż nie mogli uwierzyć w to, co usłyszeli, ale rozumieli już obawy rodziców i ich przezorność, a także pewną nadopiekuńczość.

– Myślisz, tato, że ludzie tego Siergieja będą się mścić? – Kacper popatrzył na ojca, który wzruszył ramionami i odpowiedział:

– Nie wiem. Tego nikt z nas nie wie… – zastanowił się – ale nie sądzę, aby jego ludzie jeszcze istnieli. Chociaż nigdy nic nie wiadomo. Z tego, co zdołałem się dowiedzieć, miał rodzinę, a oni mają podobne podejście do więzów krwi. Poza tym żona Siergieja była Rosjanką, a to w sumie chyba jeszcze gorzej, niż gdyby była Bułgarką, jak on.

– Przecież jego żona nie będzie się mścić. Poza tym już by coś było… chyba… – Iga zmarszczyła brwi.

– Pewnie macie rację – Kaśka sięgnęła po kieliszek z czerwonym winem, lekko nim zakołysała, a burgundowy płyn opłynął ścianki kryształu i zostawił różowawy ślad – ale chodzi głównie o to, abyście zdawali sobie sprawę, jakie są wasze korzenie i czego macie się wystrzegać.

– Na przykład podejrzanych znajomości – dodał szybko Łukasz.

– Też. – Magda dotknęła lekko dłoni męża, od razu go uspokajając. – Po prostu bądźcie ostrożni i jeśli wychodzicie gdzieś razem, to wracajcie też razem. Jesteście ze sobą związani, jeśli nie więzami krwi, to na pewno tym nazwiskiem, a także – spojrzała na Igę i Kacpra – uczuciami. Dlatego musicie zawsze i wszędzie być dla siebie wsparciem. Nie jesteśmy w stanie obronić was przed światem, nie zamkniemy was przecież w piwnicy.

– To jest jakaś myśl – mruknął Łukasz.

– Tak, kochanie. – Magda uśmiechnęła się do męża. – Po prostu musicie sami wiedzieć, że świat nie jest do końca przyjaznym miejscem i najważniejsza jest dbałość o siebie nawzajem. Zaufanie. I komunikacja.

– Jasne, rozumiem. – Kacper pokiwał głową.

– Wszystko jasne. Daliśmy trochę ciała – przytaknął Kamil.

– Tak wyszło. Ale będziemy się pilnować. – Iga zmarszczyła brwi.

– Okej. – Olga unikała wzroku ojca.

– Dobrze, zeszło nam trochę. – Krzysiek zerknął na zegarek. – Może zostaniecie na noc? – Spojrzał na brata.

– Nie, musimy wracać, ale dzięki. Widzimy się w weekend. – Łukasz podał mu dłoń.

– Jasne, jak zawsze.

– Zbieramy się. – Łukasz spojrzał na swoje dzieci.

Olga pożegnała się szybko i ruszyła w stronę wyjścia. Gdy Łukasz i Magda umawiali się na weekend, Kacper przybił piątkę Kamilowi i spojrzał na Igę.

– Jesteś na mnie zła?

– Nie, ale byłam.

– Za to, że ci nic nie powiedziałem?

– Tak. Jakbyś nie miał do mnie zaufania.

– Nie o to chodziło, Igła. To oni. – Wskazał gestem na ojca i wujka. – To oni mieli do mnie zaufanie i nie mogłem ich zawieść. Dlatego tak wyszło.

– Teraz rozumiem.

– Na pewno?
– Tak. – Uniosła wzrok i spojrzała na niego.
– Jutro przyjadę po ciebie do szkoły. Okej?
– Tak – odpowiedziała i uśmiechnęła się.
– No wreszcie.
– Proszę bardzo.
– Chciałbym cię pocałować, ale nie będę tego robił na oczach naszych rodziców.
– W sumie… – Wzruszyła ramionami.
– Boję się, że to mogłoby być dla nich szokujące.
– Jutro oddasz mi z nawiązką.
– Obiecuję… – Kacper uśmiechnął się, dotknął lekko dłonią jej policzka, potem pożegnał się z ciotką Kaśką i wujkiem Krzyśkiem i wyszedł na zewnątrz, gdzie czekała jego siostra, która kończyła właśnie pisać SMS-a.
– Piszesz do swojego „Ajlowiu"?
– Ale śmieszne.
– Olga, serio pytam.
– No tak, tak.
– Wiesz, że czeka cię jeszcze rozmowa z ojcem?
– Wiem – westchnęła.
– A ten koleś – Kacper włożył ręce do kieszeni sportowej kurtki – to ten sam, co kiedyś przyjechał po ciebie czarną beemką?
– Skąd wiesz? – Olga zmrużyła oczy.
– Widziałem, czekałem na Igę.
– Tak, to on. Ma na imię Grzesiek, jest na ostatnim roku prawa.
– W sumie to chyba dobrze, biorąc pod uwagę historię naszej rodziny – stwierdził Kacper i uśmiechnął się krzywo.
– Wiesz, dla ojca nikt nie będzie okej.
– Pogadaj z nim, wyjaśnij, zaproś chłopaka do domu. Wszystko da się wypracować.

– Wiem. Ale łatwo nie będzie… – Olga wzięła głęboki wdech, gdy ojciec z mamą wyszli na podjazd.

– Będę tuż obok, siostra. – Kacper pochylił się i dmuchnął Oldze w czubek głowy. Zawsze tak robił, gdy byli jeszcze mali.

– Dzięki, Duszku.

*

Pół godziny później cała czwórka Borowskich siedziała przy drewnianym stole w kuchni, Magda zaparzyła herbatę pomarańczową, Kacper zajadał kokosowe ciasteczka babci, a Łukasz pił ciemne piwo. Olga milczała.

– Wiesz, o czym chcemy porozmawiać? – zaczęła Magda, patrząc na córkę.

– Wiem. – Dziewczyna kiwnęła głową.

– To powiedz sama.

– Po pierwsze rozdzieliłam się z Igą i Kamilem, a po drugie okłamałam was.

– I co jeszcze? – Łukasz nie wytrzymał.

– Tato, mam chłopaka, to takie straszne?

– Ale nie sądzę, że spędzenie z nim nocy to był dobry pomysł.

– Jezu! – Dziewczyna objęła się ramionami i zmarszczyła czoło. Łukasz w takiej samej pozycji i z dokładnie takim samym marsem na czole oparł się o marmurowy blat.

Magda musiała się powstrzymywać, aby się nie roześmiać.

– Córcia. To dobrze, że masz chłopaka, z chęcią go poznamy. – Zerknęła na męża. Jego mina mówiła dokładnie coś innego. – Ale baliśmy się bardzo o ciebie i jeśli planujesz takie… późne wizyty, to chyba wypadałoby najpierw przedstawić nam swojego chłopca.

– Mamo…

– Olga, nie jestem twoim wrogiem. Chciałbym tylko wiedzieć, gdzie spędzasz noce i z kim.

– Zaproś go, siostra. I tyle. – Kacper sięgnął po kolejną porcję ciastek.

– Nie chodzi o to, że masz chłopaka, chodzi o kłamstwo i spanie poza domem – powiedział Łukasz, po czym zacisnął usta.

– Na pewno od razu go skreślisz. Jest starszy, nie ma rodziców, mieszka sam.

– A gdzie są jego rodzice? – Magda się zatroskała.

– Nie żyją.

– To jest bardzo dzielny.

– Wychowywał go dziadek. On pochodzi z Białegostoku, ale mieszka tutaj i już pracuje. No i przygotowuje się do aplikacji.

– No dobrze… – Łukasz wziął głęboki wdech. – Jeśli chodzicie ze sobą, przyprowadź go do domu. Obiecuję, że będę się zachowywał.

– Tato! – Olga pokręciła głową.

– Naprawdę. Chodź! – Wyciągnął ręce, więc powoli podeszła i skryła się w jego ramionach.

– Przepraszam.

– Wiem. Jesteś moim dzieckiem ciemności.

– Łukasz! – Magda zaśmiała się i zaczęła szykować kolację.

To było takie normalne w ich rodzinie. Dzieci zawsze wiedziały, że będą mieć oparcie w rodzicach. A oni pracowali nad tym, aby ich latorośle miały świadomość, że z najgorszą rzeczą mogą zwrócić się właśnie do nich. Dla Magdy to była prawdziwa próba, bo sama szybko straciła rodziców i nie miała w nikim oparcia. A dla Łukasza wyzwanie, ponieważ sam miał bardziej niż trudne stosunki z ojcem, szybko oddalił się od rodziców, na czym ucierpiała matka. Dlatego teraz oboje robili wszystko, aby być jak najbliżej ukochanych dzieci.

*

Gdy Olga wróciła do swojego pokoju, czym prędzej wybrała numer do Grześka. Odebrał niemal natychmiast.

– Przeżyłaś – powiedział, zamiast standardowego „halo".

– Z ledwością.

– I co teraz?

– Możemy się spotkać?

– Jasne.

– Przyjedziesz do mnie?

Uderzyła ją cisza w telefonie.

– Grześ?

– Jestem, jestem. Po prostu mnie zaskoczyłaś.

– Jeśli mamy się dalej spotykać... a bardzo tego chcę, to...

– Musisz mnie pokazać rodzicom.

– Coś w tym rodzaju. Ale serio, nie są tacy straszni.

– Jasne. – Uśmiechnął się.

– To co? Przyjedziesz?

– Tak, Oleńka. Jutro?

– Dobrze.

– A potem kino? Czy pojedziemy do mnie?

– Chyba wiesz, co odpowiem?

– I to mi się podoba. O której mam być?

– Możesz być już o czwartej. Pasuje ci?

– Tak. Pasuje.

– To do jutra.

– Pa, Oleńka.

Gdy w nocy leżała i nie mogła zasnąć, myślała o tym, co się wydarzyło. Jej głowy nie zaprzątały myśli związane z rewelacjami o przeszłości ojca i wujka. Jasne, to było niesamowite, nieprawdopodobne i trochę szokujące. Ale dla niej w tej chwili najważniejsze było to, co przeżyła w mieszkaniu Grześka, w jego objęciach, będąc z nim, mając go w sobie. To była magia, cud i wiedziała, że teraz już nic nie będzie takie proste i zwykłe. Teraz będzie czas przed Grześkiem i po nim. Zdawała sobie sprawę, że wpadła po całości, że zaangażowała się całą sobą i zrobi wszystko, aby być z nim jak najczęściej. Aby być z nim już zawsze. Tak, to coś, o co warto powalczyć.

Wcześniej...

Wiedziałem, że tego wieczoru będzie w tym klubie. Miałem też swoje kontakty, wcześniej kupowała tam bilety na koncert. Też zaopatrzyłem się w bilet, chociaż wcale tego zespołu nie słuchałem. Ale to był doskonały moment, aby zaaranżować nasze pierwsze spotkanie. Nie było to takie trudne, ten pijany studencina napatoczył się sam, popchnąłem go, wpadł na nią, potem coś tam do niej mamrotał i położył łapska na jej smukłym ciele. To mnie jakoś dziwnie wkurwiło, dlatego poderwałem go jak piórko i cisnąłem, jakby ważył dwa deko. W sumie wyszło doskonale, dziewczyna patrzyła na mnie z wdzięcznością, która szybko przerodziła się w zainteresowanie. Wiedziałem, jak wyglądam, nie miałem z tym problemu, poza tym umiałem grać w te wszystkie damsko-męskie gierki. Ale tym razem nie musiałem nawet za bardzo się starać. Wszystko przyszło samo, tak naturalnie, jakby nie było przeze mnie ukartowane. I dlatego czułem się wyśmienicie, a wiedziałem, że będzie jeszcze lepiej.

ROZDZIAŁ 14

Natalia Nykiel *Wilk*

Adam Księżopolski wreszcie mógł odetchnąć pełną piersią. Prosto spod bramy zakładu karnego w Wołowie został przetransportowany do motelu niedaleko Opola, tam wyspał się porządnie, najadł i skorzystał z usług pewnej dziewoi o obfitych kształtach i wdzięcznym imieniu Samanta. Potem ruszył w dalszą drogę na północny wschód, gdzie miał się spotkać z prawą ręką mężczyzny, dzięki któremu wyszedł na wolność i któremu zawdzięczał o wiele więcej. To właśnie on, skontaktowawszy się kilka lat temu przez usłużnego adwokata, nadał sens jego życiu i sprawił, że pomimo jednostajnej i nużącej więziennej codzienności Adam miał siłę na poranne wstawanie i z nadzieją kładł się spać na wąskiej więziennej pryczy. To wszystko czemuś służyło, a jego dobre zachowanie i pozorne przystosowanie się do otaczających go warunków były tylko środkiem prowadzącym do celu. I teraz ten cel powoli się zbliżał, a Księżopolski już nie wiedział, z czego bardziej się cieszy: z nadchodzącego czasu zemsty na tym pierdolonym gnoju, który zabrał mu rodzinę, czy z tego, iż wkrótce spotka, a właściwie pozna swego dorosłego już syna. I chociaż wiedział, że dla chłopaka jest zupełnie obcą osobą, to jednak widział w tym szansę dla siebie i nie mógł się doczekać tego spotkania.

Jego kierowca nie był zbytnio rozmowny, dlatego Adam oparł się o wygodny skórzany zagłówek i wpatrywał w mijany krajobraz. Przed oczami migały mu domy, drzewa, samochody, wsie, miasteczka, a w głowie widział obrazy, którymi katował się, ale i nakręcał przez ostatnie dwadzieścia lat życia.

Pamiętał, że gdy był już po wyroku, jego adwokat skontaktował się z nią i prosił o widzenie. Nie z nią, z synem. W końcu, po trzech latach, przyszła do niego. Sama. Wyglądała… inaczej. Była piękna, kwitnąca, ale nie to go najbardziej uderzyło. W jej wzroku nie dostrzegł tak dobrze znanego mu strachu, którym się karmił przez lata życia z nią i dzięki któremu wiedział, że ma nad nią kontrolę. Teraz patrzyła na niego śliczna blondynka, w której niebieskich oczach widniały pogarda, nienawiść i triumf. O tak, ona triumfowała. Wygrała, a on, zawsze pewny siebie, pan, władca, dyktator siedział w więzieniu z wieloletnim wyrokiem i żebrał u niej o widzenie z synem.

– Adam – powiedziała wreszcie, wpatrując mu się prosto w oczy.

– Tak? – spytał z nadzieją.

– Zapamiętaj to, co ci teraz powiem. Nigdy więcej już do ciebie nie przyjdę. I nigdy, przenigdy, kurwa, PRZENIGDY – wysyczała – nie pozwolę, abyś zobaczył się z moim synem. Z Kacprem Borowskim. NIGDY!

Uderzyło go to bardziej, niż gdyby dostał w twarz od któregoś z mięśniaków spod celi. Zdał sobie sprawę, że nie tylko sąd pozbawił go praw rodzicielskich. Dotarło do niego, że także i ona sprawiła, że już nie miał syna. Ale jakim prawem, jakim prawem… ta suka zabrała rodowe nazwisko jego synowi? Kacprowi KSIĘŻOPOLSKIEMU?!!! Jak mogła to zrobić?

Gdy wyszła z pogardliwym uśmiechem na twarzy, gdy został zaprowadzony do swojej celi, ogarnęło go szaleństwo. Chciał rozwalić wszystko wokół, a na końcu siebie. Lecz wyciszył się, uspokoił. Wiedział, że jej marzeniem było to, aby on zniknął z powierzchni ziemi. Ale nie zamierzał robić nic, co mogło sprawić, że odetchnęłaby z ulgą. I dobrze zrobił. Bo potem skontaktował się z nim pewien człowiek i od tamtego momentu miał nowy cel. Przetrwać i poczekać. Minęło wiele lat, a on z pełną premedytacją pielęgnował w sobie chęć zemsty, dopieszczał i dbał o to, aby nie zapomnieć ani słowa z tych, które do niego wypowiedziała, i ani jednego czynu, którego dopuściła się ona i ten jej wielki skurwysyn. Który śmiał się pewnie nazywać ojcem jego syna. Za to zapłacą. Oni wszyscy. A on spróbuje dotrzeć do Kacpra. Wiedział, że to będzie trudne, ale ta myśl nie pozwalała mu się poddać. Ona będzie cierpiała. Będzie cierpiała. Znowu. Tylko to było istotne. Dzięki temu wytrwał i się nie poddał. A teraz był bliżej spotkania z synem niż kiedykolwiek wcześniej. I co najważniejsze, stał się uczestnikiem tego wszystkiego, co sprawi, że pierdoleni bracia Borowscy pożałują, że pojawili się na tym świecie.

*

Olga siedziała w kuchni na wysokim stołku i wpatrywała się w okno. Doskonale widziała podjazd i kawałek ulicy, która prowadziła do ich domu. Czekała na Grześka, który już wysłał wiadomość, że do niej jedzie. Ojca nie było, miał przyjechać do domu za godzinę, natomiast mama została powiadomiona o gościu.

– Dobrze, kochanie, bardzo się cieszę, że poznam twojego chłopca.

– Żeby tylko tata nie próbował tych swoich sztuczek. Jestem królem zwierząt i inne takie! – Olga lekko się naburmuszyła.

– Nie martw się. Twój ojciec swoje już powiedział, chce tylko, abyś była szczęśliwa i bezpieczna.

– Jestem. Naprawdę jestem – powiedziała Olga, uśmiechając się. Z daleka dostrzegła czarny samochód, więc zeskoczyła ze stołka i pobiegła w stronę drzwi.

– Nadjeżdża rycerz – mruknęła pod nosem Magda Borowska, ale także dyskretnie spoglądała za okno. Była ciekawa chłopaka, który sprawił, że jej córka promieniowała blaskiem oczekiwania, tęsknoty i głębokiego uczucia.

Grzesiek zaparkował przed bramą wjazdową, wysiadł i nacisnął guzik domofonu. Lecz w tym samym momencie w drzwiach furtki pokazała się Olga.

– Widziałam cię! – zawołała, rzucając mu się na szyję.

– Chyba tęskniłaś? – Uśmiechnął się i pocałował dziewczynę w usta.

– Wcale nie! – Wykrzywiła się, złapała go za rękę i pociągnęła w stronę domu. – Jest mama. Ojciec w firmie, wróci później.

– Dobrze, miejmy nadzieję, że przeżyję.

– Nie martw się. Obronię cię – szepnęła i wtuliła się w jego ramię. Była szczęśliwa, naprawdę. I miała nadzieję, iż to będzie dopiero początek obecności Grześka w jej życiu.

Gdy weszli do środka, Magda stała w holu i z lekkim uśmiechem patrzyła na wysokiego, czarnowłosego chłopaka i uwieszoną u jego ramienia córkę.

– Mamo, to Grzesiek. A to moja mama – powiedziała trochę spięta Olga.

Magda podeszła z uśmiechem i wyciągniętą ręką.

– Dzień dobry, Borowska.

– Grzegorz Iwański – odpowiedział chłopak, ściskając jej dłoń. Uśmiechał się lekko. Był bardzo przystojny i na swój sposób delikatny. Ale szerokie bary i umięśnione ramiona przypominały Magdalenie szwagra, Krzyśka. On też miał ładną buzię, ale ciało sportowca. Natomiast o jej mężu można było wiele powiedzieć, ale na pewno nie to, że był... ładny. Raczej... intensywny. Chociaż ten tu chłopak też miał w sobie pewną dzikość. Którą Magda dobrze znała, bo Łukasz był właśnie jak takie dzikie, nieokiełznane zwierzę. O tak, to dobre skojarzenie. Grzegorz też miał w sobie coś, co jakby czaiło się pod jego skórą. Magdalena nie wiedziała, czy to dobrze, czy źle.

– To my... – Olga pociągnęła chłopaka za rękę – idziemy do mnie, na górę.

– Zejdźcie po ciasto – powiedziała jej matka. – I może po coś do picia…

– Mam na górze.

– A jakie ciasto? – zainteresował się Grzesiek.

– Jabłecznik.

– Uwielbiam – powiedział, uśmiechając się szeroko.

Magda pomyślała, że już rozumie fascynację córki. Chłopak był doprawdy olśniewający. Czarna pantera. O tak, doskonałe porównanie.

– To zaraz przyjdziemy – odparła Olga i pociągnęła Grześka na schody.

Magda słyszała, jak jej córka chichocze, a potem dobiegł ją głośny śmiech i trzaśnięcie drzwiami. Po chwili z góry zaczęły dochodzić dźwięki Metalliki.

Kobieta uśmiechnęła się do siebie i poszła salonu. Postanowiła poczekać tam na Łukasza, gdyż wiedziała, że z mężem może być różnie. Znała go doskonale i była pewna jednego: miał świra na punkcie Kacpra i Olgi. Kompletnego świra.

*

– Z mamą to małe piwo. – Olga weszła do pokoju, za nią Grzesiek. – Mam nadzieję, że…

Nie zdążyła nic dodać, bo znalazła się w objęciach chłopaka, który błyskawicznie zamknął drzwi od jej pokoju i trzymając w ramionach, zaczął całować.

– Grześ – szepnęła, gdy na chwilę oderwał się od jej ust.

– Oleńka – odpowiedział, patrząc na nią z góry. Jego oczy błyszczały, a jej śmiały się do niego.

– Tęskniłeś?

– W każdej pieprzonej minucie.

– Ja też. I bardzo się bałam, że rodzicie zabronią nam się widywać. Za tamtą noc i moje kłamstwa.

– Wtedy bym cię wykradł i wywiózł daleko, daleko.

– Zrobiłbyś tak? – Zagryzła wargi, aby ukryć uśmiech.

– Oczywiście. Nikt i nic nas nie rozłączy.

– Nie dopuszczę do tego.

– Ja tym bardziej, Oleńka.

– Ale mam nadzieję, że nie będę musiała nigdzie uciekać. Jedynie mój ojciec może robić problemy.

– Jeśli nie będziesz małą kłamczuszką, to nie powinien się czepiać.

– Czasami będę musiała trochę pokręcić.

– A kiedy, mianowicie? – Grzesiek dotknął ustami jej włosów, zanurzył twarz w zagłębienie szyi i mocno wciągnął powietrze.

– Co robisz?

– Cudownie pachniesz. Tak cudownie, że dostaję świra... – Przycisnął się do niej całym ciałem, czuła jego podniecenie, zadrżała i przylgnęła do niego jeszcze bardziej. O ile to było w ogóle możliwe.

– Nie rób tak, maleńka. – Pokręcił głową, a jego dłonie uniosły jej bluzkę i dotknęły rozgrzanej skóry brzucha. – O cholera – syknął, czując pod palcami gładką skórę.

– Jak? – Jej usta dotknęły jego dolnej i górnej wargi. – Tak? – Polizała go po policzku.

– Chyba nie chcesz w ten sposób przekonać ojca do tego, aby pozwolił się nam spotykać... – Grzesiek wziął głęboki wdech, oderwał dłonie od jej ciała i odsunął się na bezpieczną odległość.

– Ojciec nie wchodzi do mnie znienacka.

– Oleńka, będę potrzebował godziny, żeby doprowadzić się do porządku i zacząć składnie myśleć. Inaczej twój staruszek pomyśli, że jestem nienormalny.

– Dasz radę. W sumie... mogłabym sobie poradzić z twoim problemem.

– Jesteś niemożliwa! – Grzesiek pokręcił głową. Rozejrzał się po pokoju. – Czarna ściana? Mogłem się spodziewać. Moja ty dziewczyno z piekła rodem.

– Wcale nie cała czarna.

– No tak, nie licząc tych gotyckich napisów.

– Okna są białe.

– Z ciemnymi roletami – zauważył.

– Oj, cicho. Chodź! – Pociągnęła go w stronę łóżka.

– To propozycja? Wiesz, co czynisz? – Uniósł brew.

– Jezu, chciałam tylko, żeby ci było wygodnie.

– Ach tak… – Grzesiek usiadł posłusznie na łóżku, a jego wzrok spoczął na ciemnozielonym albumie.

– O nie! – Olga usiłowała mu go wyrwać, ale wstał i trzymał go wysoko na jej głową i poza zasięgiem jej rąk.

– Co tam masz? Niegrzeczne fotografie? – zapytał ze śmiechem.

– Gorzej – burknęła.

– Co mianowicie?

– Moje zdjęcia z dzieciństwa. Zapomniałam schować.

– Oj, daj spokój. Chciałbym zobaczyć małą Oleńkę.

– Tylko się nie śmiej – powiedziała i pogroziła mu palcem.

– Tego obiecać ci nie mogę – odparł, usiadł z powrotem na łóżku i otworzył na pierwszej stronie.

– To ja, jak miałam miesiąc. A to Kacper, mój brat.

– A to twój ojciec. – Wskazał na zdjęcie przedstawiające wysokiego ciemnowłosego mężczyznę, trzymającego niemowlę na rękach.

– Tak.

– Jesteś do niego podobna.

– Wiem – powiedziała i uśmiechnęła się.

– A to kto? – Wskazał na kolejne zdjęcie.

– To mój tata, ja, mój wujek, brat taty, i jego córka Iga.

– Fajna rodzinka.

– Mówiłam ci, mój ojciec i jego brat są ze sobą bardzo blisko.

– To chyba dobrze? – Grzesiek spojrzał na nią poważnie. W jego wzroku dostrzegła jakby żal. Zinterpretowała go tak, że on sam wcześnie stracił rodziców i na pewno było mu bardzo ciężko.

– Bardzo dobrze – odparła, głaszcząc go po policzku.

– Wyobrażasz sobie, że mogliby kiedyś zniknąć? – spytał, a jej się wydało, że jakimś dziwnym tonem.

– Nie – szepnęła, a jej sercem szarpnął smutek. – Nie myśl o tym.

– O czym? – Zamrugał, jakby przebudził się z jakiegoś letargu.

– O swojej rodzinie, o śmierci rodziców. Nie chcę, abyś się smucił – dodała i pocałowała go w czubek głowy. Pragnęła uśmierzyć jego ból, sprawić, by już nigdy nie patrzył tym smutnym, ponurym wzrokiem, od którego czuła dreszcz niepokoju przebiegający przez całe ciało.

– Nie myślę... – Uśmiechnął się, ale jego oczy pozostały poważne.

– Pojedziemy do ciebie?

– Koniecznie chcesz? Może posiedźmy u ciebie, żeby przyzwyczaić twoich rodziców? Poza tym miałem poznać twojego ojca.

– No dobrze, w sumie masz rację.

– Jednak póki go jeszcze nie ma... – Popchnął ją i przygniótł swoim ciałem.

– Popadasz ze skrajności w skrajność.

– Skorpiony tak mają – odpowiedział, a jego usta wędrowały wzdłuż linii jej szczęki.

– O nie! Najgorszy znak na świecie.

– Stereotypy – mruknął i zaczął ją całować.

*

Magda patrzyła na męża, który wszedł do domu z marsową miną.

– Łukasz – powiedziała cicho. Nie musiała mówić nic więcej, w jej tonie było wszystko. Doskonale ją rozumiał.

– Nie martw się, potrafię się zachować.

– To całkiem miły chłopak. Uprzejmy i przystojny.

– Dobrze, kochanie. Nie zmienia to faktu, że każdy chłopak, nawet najgrzeczniejszy, wygląda w moich oczach jak potwór, który chce porwać mi córkę i wrzucić ją na drogę rozpusty.

– Jesteś okropny. Dobrze wiesz, że to nieuniknione.

– Droga rozpusty? – Łukasz zmarszczył brwi.

– Wiesz, o czym mówię.

– Wiem, wiem.

– I bądź grzeczny.

– Będę.

*

Gdy Olga wraz z Grześkiem zeszli na dół, Łukasz siedział w salonie na sofie z laptopem na kolanach, Magda czytała książkę i jednocześnie oglądała serial. Zawsze tak robiła, miała podzielną uwagę i lubiła czytać, jednocześnie śledząc losy bohaterów ulubionej filmowej serii.

– Jemy pizzę. Są te małe pizzerki? – zagaiła Olga, otwierając lodówkę.

– Tak, jeszcze są, o ile twój brat nie pożarł wszystkiego.

– Są też hamburgery. – Łukasz odłożył laptopa i wszedł do kuchennej części salonu.

– Dzień dobry. – Grzesiek kiwnął głową.

– Cześć! – Łukasz podał mu rękę, chłopak uścisnął ją, jednocześnie patrząc Borowskiemu w oczy.

– No to zrobimy burgery. Może być? – spytała Olga, zwracając się do Grześka.

– Jasne. Może być. A co z tym jabłecznikiem? – spytał z uśmiechem.

– Aaa, patrz! – Dziewczyna uderzyła się ręką w czoło. – Zapomniałam. Już kroję!

– A więc studiujesz prawo? – Łukasz wpatrywał się w chłopaka. Zwrócił uwagę na jego powycierane dżinsy i luźny sweter, zauważając, że wszystko było dobre gatunkowo, z wyższej półki. Coś jak swobodna luzacka elegancja, a jednak wcale nie taka zwykła i łatwo dostępna. Poza tym chłopak był nadspodziewanie dobrze zbudowany, jak na kolesia ślęczącego w papierach. Musiał coś ćwiczyć. No, ale Krzysiek, brat Łukasza, też nie wyglądał na zabiedzonego, pogrążonego w kodeksach słabeusza. Jednak Łukasz bacznie obserwował chłopaka, bo coś… coś nieuchwytnego dostrzegł w jego spojrzeniu i to stanowczo wywołało u niego napięcie oraz gotowość do natychmiastowej reakcji. Rzadko w ostatnim czasie coś takiego mu się zdarzało, ale gdy kilka razy w życiu ogarniało go takie przeczucie, to potem… zawsze lała się krew.

– Tak, jestem na ostatnim roku.

– A co potem?

– Aplikacja. Adwokacka.

– To musisz porozmawiać z moim bratem. On jest bardzo dobrym adwokatem.

– Dobrze. Bardzo chętnie – odparł grzecznie chłopak.

– Dobra, róbcie sobie jedzenie, Olga, dla mnie też jeden. – Łukasz uniósł palec, córka w odpowiedzi kiwnęła głową.

Młodzi uporali się z burgerami, ustawili wszystko na tacy, dołożyli napoje i poszli na górę. Burger dla Łukasza został na blacie kuchennym. Borowski jadł go w zamyśleniu.

– Coś ci chodzi po głowie? – Magda usiadła na wysokim stołku naprzeciwko męża i wpatrywała się w niego. Doskonale znała ten wyraz twarzy.

– Dlaczego tak sądzisz?

– Bo znam cię lepiej niż siebie?

– Straszna to wiedza, moja piękna.

– O co chodzi? – Nie ustępowała.

– Nie wiem.

– Łukasz?

– Serio, nie wiem. Ale coś... – odłożył niedojedzonego burgera na talerz – coś mnie męczy. Jakieś przeczucie.

– To twoja córeczka, chyba każdy ojciec ma takie przeczucie. – Magdalena uśmiechnęła się łagodnie.

– Nie chodzi o to. Po prostu...

– Wiem, ten chłopak ci się nie podoba.

– Kurczę, nawet nie. Jasne, jest starszy i najchętniej bym się go pozbył, ale to normalny facet z planami na przyszłość. Na pewno lepszy niż ja w jego wieku.

– Daj spokój.

– Wiesz, o co mi chodzi. Gdyby Olga przyprowadziła kogoś takiego jak ja, urwałbym mu łeb.

– Łukasz, przestań.

– Dobrze. Nie będę już, wiem... – Dotknął dłoni żony. Za każdym razem, gdy katował się wspomnieniami i wracał do przeszłości, Magda była zasmucona. A ostatnim, czego chciał, to zobaczyć smutek na twarzy ukochanej.

– Nie martw się. Olga jest szczęśliwa. Zakochana. To najważniejsze. A ten Grzesiek... wygląda na odpowiedzialnego chłopaka.

– Pewnie masz rację. – Uśmiechnął się, wstał i przytulił żonę. – Jak zawsze masz rację.

– Nie zawsze, Łukaszku. Ale staram się dostrzegać dobre strony w rzeczach, które ty od razu analizujesz i poddajesz obróbce.

– Tak już mam. Ale nie będę. Oczywiście, nie jestem szczęśliwy, że moja córka tak szybko dorosła, ale chyba muszę się z tym pogodzić.

– Musisz. – Magdalena uniosła głowę i pocałowała męża w usta.

Nieco później, gdy poszła do łazienki, Łukasz wyjął komórkę z kieszeni i wybrał numer. Gdy uzyskał połączenie, przekazał wszystkie wiadomości, jakie udało mu się zebrać, i powiedział, że sprawa jest pilniejsza, niż wcześniej przypuszczał. Potem zadzwonił też do brata i poprosił go o dyskretne sprawdzenie pewnego młodego studenta, przyszłego aplikanta. I chociaż wiedział, że Magda byłaby pewnie zła, że znowu posuwa się w swej kontroli za daleko, to nie potrafił ukryć dziwnego przeczucia, które ogarnęło go, kiedy tylko spojrzał w oczy tego chłopaka. Wolał dmuchać na zimne, narażając się nawet na złość córki, ale musiał sprawdzić, czy te jego przeczucia to tylko dziwna obawa ojca, czy zapowiedź kłopotów czyhających na jego rodzinę.

Wcześniej…

Jasne, że wiedziałem, że będzie mnie sprawdzał. Zwłaszcza że w tym klubie, gdzie niby przypadkiem ją poznałem, byli tajniacy. Byłem wyczulony na takie rzeczy. Od lat ćwiczony w rozpoznawaniu potencjalnego wroga, od razu rozpoznałem ludzi, którzy wcale nie przyszli na koncert punkrockowej grupy. Wiedziałem też, że Borowski utrzymuje bliski kontakt z pewnym policjantem, który swego czasu wiele namieszał w moim życiu. Nie bezpośrednio, oczywiście, ale on był tym, którego uratował przed śmiercią z ręki mojego ojca właśnie Lukas. Dlatego także mieliśmy na niego oko. Ale nie on był celem, mój wuj od razu zamierzał uderzyć w grubą rybę, jak sam mówił. W każdym razie mieliśmy swoich ludzi wszędzie i oczywiście doszła do mnie informacja, że niejaki pan Łukasz Borowski dopytywał o Grzegorza Iwańskiego. Otrzymał zwrotną wiadomość taką, jak miał dostać, to znaczy, że pan Iwański to świetny student, pracownik, mający doskonałe wyniki przez cały okres studiów. Pracowity, oddany sprawie, zawsze doprowadzający wszelkie zlecenia do końca. No cóż. Było się czym chwalić. Zapewne uspokoiła go taka informacja, a ja miałem z tego niezłą zabawę, bo jednak powinien się poważnie zaniepokoić.

ROZDZIAŁ 15

Birdy *Keeping Your Head Up*

Iga i Kacper leżeli na łóżku i patrzyli na siebie z uśmiechem. Wcześniej szaleńczo się całowali, ale zaraz miała wrócić z kancelarii mama Igi i w związku z tym chłopak, jak zawsze, powstrzymał się od pójścia na całość, chociaż przychodziło mu to z ogromnym trudem.

– Chcesz mnie wykończyć… – Kacper wpatrywał się w dziewczynę.

Jej oczy błyszczały, usta miała nabrzmiałe od pocałunków, włosy leżały rozrzucone na poduszce.

– Witaj w moim świecie.

– Pomyślałem, że moglibyśmy za tydzień pojechać do Świdnicy. Będę tam miał jeden turniej i potem czas tylko dla ciebie.

– Zostaniemy tam na noc? – Iga rysowała palcami wzory na jego przedramieniu.

– Tak. Jeśli chcesz.

– No nie wiem. Obawiam się, że chcesz mnie sprowadzić na jakąś złą drogę.

– Nawet nie wiesz, jak bardzo złą.

– No to bardzo chcę! – Uśmiechnęła się i pocałowała go w usta.

W tym momencie zadzwoniła komórka Kacpra. Zerknął na wyświetlacz.

– To Olga – powiedział i nacisnął zieloną słuchawkę. – Co jest, sioro? No? Okej. Może jutro? Dobra. U Igi. Okej, pa!

– O co chodziło? – spytała Iga, gdy skończył rozmowę.

– Olga przyprowadziła do domu swojego chłopaka. I przeżył! W związku z tym chce, abyśmy się poznali i jutro u nas na strychu wieczór filmowy.

– Czyli Borowscy kontra nowy?

– Aha, dokładnie. Coś czuję, że ojciec nie jest obecnie najszczęśliwszym facetem na ziemi.

– Znając wujka Łukasza, to raczej nie. Ale skoro chłopak Olgi przeżył, to znaczy, że zdał egzamin.

– Nie mów hop.

– Dobrze, że ty nie miałeś z tym problemu.

– Bo jestem najlepszą partią, jaka mogła ci się trafić! – Kacper uśmiechnął się szeroko.

– Zarozumialec. Jak wyjdę za ciebie, zostawię sobie panieńskie nazwisko.

– Ale zabawne, dobrze! Zgadzam się! – Wciągnął ją na siebie i zaczął całować.

– Przecież mówiłeś, że musimy być ostrożni, że mama… – Oderwała się od jego ust i patrzyła na niego z góry. Jej oczy się śmiały, a jego były ciemne i poważne.

– Za chwilę – szepnął, po czym przywarł do jej ust i zaczął je smakować.

Trochę później, gdy już Kaśka wróciła do domu, młodzi siedzieli na dole i zajadali spaghetti, które wraz z Krzyśkiem przygotowała dzień wcześniej.

– Cześć, mamo!

– Cześć, ciociu – rozległo się zgodnie z salonu.

– Czeeeeść – odpowiedziała im Kaśka. Poszła do łazienki i spojrzała w swoje odbicie w lustrze. – Taaak, myślałby kto, że cały czas byli tacy grzeczni – powiedziała do siebie.

– Mamoooo, chodź na chwilę – krzyczała z salonu Iga.

– Daj mi się rozebrać, córko niewdzięczna.

– Bo chciałam… Ale co? – Do uszu Kaśki doszedł szept dziewczyny. – Oj, dobra! – Iga była zniecierpliwiona.

– O co chodzi? – Kaśka weszła do salonu. Spojrzała na córkę i na Kacpra, który dawał Idze jakieś znaki.

– Mamo, chcemy za tydzień jechać razem do Świdnicy. Kacper ma tam turniej pływacki. – Iga powiedziała to na jednym wydechu.

– No tak. Właśnie chciałem o to zapytać. – Chłopak przewrócił oczami, a Iga wystawiła mu język.

Kaśka się uśmiechnęła.

– Dobrze.

– Zgadasz się? – Iga spojrzała zaskoczona.

– Tak. Mam nadzieję, że wygrasz, Kacper. I że będziecie grzeczni.

– Oj, mamo!

– Ciociu, nie musisz się o nic martwić.

– A co z tatą?

– Zajmę się tym. Tylko mnie nie zawiedźcie! – Kaśka pokiwała palcem.

– Nieee!

– Wszystko będzie okej!

– Dzięki, mamo! – Iga podbiegła do matki i pocałowała ją w policzek. Potem razem z Kacprem pobiegli na górę. W podskokach. Dosłownie. Kaśka pokiwała głową z uśmiechem i poszła do kuchni odgrzać sobie obiad. Po chwili usłyszała trzask drzwi i głos córki na schodach.

– A! Olga ma chłopaka. Jutro się wszyscy razem spotykamy. Może zadzwoń do cioci Magdy.

– Okej! – Kaśka zdziwiła się i czym prędzej wybrała numer na komórce. Musiała to usłyszeć i zapytać, czy Łukasz już sprawdza go w tych swoich nieoficjalnych źródłach. Bo że tak robi, była więcej niż pewna.

Sięgnęła po komórkę i wybrała numer do Magdy. Ta odebrała szybko, brzmiała poważnie.

 – Co masz taki głos?

– Aaaa, czekaj… – Magda gdzieś szła. – Czekaj, wyszłam do ogrodu. A Łukasz znowu zaczyna.

– Słyszałam, że Olusia ma chłopaka?

– No tak, przyszedł dzisiaj oficjalnie do nas.

– A twojemu mężowi się nie podoba? – Kaśka pokiwała sama do siebie głową.

– Nie bardzo. Znasz go. I ma jakieś podejrzenia.

– Nic nowego.

– Sama już nie wiem. Ten Grzesiek jest bardzo miły. Studiuje prawo, na ostatnim roku.

– Oj, to musi być miły.

– I bardzo przystojny. A Olga jest chyba bardzo w nim zakochana.

– Nasze córki się zakochały… – Kaśka westchnęła.

– No właśnie, Kacper jest pewnie u was? – spytała Magda.

– Jasne. Pewnie jeszcze nie wiesz, ale jadą razem za tydzień do Świdnicy.

– Hm.

– Co za hm? – Kaśka podeszła do okna i spojrzała na podjazd. Jej mąż podjechał właśnie pod dom.

– Chyba nie musimy przeprowadzać z nimi dydaktycznych rozmów.

– Uświadomieni to oni są już dawno. Teraz trzeba tylko liczyć na to, aby zastosowali w praktyce to, czego ich nauczyliśmy.

– Miejmy nadzieję, że tak zrobią.

– Słyszałam, że jutro młodzi się spotykają. Wszyscy razem, u was, na wieczorze filmowym.

– Ano tak. Teraz tylko czekać, aż Kamil przyprowadzi jakąś dziewczynę i nasze nowe pokolenie znacząco się powiększy.

– Kamil na razie chyba z nikim się nie spotyka. Ale ciągle siedzi przy komputerze i z kimś pisze. Wiem tylko, że z jakąś dziewczyną, która lubi muzykę, książki i filmy te same co i on.

– No to czekaj, niedługo pewnie pojawi się u was w domu. – Magda się uśmiechnęła.

– I dobrze. Niech nasze dzieci będą szczęśliwe.

– Niech będą. I bez żadnych dramatów, Kaśka.

– Bez dramatów, Magda.

Gdy skończyły rozmowę, Kaśka poszła do holu, gdzie Krzysiek właśnie ściągał buty.

– Cześć! – Podeszła do męża i pocałowała go w usta.

– Cześć. Co taka mina? – Spojrzał z niepokojem, bo bezbłędnie odczytywał wszelkie zmiany nastroju u żony.

– A... kilka rodzinnych spraw i sprawek. Chodź, nakarmię cię i wszystko opowiem.

– Jasne, Katka. Jestem już cały twój.

– Dzień jak co dzień.

Potem, gdy siedzieli na sofie w salonie, Kaśka oparta o jego ramiona i z nogami na pufie, Krzysiek westchnął ciężko.

– Co cię męczy? – zapytała.

– Wszystko po trochu. Nasza córka, Kamil żyjący we własnym świecie. I jest jeszcze Olusia. Łukasz prosił mnie, żebym dowiedział się czegoś na temat tego Grześka.

– I co? – Kaśka odwróciła się i spojrzała na męża.

– No, można powiedzieć, że złote dziecko. Najwyższe noty, świetna opinia, wysoka średnia. Pracuje teraz w jednej znajomej kancelarii. – Powiedział nazwę, Kaśka znała wspólników. – Chwalą go bardzo. Oczywiście nie powiedziałem, dlaczego o niego dopytuję, udałem, że też szukam jakiegoś młodego zdolnego i słyszałem, że mają takiego.

– No to chyba powinniśmy się cieszyć? Mówiłeś Łukaszowi?

– Jeszcze nie. Zadzwonię do niego później.

– Jesteście urodzonymi szpiegami, bracia Borowscy! – Kaśka się zaśmiała. – Chyba teraz twój brat będzie spokojny?

– Czy ja wiem? Ten Grzesiek... przyjechał tu z Warszawy, tam kończył jedno z najlepszych liceów.

– I co z tego?

– Katka, nic. Ale… sam nie wiem, cholera.

– Chyba udziela ci się paranoja twojego brata.

– Pewnie tak. – Krzysiek spojrzał dwukolorowymi oczami na żonę. – A jak nasza zakochana para? Serio, jadą razem? Pozwalamy im?

– Krzysiu, już im pozwoliłam.

– Ach tak? – Zmrużył brwi.

– Jeśli mają coś zrobić, to i tak nie mamy na to wpływu. Zapomniałeś?

– Nigdy nie zapomnę – odpowiedział, swoim zwyczajem przekrzywił głowę i uśmiechnął się.

– Poza tym Kacper jest porządnym, odpowiedzialnym chłopakiem.

– Zakochanym i napalonym.

– Jesteś niemożliwy.

– Nie, po prostu wiem, jak to jest. Jak się dostaje świra na punkcie kogoś… – Musnął ustami jej usta.

– Ja też wiem. Ale zaufajmy naszym dzieciakom.

– Wiesz, Katka. To wbrew pozorom cholernie trudne.

*

Nazajutrz młoda ekipa Borowskich, w składzie: Kamil, Kacper i Iga, siedziała na strychu starego domu i czekała na Olgę i jej chłopaka.

– Ja chyba widziałem tego gościa. Jeździ czarną beemką.

– Aha, to już wiem, czemu wujek Łukasz go nie lubi – zaśmiał się Kamil.

– A nie lubi? – spytała Iga.

– Widziałaś jego minę, kiedy Olga oznajmiła mu, że dzisiaj się spotykamy wszyscy razem.

– Nie przejmowałbym się tym tak bardzo… – Kacper machnął ręką. – Wiecie, jak z nimi jest. Z naszymi ojcami.

– A wiemy, wiemy.

– Bracia Borowscy.

– Postrach Wrocławia.

– Ej, ale jesteście pewni, że te stare sprawy już nie wrócą?

– No raczej. Tyle lat? Komu by się chciało!?

– A nie wiem, ale patrząc na paranoję naszych starych... – Kamil wzruszył ramionami.

– Cicho bądźcie, idą! – Iga uciszyła chłopaków. – Jeśli to ten właściwy, to lepiej nie straszyć go popieprzoną historią rodzinną.

Kacper zrobił gest zamykania usta na kluczyk i wyrzucania go za siebie. W tym momencie na strych weszła jego siostra i wysoki ciemnowłosy chłopak. Trzymali się za ręce, a siostra promieniała.

Młodzi przywitali się, po małym zamieszaniu wszyscy rozsiedli się na niskich sofach i poduchach, Kamil nastawił muzykę. Olga z Igą zeszły do kuchni po przekąski.

– Fajny ten twój Grzesiek – zagaiła Iga i szturchnęła kuzynkę.

– Wiem.

– A jak wujek? Znaczy twój tata?

– Domyśl się... – Olga przewróciła oczami.

– No próbuję.

– Dobrze, że mama nie robi żadnych akcji. A ojciec – wysypała chrupki kukurydziane do wysokiej szklanej misy – patrzy tym swoim podejrzliwym wzrokiem, ciągle z kimś gada i jestem pewna, że już wypytał o niego twojego tatę. Bo przecież oni tam, w tym prawniczym świecie dobrze się wszyscy znają, a Grzesiek pracuje w jednej z większych kancelarii.

– Kolejna w rodzinie Borowskich, która związała się z prawnikiem! – roześmiała się Iga.

– Rodzinne! – Olga rzuciła w kuzynkę chrupką. – Ty za to związałaś się z Borowskim, który raczej prawnikiem nie będzie.

– Raczej nie. I dobrze, wystarczy, że mam rodziców adwokatów.

– Diabła – dodała Olga, a w odpowiedzi usłyszała śmiech Igi.

*

Na górze muzyka dudniła tak, że w salonie Borowskich drżał żyrandol. Na szczęście rodziców Kacpra i Olgi już nie było, bo pojechali do Krzyśka i Kaśki. Okazało się, że chłopcy świetnie się dogadują, Grzesiek opowiadał jakieś zabawne historie z ostatniej klasy liceum, kiedy jeszcze uczył się w Warszawie, potem Kamil zaczął parodiować ich trenera pływackiego, Iga podała piwo, Olga zaczęła tańczyć, dołączył do niej Kacper, a potem Iga. Wkrótce wszyscy szaleli, skakali, śpiewali. Grzesiek patrzył na Olgę, która rzucała głową w przód i w tył, a jej ciemne włosy falowały w rytm szybkiego klubowego kawałka. Złapał ją w pasie, przyciągnął do siebie i pocałował.

– Dobrze się bawisz? – spytała po chwili.

– Bardzo dobrze.

– Cieszę się. Chciałam, abyś czuł się jak u siebie.

– Wystarczy, że ty będziesz ze mną. Wówczas wszędzie będę się tak czuł.

– Nigdzie się nie wybieram. Nigdy.

– Nigdy nie mów nigdy, Oleńka.

– Chodźcie, robimy miksa! – krzyknął Kamil.

– Co to miks? – spytał rozbawiony Grzesiek, patrząc na Igę, która przyniosła coś na kształt wiaderka.

– Taki drink z czasów młodości naszego ojca – odpowiedział Kamil, który właśnie zaczął mocować się z szampanem.

– Wiecie, że ja muszę wrócić autem do domu?

– Nie musisz, mamy pokój gościnny! – zawołała Olga i machnęła ręką w kierunku miejsca, gdzie się znajdował.

– Nie, Oleńka. – Grzesiek nagle spoważniał.

– Czemu? – zapytała smutno.

Pociągnął ją w stronę korytarza, tam było trochę ciszej.

– Nawet nie wiesz, co chciałbym z tobą robić, tu, w twoim domu. Ale nie mogę. Nie chciałbym, abyś potem miała nieprzyjemności. Poza tym nie chcę, aby twój ojciec zrobił sobie ze mnie tarczę strzelniczą.

– Kiedy będziemy znowu sami?

– Kiedy tylko chcesz. U mnie. Zawsze – powiedział, po czym położył na jej biodrach dłonie i lekko ją ścisnął.

– Iga z Kacprem wyjeżdżają za tydzień do Świdnicy. Może pojedziemy z nimi?

Grzesiek pokiwał głową.

– Niezły pomysł. A gdzie?

– Chodź, Kacper wszystko ci wyjaśni.

Impreza trwała w najlepsze, muzyka grała na full, dziewczyny tańczyły, Kamil siedział trochę z nosem w komórce, trochę wygłupiał się z siostrą i kuzynką. Kacper dokładnie opisał Grześkowi, gdzie jadą, podał namiary na pensjonat i w sumie sam zaczął także namawiać chłopaka siostry, żeby pojechali tam razem.

– Pokibicujecie mi podczas treningu, po południu pójdziemy na jakieś jedzenie, a potem jakieś wspólne party.

– Czemu nie? Może jak wasi rodzice dowiedzą się, że jedziemy razem, to wasz ojciec nie będzie patrzył na mnie jak na przestępcę – stwierdził Grzesiek i uśmiechnął się.

– Stary, musisz to jakoś przetrwać. Z moim ojcem i wujkiem nigdy nie jest łatwo, ale jak już przeżyjesz kilka prób inwigilacji i paręnaście przesłuchań, to przyjmą cię jak swojego.

Na te słowa Grzesiek zaśmiał się i odpowiedział:

– Brzmi bardzo optymistycznie.

– Chłopie – Kacper złapał go za ramię – uwierz mi, to bardzo optymistyczna wersja.

– Dzięki.

Późnym wieczorem Olga odprowadziła swojego chłopaka do samochodu.

– W sumie mogłeś się z nami zabawić, wrócić taksówką, jak już nie chciałeś tu spać, a jutro przyjechałbyś po auto... – Mówiąc to, miała trochę smutną minę.

– Kochanie, jesteś leciutko zrobiona, widzę.

– Troszeczkę. I chciałabym się do ciebie przytulić.

– Ech, Oleńka! – Objął ją ramionami i przyciągnął do siebie. Wtulił twarz w jej włosy. – Kocham cię.

– Ja ciebie też... – Uniosła twarz i od razu napotkała jego usta. Pocałowali się krótko, ale intensywnie.

– Zadzwonię do ciebie jutro. Muszę się trochę pouczyć, może wpadnę wieczorem.

– Dobrze. Będę tęskniła.

– Nie martw się. Dogadałem się z Kacprem, pojedziemy razem do Świdnicy.

– Super! – krzyknęła, skoczyła na Grześka i objęła jego biodra nogami, aż się lekko zatoczył.

– Widzę, że bardzo się cieszysz!

– Bardzo, bardzo, bardzo!

– Pojedziemy moim autem. Będzie fajnie.

– Wiem, z tobą zawsze jest fajnie.

Gdy czarne bmw odjechało, Olga wpatrywała się w samochód, aż nie zniknął za zakrętem, potem uniosła ramiona wysoko, spojrzała w gwiazdy, które gęsto zdobiły ciemnogranatowe niebo, i zakręciła się kilka razy, piszcząc jak mała dziewczynka. Była szczęśliwa. Taka szczęśliwa! Tak cholernie szczęśliwa!!!

Grzesiek, gdy tylko odjechał kilkadziesiąt metrów od domu Borowskich, zatrzymał się, wyciągnął jedną z komórek, których używał tylko do rzadkich i pilnych kontaktów. Wysłał SMS-a, po czym wyciągnął kartę SIM, złamał ją na pół i wyrzucił jej części w różnych kierunkach. Potem dodał gazu i ruszył z piskiem opon, przeklinając ten pierdolony świat i pragnąc, aby kolejny weekend nigdy, przenigdy nie nadszedł.

Wcześniej…

Przypomniałem sobie jeden z wieczorów, jeszcze w Moskwie. Miałem może z dziesięć lat, siedziałem w moim pokoju na poddaszu, w domu wujka Olega, który wziął mnie pod swoje skrzydła po śmierci ojca. Podobno jakaś rodzina taty, mieszkająca w Bułgarii, pytała o mnie, chcieli się mną zająć, ale mój wuj ich wyśmiał i posłał do wszystkich diabłów. Może to i dobrze, u niego na pewno było mi lepiej, wuj miał pieniądze i nie żałował ich na mnie. Oglądałem kreskówki, kiedy wujek zajrzał do środka.

– Co tam, chłopcze?

– Dobrze.

– Dzwoniła do mnie twoja nauczycielka. Podobno uderzyłeś jakiegoś chłopaka ze starszej klasy?

Spojrzałem gdzieś w bok.

– Popatrz na mnie, Griszeńka. O co poszło?

– Powiedział, że jestem bidul.

Achmadow zmarszczył brwi.

– Ty? Bidul?

– No, że powinienem być w bidulu, bo nie mam rodziców. Rozkwasiłem mu za to nos.

– Masz mamę. Ona jest trochę chora, ale na pewno się wyleczy i wróci do nas. Poza tym rodzina to nie tylko ojciec i matka. To także my tutaj, wszyscy.

– Viktor też?

– On też – odparł krótko wuj. – I uważam, że postąpiłeś słusznie.

– Naprawdę?

– Tak. Trzeba bronić swego dobrego imienia i własnej rodziny. Zachowałeś się jak mężczyzna.

Byłem zadowolony, bo szczerze mówiąc, trochę obawiałem się tego, że wuj może mnie zbesztać za pobicie tego Andriuszki.

A potem… chłopak już nie uczęszczał do naszej szkoły. Podobno spalił się sklep, który prowadził jego ojciec, siostrę gdzieś zabrano, a matka wraz z synem uciekła do Kazachstanu, skąd pochodziła. I dobrze. To chyba była kara za plotki rozsiewane o mnie i mojej rodzinie. Przeznaczenie.

Wtedy jeszcze nie wiedziałem, że to przeznaczenie nazywało się Oleg Achmadow.

ROZDZIAŁ 16

Kerli *Love Is Dead*

Ćwiczył w pocie czoła. Raz za razem podnosił ciężary. Jego mięśnie nabrzmiały, sprawiały wrażenie, że zaraz przebiją naprężoną skórę. Był prawie nagi, spodenki przesiąkły potem spływającym po wytrenowanym ciele. Włosy były mokre, szczypiący pot zalewał mu twarz. I bardzo dobrze, przynajmniej mieszał się ze łzami, które leciały z jego oczu. Oczu wpatrzonych w jej zdjęcie, zdobiące ekran laptopa. Patrzyła na niego z uśmiechem, wiatr zgarnął jej czarne włosy na jedną stronę, przekornie wpatrywała się w niego, a jej usta zdawały się go przywoływać. Wpatrywał się w jej podobiznę i widział w niej jej ojca, którego uczył się nienawidzić od najmłodszych lat. Nienawiść roztoczyła w jego umyśle swe macki. Była jedynym uczuciem, jakim od lat się kierował, jakie towarzyszyło mu podczas intensywnych dni i samotnych nocy, kiedy oglądał zdjęcia matki, ojca, a potem przypominał sobie to, co teraz działo się z jego ukochaną matuszką. I rosło w nim przekonanie, że gdy zemści się na córce Borowskiego, to przestanie w końcu napędzać się tylko negatywnymi odczuciami i może w końcu poczuje coś innego. I, kurwa mać, kiedy patrzył na jej podobiznę, czuł coś innego. O tak. Poczuł taki ból w sercu, jakiego nie doznał od dawna. Może od momentu, kiedy dowiedział się, jak stracił rodzinę, kto jest za to odpowiedzialny, kto pozbawił go dzieciństwa. A teraz patrzył w oczy córki tego, który to zrobił, i czuł tak wiele, tak cholernie wiele sprzecznych uczuć, że musiał wyrzucić to wszystko z głowy, bo miał wrażenie, że inaczej oszaleje. Dlatego ćwiczył jak szalony, wiedząc, że nazajutrz nie będzie mógł się ruszać, a ból mięśni go obezwładni.

Ale o to właśnie chodziło. Musiał wytrwać do weekendu, kiedy spełni swoją powinność, wypełni to, do czego został wychowany, wuj będzie z niego dumny. Potem wróci do swoich, spojrzy w nieobecne oczy matki i będzie mógł zapomnieć. O niej. O dziewczynie, której zniszczył życie, rodzinę, świat. O dziewczynie, którą pokochał sercem, które nie mogło nikogo pokochać, a jednak to zrobiło. Które biło karmione pragnieniem zemsty i chęci odwetu. Bo za winy trzeba płacić. A oni nigdy nie zapominają. Ale jego serce nie chciało słuchać tego, co siedziało w głowie. Że ona jest dla niego stworzona, że jest jego światem, życiem, którego tak naprawdę nigdy nie miał. Że jest dla niego przeszłością, samotną i napędzaną nienawiścią, a także pełną nadziei przyszłością. Pierdolone głupie serce!!! Bo dla niego, Grigorija Igorowicza Siergiejewa… nie było żadnej przyszłości. Żadnej.

Pochylił się, oparł spocone, nabrzmiałe ramiona o nogi i ciężko oddychał. Z nosa kapały mu łzy. Tak, to były łzy. Wiedział o tym bardzo dobrze. Całe życie uczony był twardości, nienawiści, był ćwiczony jak maszyna do zabijania, niszczono w nim wszelkie oznaki słabości, przypominano, kim jest, z jakiej rodziny się wywodzi i co tej rodzinie wyrządzono, sterowano nim, manipulowano, a on przyjmował wszystko i parł do przodu, niczym robot, bez uczuć, marzeń, planów. A teraz… gdy poznał Oleńkę, to wszystko okazało się niczym w porównaniu z tym, co obudziło się w jego sercu, w jego umyśle, pod jego skórą, w opuszkach palców, na ustach, w oczach. Miłość. Przepełniała go i sprawiała, że chciał zniszczyć ten pierdolony świat i wszystkich tych, którzy stworzyli jego, Griszę, cudowne dziecko Sołncewa, które nie miało własnego życia, bo istniało tylko po to, aby przynieść śmierć, rozpacz i zemstę.

– Kocham cię – wyszeptał, patrząc na jej zdjęcie. Wytarł łzy, zamknął laptopa i poszedł do łazienki, gdzie wszedł pod lodowaty prysznic. I marzył, aby tak samo lodowate stało się na powrót jego serce, które ta dziewczyna przywróciła do życia. Do życia, którego nie mógł i nie miał prawa mieć.

*

Adam Księżopolski zastanawiał się, czy ma jeszcze jakąś przyszłość. Siedział w hotelu w Białymstoku i wpatrywał się w widok za oknem. Nic nie widział, myśli o przyszłości zajmowały go w równym stopniu, co rozpamiętywanie przeszłości. Wielokrotnie obiecywał sobie, że nie będzie wracał do tego, co było, jednakże ciągle miał przed oczami jej twarz, spokojną, pewną siebie, i nie mógł uwierzyć, jak to się stało, że stracił nad nią kontrolę. Ten jej triumfalny i pogardliwy wzrok był jego przekleństwem, ale także dawał siłę do przeżycia każdego kolejnego pieprzonego dnia w zamknięciu. A teraz... był bliżej zwycięstwa, niż mogłoby się wydawać. Tak, Księżopolskiego nie tak łatwo pokonać. A ona jeszcze zapłacze i przeklnie dzień, w którym oddała się temu pierdolonemu Borowskiemu i w którym oddała mu jego syna, jego krew, jego dziedzictwo.

Czekał na spotkanie z prawą ręką człowieka, który to wszystko zorganizował, dał mu nadzieję na przetrwanie i sprawił, że pobyt w wołowskim więzieniu stał się znośny. To był szalony, dalekosiężny plan. Na początku nie wierzył w jego powodzenie. Nie przypuszczał, że ktoś będzie w stanie tak długo wytrwać w postanowieniu dokonania zemsty, ale jego „opiekun" zapewnił go, że w tej rodzinie najważniejszy jest honor i zadośćuczynienie. A oni mogli zrobić to tylko w jeden sposób: poprzez zemstę na tym, który śmiał tknąć członka ich rodziny. Adam dokładnie nie wiedział, jaki jest plan i kto ma dokonać ostatecznej wendety na braciach Borowskich, ale skoro był tutaj, gdzie był, to oznaczało, że machina została puszczona w ruch i wszystko jest na dobrej drodze. Pobyt w więzieniu nauczył go cierpliwości, jednakże teraz bardzo się denerwował, bo chciał już mieć to spotkanie za sobą. Kiedyś, przed laty, czuł się podobnie, gdy przyszła na widzenie jego matka. Zawsze miał w niej oparcie, zawsze go rozumiała, usprawiedliwiała, jednak wtedy... Patrzyła na niego tak, jakby widziała go po raz pierwszy w życiu.

– Nie tak cię wychowałam – mówiła jakimś obcym tonem.

– Myślę, mamo, że właśnie tak – odparł spokojnie.

– Jak mogłeś? Taki wstyd!

– I tak nie mieszkam w Poznaniu, zawsze możesz powiedzieć, że twój syn nie żyje.

– Zabrałeś mi wnuka! Ona... Magda... nie pozwoliła mi się z nim widywać.

– Przykro mi.

– Złamałeś mi życie. Nie mam już dla kogo żyć.

– Powinnaś już iść, mamo.

Ostatni raz się do niej tak zwrócił. Umarła rok po tej wizycie, jej serce nie wytrzymało. Czy coś wówczas czuł? O tak. Złość, pierdoloną wściekłość. Nie na siebie, nie na matkę, na nią. Na swoją byłą żonę. To jej wina. Nie powinna pozbawiać babci obecności wnuka. Gdyby jego matka miała jakikolwiek kontakt z Kacprem, może jej serce tak szybko by się nie poddało, gdyby jej umysł wiedział, że ma jakiś cel w życiu, że jest ktoś ważny, dla kogo warto codziennie rano się budzić. A tak... Adam nie czuł wyrzutów sumienia. O wszystko oskarżał Magdę, a najbardziej tego gnoja, Borowskiego. Ale jeszcze tylko kilka dni. Z tego, czego się dowiedział, wynikało, że wszystko miało ruszyć w czasie weekendu. A co potem? Nie wiedział, ale jedno było pewne: ona znowu przez niego zapłacze. A to było warte wszystkiego.

Minęła kolejna godzina, Adam zjadł pokaźny obiad i zdrzemnął się nieco. Gdy otworzył oczy, zerwał się zaniepokojony. W fotelu nieopodal sofy, na której leżał, siedział wysoki ciemnowłosy mężczyzna po czterdziestce.

– Spakojna... – Uśmiechnął się, wstał i podał Księżopolskiemu rękę. – Viktor.

– Od pana Achmadowa?

– Tak jest. Wsio w pariadkie?

– Tak, wszystko w porządku.

– Dobrze, a więc posłuchaj, plan jest taki...

Viktor powoli wyłuszczał wszystkie ustalenia, jakich dokonał wcześniej ze swoim mocodawcą, a także z ich cudownym chłopcem, który okazał się doskonały we wszystkim, co do tej pory robił. Wszyscy byli pod wrażeniem dokonań młodego Igorowicza Siergiejewa, ale Oleg od początku wierzył w siostrzeńca, który był mu jak syn. Nadchodził dzień ostatecznego rozrachunku i jeśli ktokolwiek myślał, że oni zapomnieli o tym, co się wydarzło, to był w błędzie.

– Paniał? – Viktor wpatrywał się w Księżopolskiego brązowymi oczami.

– Tak, wszystko rozumiem.

– Dostaniesz swoją wypłatę po wszystkim, teraz masz tu dziesięć tysięcy, na drobne wydatki. Paszport dostaniesz po akcji.

– Dzięki.

– Wiesz już, gdzie wyjedziesz?

– Do Szwecji, a potem dalej, za ocean. Mam trochę na koncie, spadek po mamie czeka.

– I dobrze. Syna zabierzesz?

– Nie sądzę, aby on chciał ze mną gdziekolwiek jechać. Ale chociaż go zobaczę. I powiem, że jest Księżopolski.

– I dobrze. Więzy krwi są najważniejsze. Zaraz ruszacie z powrotem, zmęczony pewnie?

– Nie tak bardzo.

Adam nie czuł zmęczenia. Miał wrażenie, że cofnął się o dwadzieścia lat i znowu jest prężnym biznesmenem po trzydziestce. Chęć zemsty i nadchodzący weekend napędzały go i dawały pokaźny zastrzyk adrenaliny. Wreszcie czuł, że żyje. I to było wspaniałe.

– I dobrze. Kilka dni i będzie po wszystkim, zaczniesz sobie układać wszystko od nowa.

– Tak.

Miał tylko nadzieję, że wszystko pójdzie tak, jak zaplanowali. Bo drugi raz goryczy porażki chyba by nie przełknął.

Wcześniej...

Słyszałem o tym kolesiu. Jego była żona była matką Olgi. Poznałem ich historię bardzo dokładnie, zawsze lubiłem wiedzieć, z kim gram. Zbierałem informacje, bo doskonale zdawałem sobie sprawę z tego, że kto ma wiedzę, ten ma siłę. Nie zawsze mocna pięść i celny strzał załatwiały sprawę, liczyło się także to, co wiedziałem na dany temat. Nie podobał mi się ten dupek. Może dlatego, że był pieprzonym damskim bokserem, a ja takich chujków nie szanowałem. Nie sztuka pokazywać siłę swojej pięści przed słabszą istotą, sztuką było postawienie się przed kimś równym sobie. Dlatego, choć nienawidziłem, to szanowałem Borowskiego. Wiele razy słyszałem opowieść o tym, jak Lukas pokonał Zajcewa w walce, którą zorganizował mój ojciec. Ten cały Księżopolski przypominał mi obślizgłego węża, nie ufałem mu w najmniejszym stopniu. Ale on miał jakieś zasługi względem rodziny i dlatego został włączony do planu. To wuja sprawa, nie moja. Jeśli tylko wyczuję, że gnojek próbuje coś ukręcić na boku, odstrzelę mu jego pieprzony łeb. Z tym akurat nie miałbym żadnego problemu.

ROZDZIAŁ 17

Iris *Goo Goo Dolls*

Weekend zapowiadał się cudownie. Olga cały tydzień chodziła jak na autopilocie, odliczała dni do soboty, pragnęła być tylko z Grześkiem i nie wypuszczać go z objęć przez całe czterdzieści osiem godzin, które mieli spędzić razem. Iga także sprawiała wrażenie lekko nieprzytomnej, wprawdzie w tygodniu spotkała się z Kacprem tylko dwa razy, ale pisali do siebie niezliczoną ilość wiadomości, żartowali, wyznawali sobie miłość i oboje wiedzieli, że ten weekend będzie dla nich niezapomniany. To będzie ich kolejny wspólny początek, coś, na co oboje czekali i tylko opanowanie Kacpra sprawiło, że nie stało się to wcześniej.

Z jednej strony była zła, że jej chłopak jest taki powściągliwy, ale z drugiej cieszyła się, że jeszcze tyle cudownych chwil przed nimi. Była też zadowolona, że jadą tam z Olgą i jej chłopakiem. Polubiła go, miał poczucie humoru, był błyskotliwy i inteligentny, chociaż czasami w jego spojrzeniu dostrzegała bezbrzeżny smutek. Olga wyjaśniła jej, że Grzesiek stracił rodziców, że było mu trudno, że ciągle czuje się jak sierota. Tym bardziej Iga rozumiała to niesamowite przyciąganie, jakie połączyło tę dwójkę. I swego rodzaju wyciszenie się Olgi. To było jej potrzebne, taki chłopak – ułożony i działający na nią kojąco.

Iga cieszyła się, że obie mają fajnych chłopaków, że wszystko zaczęło się dobrze układać, że tyle jeszcze przed nimi. A teraz najbardziej cieszyła się z wyjazdu. To było coś, na co czekała z wielką niecierpliwością. Oczywiście, trochę się obawiała ich wspólnego pierwszego razu, ogarniały ją typowe wątpliwości, jakie mogła mieć zakochana dziewczyna, która nigdy wcześniej nie była z nikim tak blisko. Bo Kacper... Wiedziała, że to nie był jego pierwszy raz. Kiedyś zapytała go o to, zmrużył oczy i ewidentnie nie chciał kontynuować tematu. W sumie rozumiała go, ale poczuła się trochę niezręcznie, a jednocześnie starała się wyrzucić z głowy obraz jej ukochanego całującego, i nie tylko, jakąś inną dziewczynę. Dowiedziała się jedynie, że to była tylko przygoda, nic poważnego. Zamknęła ten temat, bo do niczego nie prowadził. Ta wiedza w sumie była jej zbędna, liczyło się tylko to, co było przed nimi. Tak jak powiedział Kacper: gdy człowiek się zakocha, wtedy dopiero wszystko jest dla niego nowe i przeżywa to po raz pierwszy. Więc trzymała się tej myśli i postanowiła, że już nigdy nie będzie wracała do tego, co było.

*

Gdy wreszcie nadeszła upragniona sobota, trochę rozczarowała ich pogoda, bo padał deszcz. Ale prawdę mówiąc, ani Iga i Kacper, ani też Olga i Grzesiek nie zamierzali spędzać czasu na spacerach.

Grzesiek przyjechał do domu Łukasza, zabrał Olgę i Kacpra i ruszyli po Igę. Gdy wychodzili z domu, Łukasz spojrzał na niego i powiedział spokojnie:

– Tylko bez szaleństw.

– Jasne. – Grzesiek kiwnął głową i poszedł do samochodu.

Łukasz patrzył na roześmianą twarz Olgi, na Kacpra opowiadającego jakiś kawał i poczuł dziwne ukłucie w okolicach serca.

– Co, kochanie? – spytała go Magda, gdy przyglądał się, jak towarzystwo pakuje rzeczy do samochodu Grześka i po chwili wszyscy ruszają w drogę.

– A, nic. Dzieci nam urosły.

– Jakoś tak… niepostrzeżenie. Ale mamy teraz więcej czasu dla siebie.

– To propozycja?

– Nazwij to, jak chcesz.

Śmiała się, ale gdy wziął ją na ręce, krzyknęła i objęła go ramionami. Czasami zapominała, że potrafił być szalony. Kochała to z całego serca.

*

Krzysiek patrzył na córkę, która upychała coś do plecaka.

– Iguś, ty jedziesz na tydzień czy na dwa dni?

– Tato, nie jestem tobą, nie wystarczy mi tylko iPod z muzyką.

– I mama.

– No. I mama. Poza tym będziemy tam chodzić na basen.

– No dobrze. Nie jestem zbytnio szczęśliwy, że jedziesz z…

– Z Kacprem? – Iga wyprostowała się i spojrzała na ojca.

– Nie o to mi chodzi – pokręcił głową – chociaż ufam, że oboje macie głowę na karku.

– Kto ma głowę na karku? – Kaśka właśnie zeszła z góry, trzymając w rękach kosz z praniem.

– Wszyscy – odparł Krzysiek i szybko odebrał pakunek z rąk żony. – Poza tym jedziecie samochodem z tym Grześkiem. Nie lubię, gdy jeździcie z kimś, kogo nie znam. I nie wiem, jakim jest kierowcą.

– Tato, to nie jest „ten" Grzesiek, tylko chłopak Olgi.

– To też nie brzmi dobrze.

– Nie baw się w wujka.

– Uważajcie na siebie! – Kaśka pocałowała córkę w policzek. – I jak zajedziecie, dajcie znać.

– Jasne, mamo. Uspokój ojca – szepnęła matce do ucha. – Widzisz, jaką ma minę?

– Cały on. Nie martw się. Musi to przeżyć.

– Szeptanie w towarzystwie jest co najmniej nieeleganckie.

– Kocham cię, tato! – Iga objęła ojca i wycisnęła na jego policzku soczystego całusa. – O! Już są! – W tym momencie do holu wszedł Kacper. Zebrali rzeczy, plecak Igi, którego ciężar oczywiście chłopak skomentował, za co dostał lekkiego kuksańca, po czym wśród docinków i żartów wyszli na zewnątrz.

Grzesiek wysiadł od strony kierowcy i pomógł Kacprowi ulokować rzeczy Igi w bagażniku. Olga przywitała się z Kaśką i Krzyśkiem, który zwrócił się do Grzegorza:

– Jedź ostrożnie, bardzo proszę.

– Oczywiście.

– Masz doświadczenie jako kierowca?

– Jezu, tato… – Iga przewróciła oczami.

Grzesiek uśmiechnął się lekko.

– Jeżdżę od osiemnastego roku życia. Kilka razy w roku pokonuję trasę Wrocław-Białystok.

– No dobrze, ale uważaj.

– Jasne.

Gdy towarzystwo odjechało, Krzysiek oparł się o bramę, objął ramionami i patrzył, dopóki czarne bmw nie zniknęło za drzewami.

– Kochanie, nie martw się. To ja powinnam być bardziej spanikowana. Zawsze mówią, że matka wszystko podwójnie przeżywa. Tymczasem ja jestem spokojna, a ty się czymś martwisz.

– Nie wiem… Jakieś takie przeczucie…

– Zostawmy to, chodź, napijemy się kawy. Może pojedziemy do Magdy? Twój zwariowany brat pewnie też ją teraz zadręcza. – Kaśka złapała męża za rękę i pociągnęła w stronę domu. Jasne, że się martwiła, gdy młodzi gdzieś wyjeżdżali, ale przecież byli odpowiedzialni. Naprawdę nie można popadać w paranoję!

*

Jechał zgodnie z przepisami, nie chciał, aby ktokolwiek go zatrzymał, a co gorsza zapamiętał. Chciał, aby wszystko odbyło się zgodnie z planem. Zmienił jedynie to, że wszystko miało się rozegrać nazajutrz. Dzisiaj chciał ten ostatni dzień, a właściwie noc spędzić z nią. Potrzebował tego. To było silniejsze niż cokolwiek innego. Przekonał wuja, że lepiej będzie, gdy wszystko zaczną w drodze powrotnej, zanim cokolwiek dotrze do Borowskich, oni i młodzi będą już daleko i zyskają trochę czasu. Wuj dał się przekonać, aczkolwiek Grisza czuł, że jego opiekun i mentor doskonale wiedział, że chodziło o jeszcze jedną noc. Powiedział coś w stylu, że młody musi się zabawić na koniec, a on zawtórował mu w śmiechu. Ale chodziło o coś innego. Chciał spędzić tę ostatnią noc w jej objęciach, chciał czuć jej zapach, trzymać ją blisko siebie i zapamiętać to na zawsze. To było jego pożegnanie, o czym ona nie miała pojęcia. Teraz siedziała obok, śmiała się z żartów Kacpra i co chwilę przełączała piosenki na swojej playliście, którą puszczała przez odtwarzacz sprzężony z samochodowym radiem Grzegorza.

– Olusia, ty naprawdę masz jakąś nerwicę – powiedział Kacper, kręcąc głową.

– Natręctw – dodała Iga.

– Olusia? – Grzesiek powiedział to tak cicho, tak że tylko Olga go usłyszała.

– Domowe zdrobnienia. – W odpowiedzi wzruszyła ramionami.

– Podoba mi się.

– Wolę Oleńkę.

Grzesiek spochmurniał, niemal niezauważalnie przyspieszył i mocniej zacisnął dłonie na kierownicy. Iga z Kacprem nie zwrócili na to uwagi, gdyż głośno śpiewali stary rockowy kawałek. Ale Olga zauważyła. Poczuła się nieswojo, myślała, że zrobiła coś nie tak, ale nie miała pojęcia co.

W ogólnym hałasie, czasem rozmawiając, dojechali do Świdnicy. Z Wrocławia było bardzo blisko, po drodze jednak zatrzymali się w okolicach Marcinowic i zjechali do Pałacu Gruszów, gdyż Olga chciała tam zrobić sobie zdjęcia. Grzesiek zaoferował, że pobawi się w fotografa. Sam nie chciał uczestniczyć w tej sesji zdjęciowej.

*

Gdy zjawili się w świdnickim pensjonacie, wysłali wiadomości do rodziców, że zajechali cali i zdrowi. Iga z Kacprem poszli od razu z jego grupą na trening, a Olga z Grześkiem ruszyli do pokoju, aby się rozpakować. Obiecali, że zajrzą na pływalnię, chcieli też pospacerować. I pobyć tylko we dwoje, na co usilnie naciskał Grzegorz.

– Jesteś jakiś dziwny. Stało się coś? – Usiadła na łóżku w przytulnym, małym pokoiku i wpatrywała się w swojego chłopaka, który w milczeniu wniósł ich torby na górę.

– Nie, wszystko gra.

– Czasami robisz się taki... zamknięty. Może żałujesz, że tu przyjechaliśmy?

Spojrzał jej w oczy i przez ułamek sekundy widziała w jego tęczówkach tak wielkie pokłady żalu, rozpaczy i czegoś jeszcze, że skojarzyło jej się to ze wzrokiem zwierzęcia złapanego w pułapkę. Poczuła się jak uderzona obuchem. Żałował... żałował, że tu z nią przyjechał. Jej rodzice, cała rodzina Borowskich... osaczyła go. To za szybko. Uciekał, to właśnie robił. Chciał ją zostawić... Zamrugała oczami, aby nie pozwolić napływającym łzom wydostać się na zewnątrz. Jednak na próżno. Jedna pojedyncza łza potoczyła się po jej policzku.

– Oleńka. Wszystko, co teraz myślisz, to nieprawda.

– Skąd wiesz, co myślę?

Podszedł do niej, stał przez chwilę, patrząc na nią z góry. Potem kucnął, objął jej biodra dłońmi i spojrzał w zaczerwienione oczy.

– Jakieś głupoty. Bardzo się cieszę, że jestem tu z tobą. Szczerze mówiąc, nie mogę doczekać się nocy. I cieszę się, że to łóżko jest takie wąskie.

– Czasami jesteś taki obcy. Taki daleki. Boję się, że kiedyś znikniesz. Że po prostu otworzę oczy i ciebie nie będzie. Zakochałam się, ale nie przypuszczałam, że to będzie takie... bolesne – mówiła cicho, wpatrując się w niego. – Że każdy dzień będzie wypełniony niepewnością i tęsknotą. Że tak bardzo uzależnię się od ciebie. Nie wiedziałam, że tak może być. I to mnie przeraża, wzbudza strach, bo nie chcę cierpieć, a gdzieś podświadomie... – Urwała i potrząsnęła głową. Poczuła jego silne ramiona otulające ją, jakby chciał oddzielić ją od złych myśli i od świata, który mógłby ją skrzywdzić. Ale ona wiedziała, że to nie świat czyni zło, tylko ludzie. Pocałował ją w czubek głowy, potem w ucho, policzek.

– Nie myśl o takich rzeczach, Oleńka. Nigdy nie wiemy, co nas czeka. Wiem najlepiej, jak cholernie niesprawiedliwy może być los. I jakie gówniane niespodzianki dla nas szykuje. Ale gdybym nie miał nadziei, już dawno skończyłbym swoją bytność na tym świecie. I choćby nie wiem co się działo, gdzie by nas zaprowadziły zakręty losu, pamiętaj tylko jedno: że jesteś najlepszym, co mnie w życiu spotkało. Że kocham cię tak, jak nikogo nigdy nie kochałem. I też przeraża mnie intensywność tego, co czuję, ale jednocześnie cieszę się. Bo tak dawno nie zaznałem żadnych pozytywnych uczuć. Nienawiść to nic dobrego. A ty pozwoliłaś mi inaczej spojrzeć na świat i na ludzi. Poza tym twoja rodzina... to jest coś naprawdę niesamowitego. Zazdroszczę ci tego. Ale cieszę się, że wychowałaś się w domu pełnym miłości. Dlatego jesteś taka cudowna. I za to kocham cię jeszcze bardziej. I pamiętaj.

Czego byś w życiu nie doświadczyła, nigdy o tym nie zapominaj, Oleńka.

– Ale czemu tak mówisz? – zapytała, bo poczuła niepokój.

– Taki już jestem. Nigdy do końca nie wierzę w szczęście, które mnie spotyka.

– We mnie musisz wierzyć. Jestem tu i będę. Z tobą, zawsze.

– Czasami ktoś decyduje za nas... – Grzesiek zapatrzył się gdzieś przed siebie. Po chwili spojrzał w jej zmartwione oczy i pocałował ją w usta. – Koniec z marudzeniem. Idziemy na pływalnię? A potem na jakiś dobry obiad?

– Dobrze. Ale nie lubię, jak tak robisz.

– Co takiego?

– Zaczynasz mówić zagadkami, a potem uciekasz.

– Taki już jestem. Ale nie chcę teraz widzieć łez w twoich oczach. Chodź, Oleńka. Spędźmy razem ten weekend. – Wstał i podał jej rękę. Podała mu swoją, przyciągnął ją do siebie i po chwili wyszli z pokoju.

*

Łukasz patrzył na brata, który wydawał się pogrążony w myślach. Kaśka i Magda szykowały jedzenie w kuchni, rozmawiały i głośno się z czegoś śmiały. Sam nie wiedział, dlaczego czuje się tak, jakby miało się coś wydarzyć. Aby uspokoić szalejące w głowie myśli, zadzwonił do Ratajczaka, potem porozmawiał z Fazim. Nic nie mieli na Grześka, bo o to głównie pytał. Chłopak był w porządku. Miał dobrą opinię na studiach, w kancelarii wypowiadali się o nim w samych superlatywach. Fazi posunął się nawet do tego, że podpytał sąsiadów, co było trochę ryzykowne, ale odpowiedni nominał banknotu wsuniętego w kieszeń pana z góry i z boku, sprawił, że nic nie powinno dojść do zainteresowanego. Dlatego nie wiedział, skąd ten niepokój.

– Coś cię męczy? – spytał Krzyśka, który w zamyśleniu sączył piwo.

– A tak, zastanawiam się.

– Nad czym?

– Nad życiem. – Krzysiek stuknął szklanką w butelkę, która stała przed Łukaszem. – Starzejemy się, dzieci rosną, niedługo pójdą w świat.

– To brzmi interesująco. Może Kacper przestanie ogołacać lodówkę, a Olga kraść moje płyty. – Łukasz uśmiechnął się pod nosem.

– Zostaniemy sami i starzy.

– Braciszku, co cię tak walnęło?

– Sam nie wiem. Mam takie dziwne uczucie, jakbym... – Krzysiek potarł czoło i przejechał dłońmi po włosach – jakbym miał ich stracić.

– Weź mnie nie strasz! – Łukasz nie mówił bratu o własnych odczuciach i wątpliwościach. Cały czas miał wrażenie, że czegoś nie dopilnował.

– Nie przypuszczałem, że będę tak to wszystko przeżywał. Iga, Kacper. To też mnie przybiło.

– Dla mnie też to był szok, ale myślę, że możemy im ufać.

Krzysiek roześmiał się i powiedział:

– Wiesz, pamiętam, jak...

– Tak, wiem. Ale nic z tym nie zrobimy. A gdzie Kamil?

– Umówił się z jakąś dziewczyną.

– Popatrz. A jednak dzieci dorastają... – Łukasz otworzył wreszcie piwo, nalał do wysokiej szklanki i pociągnął łyk.

– Niestety. Albo stety. A my wciąż tacy sami.

– Tak to sobie tłumacz – powiedział starszy Borowski i zerknął w stronę kuchni. – Ale nasze dziewczyny na pewno wciąż takie same.

– Zdecydowanie. – Wzrok Krzyśka spoczął na smukłej, ciemnowłosej żonie. Jego dwukolorowe tęczówki od razu nabrały cieplejszego wyrazu. Wystarczyło, że na nią spojrzał, a natychmiast się uspokajał. Była jego lekiem na całe zło, balsamem, receptą na wszystko to, co mogło go przygniatać. Kiedyś myślał, że wspólnie przeżyte lata pewne rzeczy zacierają, oddalają. Ale było inaczej. Z nimi było inaczej. I to go fascynowało. Czuł, że jego życie, mimo początkowych burz i cierpienia, naprawdę mu się udało. Pokonał wiele zakrętów losu, ale w końcu wyszedł na prostą. Razem z nią.

– Kochanie, co cię trapi? – Kaśka weszła do salonu, spojrzała na męża i od razu wiedziała, że znowu jest w tym swoim refleksyjno-podejrzliwym nastroju.

– Mój braciszek chyba dzisiaj upije się na smutno – zauważył Łukasz i uśmiechnął się znad szklanki.

– Chyba wam obu przyda się mały reset – odparła Magda, kiedy usiadła na oparciu fotela zajmowanego przez męża. – Obaj jesteście ostatnio dziwnie spięci. Ja wiem, że pierwsze miłości córek i synów mogą być dużym przeżyciem, ale to raczej my z Kaśką powinnyśmy to bardziej analizować i przeżywać, a nie wy. – Pogłaskała Łukasza po głowie, a on objął ją w pasie i pocałował w ramię.

– Tu po prostu chodzi o to, że...

– Że nie wierzysz, że wszystko może być dobrze? – szepnęła Magda, pochylając się ku niemu. – Przestań. Proszę.

– Dobrze – odparł cicho, sięgnął po pilota i włączył muzykę. – W związku z tym, że nowe pokolenie Borowskich rozjechało się w różnych kierunkach, my zrobimy sobie małą prywatkę.

– Czasami masz dobre pomysły! – Kaśka klasnęła w dłonie i uśmiechnęła się złośliwie.

– Czasami? Zawsze – powiedział Łukasz, po czym zmrużył oczy i popatrzył na nią z uśmiechem.

Ta dwójka zawsze sobie docinała, ale widać było, że bardzo się lubią. Czasami tak jest, że trudne początki sprawiają, iż potem jest tylko lepiej, milej i bardziej przyjaźnie.

*

Borowskim potrzebne były takie chwile resetu i wspólnej bliskości. Po przeżyciach sprzed lat niejednokrotnie dopadały ich złe myśli, zwłaszcza Łukasza, który wciąż i wciąż oskarżał się o to wszystko, co dotknęło jego bliskich. Wówczas Magda dawała znać Kaśce, ta Krzyśkowi, który ściągał ich do siebie, i spędzali razem weekend, bawiąc się, tańcząc, pijąc. To były ich osobiste, małe, rodzinne resety, jak je nazywali. Teraz było podobnie, tylko że tym razem także Krzysiek był nieco przygaszony, ale tym bardziej obie kobiety uznały, że muszą wykorzystać nieobecność dzieci i sprawić, aby ich mężowie trochę oderwali się od głupich myśli.

*

Kacper skończył trening, był oczywiście pierwszy. Potem razem z Olgą, Igą i Grześkiem przepłynęli jeszcze kilka długości basenu. Okazało się, że jak na przyszłego prawnika, Grzegorz ma niezłą kondycję, bo pływał niemal tak dobrze, jak Kacper. Pod wieczór cała czwórka poszła na ciepłą kolację, a potem do pubu. Tam wypili po jednym piwie i wrócili do pensjonatu. Widać było, że tak naprawdę jedyne, o czym teraz myślą, to znaleźć się we własnych pokojach.

Gdy Iga z Kacprem weszli do pokoju, dziewczyna zaczęła się miotać po pomieszczeniu, przekładać rzeczy, rozpakowywać kosmetyki. Sprawiała wrażenie, jakby nie wiedziała, co ma ze sobą zrobić. Kacper podszedł do niej z uśmiechem, zabrał z jej rąk koc, rzucił go na łóżko, a zdenerwowaną dziewczynę objął.

– Czy moja Igła się stresuje? Czy to w ogóle możliwe?

– Oj, przestań – burknęła i popatrzyła gdzieś w bok.

Kacper ujął jej brodę w dwa palce i leciutko uniósł.

– Iguś, wiesz, że możesz mi ufać? Zawsze?

– Tak.

– Więc wiesz też, że nie zrobię nic, co mogłoby cię zranić albo zawstydzić?

– Wiem.

– Nie musimy tego robić. Nie powiem, że będę szczęśliwy, wręcz przeciwnie, dostanę lekkiego świra. Ale chcę, abyśmy byli w tym razem.

– Jesteśmy – powiedziała, uniosła głowę i spojrzała mu w oczy.

– Musisz być o tym przekonana. – Jego oczy błyszczały i śmiały się do niej.

Tak bardzo go kochała!

– Jestem, cholera, nawet nie wiesz, jak bardzo – odparła, zagryzając wargi, by się nie uśmiechnąć.

– Brzydkie słowa w takich ładnych ustach. Muszę coś z tym zrobić... – Popchnął ją lekko w kierunku łóżka, jednocześnie podtrzymując, aby nie upadła.

– To zrób. – Położyła się i wyciągnęła ku niemu dłonie. Sama nie wiedziała, czemu się zdenerwowała. Tak bardzo czekała na ten weekend, a gdy nadszedł... nie mogła uwierzyć, że to już. Że w końcu będą razem. Tak do końca, tak jak marzyła o tym od miesięcy.

*

Później tulił ją tak długo, tak mocno, jakby się bał, że ona zniknie, że gdy tylko wypuści ją na moment ze swych objęć, ona rozpłynie się w powietrzu.

– Kocham cię, Igła – wyszeptał jej do ucha i pocałował wzdłuż linii szczęki.

– Ja ciebie bardziej.

– To raczej niemożliwe.

– Teraz jeszcze bardziej i bardziej – odpowiedziała i uśmiechnęła się.

– To chyba dobrze o mnie świadczy.

– Wiesz... – położyła się na nim, oparła ramionami po bokach jego głowy i patrzyła na niego z radością – trochę się bałam, ale myślę, że to będzie coś, co stanie się moim ulubionym zajęciem.

– Ach tak?

– I chciałabym, abyś mi towarzyszył.

– Naprawdę? – Położył dłonie na jej nagich pośladkach i ścisnął je lekko.

Poruszała biodrami, poczuła, że i jemu było dobrze, że to lubi.

– Yhm – zamruczała i pocałowała go w usta.

– Jesteś jednak niegrzeczną dziewczyną.

– Ale twoją.

– Na zawsze.

– No raczej.

Jej oddech, jej westchnienia, drżenie ciała... To było wszystko, czego teraz pragnął i co sprawiało, że naprawdę czuł życie. Ona była jego życiem. Niczego więcej nie chciał i nie potrzebował. Po prostu... czuł. Ją. Całym sobą. I kochał ją całym sercem.

*

Olga wpatrywała się w okno, za którym rozpostarł się zmierzch. Czuła zimno, lecz nie dlatego, że w pokoju było chłodno. Grzegorz wyszedł gdzieś, powiedział, że zaraz wróci, a nie było go już ponad godzinę. Dzisiaj sprawiał wrażenie nieobecnego. Mimo że starał się, aby miło spędzili czas, to jednak coś się działo, pomiędzy nimi wyrósł jakiś niewidoczny mur, a ona nie miała pojęcia, co to może znaczyć. Niby był przy niej, pływali razem, jedli, spacerowali, on żartował, śmiał się, a jednak było to wszystko jakby na pokaz, jakby odgrywał jakąś rolę na potrzeby widowni, którą była ona, jej brat i Iga.

Gdy trzasnęły drzwi, drgnęła, nie słyszała nawet, że wszedł. Starała się nie płakać, ale czuła, że dzieje się coś, na co ona nie ma wpływu, i to coś na pewno stanie się przyczyną jej cierpienia.

– Biegałem i słuchałem muzyki, trochę mi zeszło, sorry – rzucił, po czym ściągnął bluzę i koszulkę termoaktywną.

Starała się nie patrzeć na jego pięknie wyrzeźbione ciało. Nie wiedziała, co ma mówić, myśleć, jak się zachować. Czuła się rozdarta pomiędzy druzgocącą wręcz miłością do tego tajemniczego faceta a własną dumą i jeszcze złością, że dzieje się coś, czego nie rozumie i nie ma na to wpływu.

– Żaden problem. Może powiesz mi w końcu, do jakich wniosków doszedłeś?

– A miałem do jakichś dojść? – zapytał, wycierając włosy. Wszedł do łazienki i odkręcił wodę pod prysznicem.

– Ty mi powiedz.

– Oleńka…

– Jestem za młoda, tak? Za dużo tego wszystkiego? Rodzice, brat, kuzyni, ta cała moja zwariowana rodzinka, wspólny wyjazd. A ja co? Gówniara. Dotarło to do ciebie i teraz myślisz, jak się wycofać? Ułatwię ci to. Nie martw się, nie będę robić histerycznych akcji, może i jestem od ciebie młodsza o osiem lat, ale uwierz mi, nie zachowam się jak gówniara. Tylko szkoda, że pomyśla…

Nie dokończyła, bo doskoczył do niej, złapał jej twarz w swoje dłonie i jego usta zmiażdżyły jej wargi w drapieżnym, nieznoszącym sprzeciwu pocałunku. Podniósł ją, uniósł jak piórko i położył na łóżku. Opadł na nią całym ciężarem, czuła jego twarde mięśnie, które wbijały ją w materac. Zerwał z niej bluzkę, dżinsy zsunęła sama. On także pozbył się dresowych spodni, w których biegał. W chwilach, gdy odrywał się od jej ust, patrzył na nią z jakąś dziwną wściekłością w spojrzeniu. Nie bała się tego. Pragnęła go. Tylko ta myśl ogarnęła jej umysł – mieć go w sobie, teraz, w tej chwili. Wszystkie myśli, gnębiące ją, drążące od środka, wszelkie wątpliwości, przypuszczenia, żale, rozpaczliwe próby zrozumienia... Wszystko to uleciało wraz z momentem, kiedy poczuła jego usta, dłonie, silne palce wbijające się w jej biodra. Zdawała sobie sprawę, że będzie mieć tam siniaki, ale miała to gdzieś. Chciała, aby ją naznaczył, bo należała do niego. Przecież była jego, a on jej. Tak jak to sobie kiedyś powiedzieli. Gdy jego język wdarł się ponownie w jej usta, jego męskość znalazła się w niej, mokrej, pulsującej, tak bardzo na niego gotowej, jęknęła i po chwili ogarnęło ją potężne uderzenie rozkoszy.

– Och, Oleńka – szepnął. Nie przestawał się poruszać, ale uniósł się na ramionach i patrzył na nią, jak prężyła się pod nim, taka namiętna, cudowna, a jej usta łapczywie łapały powietrze. To był najcudowniejszy widok, jaki kiedykolwiek podziwiał. Zdawał sobie sprawę, że zapamięta go na zawsze. Na zawsze.

Potem otworzyła oczy, objęła go ramionami i powiedziała to słowo. To cholerne słowo:

– Twoja.

Zacisnął zęby tak mocno, że chyba tylko cudem się nie połamały. Usiadł, nie wysuwając się z niej, wbił palce w jej biodra, unosił ją i wchodził jeszcze głębiej. W końcu ukrył twarz w jej szyi, nie mógł już na nią patrzeć. Już nie mógł. Nie po tym, co powiedziała. To było dla niego tak trudne, tak cholernie bolało... Nie zdawał sobie sprawy, że słowo może boleć, a jednak tak było. Gdy po chwili uniósł ją i poczuł, że ogarnia go słodko-gorzki orgazm, wiedział, że ta chwila naznaczyła go na całe życie. Na całe jego przyszłe pieprzone życie.

Potem wziął ją na ręce i zaniósł pod prysznic. Tam wyregulował wodę i weszli razem pod ciepły strumień. Mył ją i pieścił jednocześnie, jakby każdy kawałek jej ciała był dla niego najcenniejszym skarbem, jakiego kiedykolwiek dotykał. Każde dotknięcie myjką łagodził muśnięciem opuszkami palców, a na koniec pocałunkiem. Potem umył jej włosy, wytarł grubym ręcznikiem, opatulił w puchaty biały szlafrok i zaniósł do łóżka. Wówczas objął ją jeszcze mocniej, wtulił twarz w jej mokre, pachnące kokosowym szamponem kosmyki, a gdy zobaczył, że zasnęła w jego objęciach, wyszeptał kolejne cholerne słowa:

– Nigdy nie byłaś moja, Oleńka.

Wcześniej...

Po tej naszej pierwszej niby-randce czułem się bardzo dziwnie. Zamierzałem potraktować ją mechanicznie, jako mój obowiązek, ale okazało się, że przeżyłem jedne z najbardziej fantastycznych chwil. Olga była rozrywkową dziewczyną, obdarzoną poczuciem humoru, słuchała dobrej muzyki i lubiła się śmiać. Rozbawiała mnie, co było raczej rzadkością, tak głęboko zatopiłem się w moją misję, powinność, tak bardzo siedziałem w przeszłości, która wciąż i wciąż mnie napędzała, że zapomniałem, jak to jest spędzać beztrosko czas, śmiać się z głupich żartów i patrzeć w czyjeś radosne oczy. Bardzo piękne oczy, dodam. Takie dziwne, dwukolorowe, jakby ktoś pomieszał brązową i niebieską farbkę. Potem, gdy leżałem w samotności w moim małym pokoju, przywoływałem w wyobraźni to jej rozbawione spojrzenie, sam się do siebie uśmiechałem. I to mnie przerażało. Bo skoro po dwóch spotkaniach z tą dziewczyną czułem się tak dobrze i wspominałem każdą minutę spędzoną w jej towarzystwie, to jak potem zdołam zrobić to, do czego byłem przygotowany?

ROZDZIAŁ 18

Pezet *Spadam*

Łukasz obudził się wcześnie rano. Wczoraj trochę wypili, ale nie miał kaca. Rzadko pił alkohol, to zawsze wiązało się z utratą kontroli, a on tego bardzo nie lubił. Całe życie spędzał na oczekiwaniu, zawsze w napięciu, gotów do natychmiastowej reakcji. Z biegiem lat trochę to osłabło, ale ostatnio jakoś dziwnie się nasiliło. Zauważył, że stało się to wówczas, kiedy jego córka zaczęła się spotykać z tym całym Grzegorzem. Jasne, kładł to na karb ojcowskiej troski, ale… Cholera, nie mógł się pozbyć tego dziwnego uczucia, że…

Zadzwoniła jego komórka. Kto dzwoni w niedzielę rano? Spojrzał na wyświetlacz, odebrał półgłosem, starając się nie budzić śpiącej obok Magdy.

– Mirek, siema.

– Słuchaj, jesteś w domu? – Ratajczak brzmiał nieco nerwowo.

– U Krzyśka. – Łukasz wyprostował się i wyszedł na taras. Przeniknął go październikowy chłód, ale nie zwrócił na to uwagi. – Co się stało?

– Księżopolski wyszedł z więzienia.

– Trochę przed terminem.

– Dobre sprawowanie. Dobry adwokat. Widziano go w Białymstoku.

– Tak? – Łukasz miał wrażenie, że coś mu umyka, lecz teraz nie był w stanie się na tym skupić.

– W każdym razie ten prawnik, co go wyjął, trzyma ze wschodnią wierchuszką.

– Kurwa. Wiedziałem.

– Niby nic, ale trzeba uważać. To może nic nie znaczyć.

– To może znaczyć wszystko. – Łukasz usłyszał piknięcie w telefonie, a to znaczyło, że ktoś próbował się do niego dodzwonić. Zerknął na wyświetlacz. Fazi.

– Mirek, zaraz do ciebie oddzwonię – rzucił i szybko odebrał połączenie od kumpla.

– Co jest?

– Kurwa, szefie! – Tomek był zmachany. – Ten Grzesiek to naprawdę Grisza Igorowicz Siergiejew.

– Co ty…

– Lukas, to jest syn Siergieja!!!

Łukasz wcisnął czerwoną słuchawkę, jednocześnie wybiegł z tarasu, przemknął przez sypialnię, wypadł na korytarz i wparował do kuchni, gdzie Krzysiek pił z kartonu maślankę. Wybrał numer do Kacpra, jednak usłyszał powiadomienie, że połączenie nie może być zrealizowane. Młodszy Borowski odstawił karton na szafkę i spojrzał zaniepokojony na brata. Ten wyciągnął dłoń w niemym geście, że zaraz wszystko wyjaśni i teraz próbował połączyć się z Olgą.

– Dzwoń do Igi – wychrypiał i znowu próbował połączyć się z Kacprem. Na próżno.

– Połączenie nie może być zrealizowane. – Krzysiek odłożył telefon i spojrzał na Łukasza. – Co się dzieje?

– Chłopak mojej Olgi to syn Siergieja. – Głos Łukasza był pozbawiony jakichkolwiek emocji.

– Co???

– Księżopolski wyszedł na wolność. Wyciągnęła go mafia z Sołncewa.

– Kurwa. Kurwa! – Krzysiek włożył dłonie we włosy.

– Co się stało? – Kamil wszedł do kuchni, gdzie zobaczył ojca i wujka, którzy wyglądali tak, jakby chcieli kogoś zabić.

– Dzwonię do Ratajczaka.

– A ja do trenera.

– Czy ktoś mi powie, co się dzieje? – Kamil podniósł głos.

W tym samym momencie do kuchni weszły zaspane i zaniepokojone Kaśka i Magda. Po chwili w domu młodszego Borowskiego wybuchło istne pandemonium. Bracia w krótkich żołnierskich słowach wyjaśnili, w czym rzecz, i zaczęli dzwonić. Magda z Kaśką rzuciły się do swoich komórek i usiłowały połączyć się z dziećmi. Kamil też sięgnął po swój telefon.

– Jego telefon też wyłączony.

– Czyj? – Kaśka spojrzała na syna.

– Grześka. Wymieniliśmy się numerami – odparł chłopak, wzruszając ramionami.

– Jezu, jak mogliśmy być tacy ślepi? – Magda potarła twarz dłońmi.

– Nie czas na to. Jadę spotkać się z Mirkiem! – Łukasz już zakładał kurtkę.

– Jadę z tobą! – Krzysiek pobiegł do sypialni, aby się ubrać.

– A wy się stąd nie ruszajcie. Zaraz przyjedzie dwóch chłopaków, popilnują was, Fazi już to załatwia.

– Łukasz… – Magda zaczęła płakać.

– Nie martw się, piękna – pocałował ją we włosy – wszystkim się zajmiemy.

Krzysiek wszedł, przytulił Kaśkę i Kamila. Spojrzał znad ich głów na brata. Widział w jego oczach to samo, co we własnych w odbiciu w lustrze sypialni. Strach. Obezwładniający, cholerny… strach.

*

Gdy nastał niedzielny poranek, ani Idzie, ani Oldze nie chciało się wracać do domu. Dziewczyny czuły się jak w bajce, szczęśliwe, zakochane, och, tak bardzo zakochane. Ale zgodnie z umową mieli wracać tuż przed śniadaniem, zjeść zamierzali już w domu. Ruszyli ze Świdnicy krótko po siódmej rano.

Kacper ziewał rozdzierająco i przytulał Igę, Olga oparła się o skórzany zagłówek i trzymała za rękę Grześka, a ten z uwagą wpatrywał się w drogę. W pewnym momencie zmrużył brwi i zaczął naciskać przyciski w kolumnie kierowniczej.

– Stało się coś? – spytała cicho Olga, bo towarzystwo siedzące z tyłu spało kamiennym snem.

– Nie wiem, muszę zjechać. Tu jest chyba... – wrzucił kierunkowskaz i zjechał na leśny parking po prawej stronie – coś mi tutaj komputer pokazuje.

Zaparkowali za białym busem, za nimi wjechał jeep z przyciemnionymi szybami. Olga nie zwróciła na to uwagi, zaniepokoiła się tym, że mogło się popsuć auto. W tym momencie z białego busa wybiegło czterech mężczyzn w kominiarkach, otworzyli naraz wszystkie drzwi ich samochodu i wymierzyli do nich z krótkiej broni.

– Wysiadać. I nie robić zamieszania – powiedział jeden z nich z silnym wschodnim akcentem.

Kacper i Iga obudzili się i patrzyli nieprzytomnym, przerażonym wzrokiem.

– Ale to chyba pomyłka? – odezwał się wreszcie Kacper i w tym momencie dostał silny cios w szczękę.

Iga zaczęła krzyczeć, Olga chciała wybiec z samochodu, ale wysoki facet złapał ją wpół i zacisnął rękę na jej ustach. Grzesiek szarpnął się w jego stronę, ale zatrzymał się, gdy poczuł ucisk lufy na wysokości piersi.

– Już. Pakować ich! – Z jeepa wyszedł kolejny mężczyzna, także z zakrytą twarzą.

Wszystko rozegrało się błyskawicznie. Cała czwórka została wepchnięta do białego busa bez okien, zatrzaśnięto za nimi drzwi, w środku zostały im zabrane telefony komórkowe, z których powyciągano karty SIM, połamano je i telefony, pozbawione baterii, w częściach, zostały wrzucone do czarnego worka, który zabrał facet z jeepa. Jeden napastnik wsiadł do auta Grześka i ruszył w przeciwnym kierunku niż biały bus i terenowiec. Całej czwórce założono też opaski na oczy, mimo że w samochodzie i tak panował półmrok. Słychać było tylko płacz dziewczyn i pytania rozgorączkowanego Kacpra, który został uciszony ciosem, tym razem w żołądek. Grzesiek nie odzywał się, powiedział tylko do Kacpra:

– Już nic nie mów. Nie wkurzaj ich.

Olga wtuliła się w jego ramię, czuła, jak drżą mu mięśnie. Był wyprostowany jak struna, napięty, gotowy do natychmiastowej reakcji.

– O co tutaj chodzi? – spytała szeptem, wbijając palce w jego ramię.

– Cicho. Nie mów nic. – Jego głos był spokojny.

– Zamknąć ryje!!! – ryknął facet siedzący przy drzwiach i szturchnął Olgę w ramię.

– Nie ruszaj jej, kurwa. – Grzesiek powiedział to cicho, ale w jego głosie było coś takiego, co sprawiło, iż cała trójka Borowskich zadrżała.

– To nie gadać. – Głos napastnika brzmiał już ugodowo.

Nie potrafili ocenić, jak długo jechali. Dziewczyny chciały do toalety. Zatrzymali się dopiero po godzinie usilnego proszenia, gdzieś w lesie, Iga przez szparkę w opasce dostrzegła, że zrobiło się już ciemno. Był październik, jeszcze przed zmianą czasu, więc prawdopodobnie dochodziła piąta po południu. Gdzie ich wieźli?

Wreszcie samochód przejechał po chyba polnej drodze, bo trzęsło niemiłosiernie, i zatrzymał się ze zgrzytem skrzyni biegów. Czwórkę młodych ludzi wyciągnięto z pojazdu i gdzieś wprowadzono. Igę z Kacprem zamknięto w jednym pomieszczeniu, a Grześka i Olgę w drugim. Tam zdjęto im opaski.

– Grzesiek! – Olga rzuciła się na niego, skryła się w jego objęciach i szlochała. – Co się dzieje?

– Cicho... – Głaskał ją po głowie i kołysał uspokajająco.

– Boże, co się dzieje, czego oni od nas chcą?

– Wszystko będzie dobrze. Tylko rób, co każą.

– To jakaś pomyłka, Grzesiek, powiedz! – Uniosła zapłakaną twarz i spojrzała na twarz mężczyzny, który stał się całym jej życiem.

– Nie, Oleńka. To nie pomyłka – powiedział. Stał wyprostowany, wysoki, górował nad nią, wpatrywał się w jej twarz nieruchomo, jakby coś go zamroziło.

– Grzesiek? – Olga była zdezorientowana.

– Wszystko jest tak, jak miało być. Przynajmniej do pewnego momentu.

– O czym ty… – Dziewczyna złapała go za ramiona, chciała nim potrząsnąć, żeby się przebudził, bo chyba doznał szoku i zaczynał pleść bzdury.

W tym momencie otworzyły się drzwi.

*

Iga siedziała w kącie przy ścianie i kiwała się do przodu i do tyłu. Kacper usiadł obok niej, siłą oderwał jej dłonie, którymi obejmowała kolana, i mocno przytulił. Gdy się uspokoiła i przestała drżeć i mamrotać, uniósł jej twarz, wytarł mokre policzki, a potem wyciągnął z kieszeni dżinsów chusteczkę higieniczną i przetarł jej brudne dłonie. Wyglądała na całkowicie uspokojoną, jednak w jej oczach czaił się strach, pomieszany z dezorientacją.

Patrzył w jej przerażone niebieskie tęczówki upstrzone brązowymi plamkami. Tylko on w tej rodzinie nie miał takich oczu. Wiedział, że ona się boi. On także się bał, ale w tej chwili musiał być odważny za oboje. Nie mógł okazać słabości, strachu, był jej teraz potrzebny i – jak zawsze – za nią odpowiedzialny. Złapał ją za rękę. Miała chłodną i lepką dłoń.

– Iga, hej, Iga! – Potrząsnął dziewczyną.

Zatrzymała na nim przerażony wzrok.

– Czego oni chcą? O co tutaj chodzi?

– Nie bój się, będę przy tobie, nic nam nie zrobią.

– Nie zostawiaj mnie! To musi być jakaś pomyłka. – Dzielnie powstrzymywała się od płaczu.

Kacper Borowski zamknął na chwilę oczy, westchnął i pokręcił głową.

– Nie, Igła, to nie jest pomyłka. – Nazwał ją przezwiskiem, jakiego tylko on używał, a ona mu na to pozwalała.

– Czego oni od nas chcą?

Złapał ją za nadgarstki i przyciągnął do siebie. Przestraszona wtuliła się w niego i miała dziwne poczucie, że w tej chwili nic jej nie grozi. A wtedy on powiedział cicho, wtulając twarz w jej włosy:

– Naszych ojców.

*

Olga patrzyła na mężczyzn, którzy weszli do ładnie urządzonego pokoju, gdzie zostali zamknięci. Nie rozumiała zachowania Grześka, który teraz stał wyprostowany i patrzył wprost na wysokiego, ciemnowłosego faceta, obok którego widziała drugiego szczupłego faceta z ogoloną na zero głową.

– To córka Lukasa? – Ciemnowłosy też miał silny wschodni akcent.

Olga chciała coś powiedzieć, ale w tym momencie Grzesiek cicho odparł:

– Tak.

Opuściła ręce, które zaciskała na jego ramieniu. Wpatrywała się w niego, nic nierozumiejącym wzrokiem, chciała coś powiedzieć, ale przez jej zaschnięte gardło nie mogło się przedostać nawet najkrótsze słowo.

– Jutro ją zabieramy.

– To konieczne? – Grzesiek nadal mówił bardzo cicho i spokojnie.

– Taka była umowa, Griszeńka. Zostawię cię, jeszcze możesz się zabawić, tak na pożegnanie.

– Ty jesteś Księżopolski? – Grzesiek zwrócił się do łysego faceta.

– Tak.

– Mam nadzieję, że twój syn będzie równie zadowolony jak ty.

Olga drgnęła i utkwiła wzrok w łysym facecie.

– Nie patrz tak, panno. Jestem ojcem Kacpra.

– Ojcem Kacpra jest Łukasz Borowski. – Olga cedziła powoli słowa, patrząc wyzywająco na mężczyznę o najbardziej zimnych oczach, jakie kiedykolwiek widziała.

– To się okaże... – Księżopolski pokręcił głową.

– Córeczka tatusia... – Ciemnowłosy roześmiał się, ale za chwilę spoważniał. – Już niedługo, diewoczka.

Gdy wyszli, Olga obróciła się wolno i popatrzyła na Grześka. Widziała go po raz pierwszy w życiu. Teraz dopiero zobaczyła go naprawdę.

– Griszeńka? – spytała cicho.

– Grigorij Igorowicz Siergiejew.

– Tak się naprawdę nazywasz?

– Tak – powiedział, patrząc na nią nieruchomym wzrokiem.

– Jesteś z mafii?

– Można tak powiedzieć.

– Wiedziałeś o wszystkim?

– Sam to wymyśliłem. Przynajmniej ostatnią część.

– I to – dziewczyna drżała, zacisnęła mocno dłonie, aby nie było widać, jak bardzo trzęsą się jej ręce – to, co było między nami, to też była część twojego planu?

Po raz pierwszy odwrócił wzrok. Skrzywił się.

– Nie. Na początku tak. Ale później nie.

– Nie chcę tego słuchać. Nie chcę tego słuchać! Nie chcę tego, kurwa, słuchać!!! – Olga szarpnęła się w stronę drzwi, otworzyła je i wybiegła na korytarz. Grzesiek błyskawicznie ruszył za nią, złapał ją wpół w tym samym momencie, kiedy uzbrojony strażnik zamierzał uderzyć dziewczynę w twarz.

– Nie w twarz! Ona jedzie do Sołncewa, debilu!!! – krzyknął Grzesiek na mięśniaka, który skulił się, kiwnął głową i odsunął na bezpieczną odległość.

– Puść mnie, ratunku! – Olga wpadła w histerię, zaczęła wrzeszczeć i wierzgać, usiłując wydostać się z silnego uścisku Grzegorza. Jednak na próżno. Szybko ją spacyfikował i wniósł do pokoju, kopniakiem zamknął drzwi. Położył ją na łóżku, wcisnął jej ręce pod jej własne ciało i przycisnął sobą.

– Uspokój się.

– Zostaw – jęknęła i zaczęła płakać.

– Ciiii...

– Zostaw mnie, zostaw!!!

– Cicho. Uspokój się, to nic nie da.

– Jak mogłeś? – Spojrzała mu prosto w oczy.

– Musiałem.

– Jesteś pierdolonym kłamcą.

– Nie kłamałem.

– Zostaw! – Wygięła się. – Nie będę już wrzeszczeć, tylko zejdź ze mnie. Nie dotykaj mnie.

Uniósł ręce w obronnym geście i powoli się odsunął. Nadal siedział na łóżku, patrzył na nią. Nie zdawała sobie sprawy, co dzieje się z nim, w środku. Doskonale nad sobą panował, wyglądał na opanowanego, zimnego, pozbawionego uczuć, lecz w środku... Wszystko w nim drgało, szalało, był jak dzikie zwierzę, które ktoś zamknął w ciasnym worku, bez możliwości uwolnienia się. On też był takim właśnie szalonym, pozbawionym zahamowań drapieżnikiem, który pragnął tylko jednego: zabrać ją stąd. Ocalić ją. Pójść z nią daleko, daleko, jak najdalej od jej rodziny, od jego przeszłości, od jego planów, zobowiązań. Lecz nie mógł. Okowy lojalności były silniejsze niż cokolwiek innego. A miłość... Miłość do niej? Nie mógł teraz o tym myśleć. Potrząsnął głową, jakby chciał uwolnić się od męczącej, drążącej jego głowę myśli. Że właśnie teraz zabija swoją jedyną, prawdziwą, wielką miłość.

– Co to jest Sołncewo? – spytała po chwili, gdy wyrównała oddech, usiadła i objęła się ramionami.

– Południowo-zachodnie przedmieście Moskwy. Stamtąd pochodzę.

– Ja mam tam jechać?

– To jeszcze nic pewnego. – Znowu uciekł spojrzeniem.

– Sam tak powiedziałeś.

– Zobaczymy.

– Oni... ty... mścicie się na moim ojcu?

– Tak.

– Zabijesz mnie? – Jej głos się załamał.

– Nie.

– Jak mam się dostać do Rosji, skoro nie mam żadnych dokumentów?

Uśmiechnął się.

– Brać sołncewska nie potrzebuje papierów. Wystarczą dolary.

– Jesteście ruską mafią?

– Mój wuj tak. Ja tylko... wypełniam rodzinną powinność.

– Co zrobił ci mój ojciec? Przecież... – Olga wytarła w róg koszulki twarz. – Przecież ty go nawet nie znasz, to znaczy nie znałeś.

– Twój ojciec znał mojego.

Dziewczyna zmarszczyła brwi.

– Ze starych czasów? – spytała ostrożnie.

– Tak z nami jest. Dla nas rodzina jest najważniejsza. Brać nie zapomina.

– Jesteś chory. Wszyscy jesteście nienormalni. Byłeś u mnie, jadłeś, piłeś. Spałeś ze mną! Dałam ci siebie, ufałam, postawiłam się ojcu, wszystkim... Kocham cię! Kurwa, wciąż cię kocham!!! Boże, co ja zrobiłam? Boże... Boże... Idiotka, kretynka, kurwa, cholera... – Zaczęła płakać.

– Wyjdę, a ty natychmiast się uspokój. Jak będziesz się darła, znowu przyjdą i mogą cię zakneblować. – Grzesiek wstał, spokojnie wyszedł na korytarz, zamknął drzwi na klucz od zewnątrz i nakazał pilnować wyjścia mięśniakowi z kałasznikowem.

Pobiegł do góry, gdzie znajdował się jego pokój, tam wszedł do łazienki, odkręcił kurek z wodą, sięgnął po zwinięty ręcznik i zagryzł na nim zęby. I zaczął krzyczeć. Zaczął krzyczeć. Wyć. Jak dzikie, zranione, złapane w pułapkę zwierzę.

– Oleńkaaaaaaaaaaaaaaa. Kurwaaaaaaaa. Kocham cię, diewoczkaaaaaaaaaaa.

Chciał uderzyć głową o rant umywalki, chciał ją roztrzaskać, rozmazać krew, mózg, wszystko, zrobiłby wszystko, wszystko, żeby tylko przestało boleć, tak kurewsko boleć. Nie zdawał sobie sprawy, że to będzie tak straszne. Rozczarowanie widziane w jej dwukolorowych oczach było gorsze, niż gdyby dostał cios kolbą pistoletu. Kochał ból fizyczny, uważał, że jest dobry, czasami oczyszcza, daje siłę, moc, poważanie. Pamiętał, jak wuj zmuszał go do ćwiczeń fizycznych albo jak walczył na ringu, gdzie sparing zamieniał się w krwawą jatkę. A potem w nagrodę dostawał szklankę wódki, dziewczynę i uścisk silnej dłoni wora w zakonie. To było dobre, prawdziwe, potrzebne.

A teraz... Coś go rozrywało. Gniotło. Zabijało. Bez użycia broni. Jak to możliwe? Nie rozumiał tego, nie wiedział, co się z nim dzieje. Jak miał walczyć z czymś, czego nie widział? Tylko czuł, przeżywał, dusił się tym, łapał oddech, ale miał wrażenie, że tonie. Tonął, kochając ją! Jak pokonać tego wroga, złożonego z pierdolonych uczuć do dziewczyny, którą miał oddać wujowi do jego burdelu w Sołncewie? Taki był plan dla córki Lukasa. A potem wuj miał zamiar wysłać Borowskiemu zdjęcia, jak jego córka tańczy na rurze w jednym z klubów mafii, otumaniona narkotykami, uzależniona, obsługująca członków braci. On miał ją tam zawieźć. On. Grzesiek, chłopak Olgi.

Nie! NIE. Grigorij Igorowicz Siergiejew. Oto kim był. Przyszłym worem w zakonie. Taki był plan, taką drogę wytyczył mu wuj. Za grzechy ojca zapłaci niespełna osiemnastoletnia dziewczyna. A za krzywdę matki, on, Grisza, odbierze to, co najcenniejsze. Zabierze innej matce jej dziecko. Tak jak jemu kiedyś pewien człowiek odebrał matkę i ojca. Sprawiedliwość. Tylko to się liczyło. Wyprostował się, obmył twarz lodowatą wodą, wytarł w ręcznik, zakręcił kurki. Musiał wziąć się w garść. I wykonać swoje zadanie do końca. W końcu poświęcił temu piętnaście lat życia.

*

Olga próbowała się uspokoić, lecz przychodziło jej to z ogromnym trudem. Skuliła się na łóżku, objęła nogi ramionami i pragnęła zniknąć. Nie mogła zrozumieć tego, co się stało. Czuła się zdradzona, poniżona, oszukana. W tym wszystkim, paradoksalnie, nie czuła strachu, nie myślała o tym, co może się z nią stać, w ogóle to do niej nie docierało. Myślała tylko o tym, co powiedział jej Grzesiek, co zrobił, jak się zachował. To był prawdziwy on, teraz dopiero go poznała, ujrzała jego prawdziwą twarz. Ta wcześniejsza… to była tylko poza, właściwie rola, jaką odgrywał na potrzeby realizacji swojego chorego planu. Jej ojciec… Boże, jej ojciec… Czy już wie, co się stało? Ojciec był jej bohaterem. A ona go zawiodła. Zaufała człowiekowi, któremu od początku nie powinna była ufać, w którego rękach była marionetką, któremu sama weszła w łapska. I zakochała się w nim. Taka głupia… Głupia…

Znowu zaczęła płakać. Nie mogła się powstrzymać. Wściekła na siebie, na niego, na wszystko, złapała krzesło i rzuciła nim w zakryte zewnętrzną żaluzją okno. Szyba zbiła się w głośnym stukotem, ale większy hałas wywołało samo krzesło, gdy uderzyło w metalowe rolety antywłamaniowe. W tym momencie do środka wparował strażnik, wysoki, gruby, potężny wręcz, i ruszył w jej kierunku z wściekłością w oczach.

– Miałaś być cicho.

– Odwal się! – Olga złapała drugie krzesło i nie zastanawiając się, cisnęła nim w napastnika.

Zaskoczony, zdążył unieść rękę, ale i tak został uderzony w sam środek czoła. Olga błyskawicznie rzuciła się do drzwi, ale stanął w nich drugi mięśniak, złapał ją wpół i rzucił na środek pokoju.

– Kurwa, nie możesz sobie poradzić z małolatą?

– To dzika suka!

– To córka Lukasa. – Mięśniak się uśmiechnął. – Twój tatulek zabił mojego wujaszka. Chętnie zrobiłbym to z tobą, ale w sumie wolę co innego. – Szarpnął dziewczynę za rękę i przycisnął do siebie. Olga wierzgała i chciała krzyknąć, ale wielkolud położył olbrzymią łapę na jej twarzy, skutecznie uniemożliwiając wypowiedzenie choćby jednego słowa.

– To kocica. Będzie miała powodzenie w Sołncewie. Do czasu.

– Zlałbym ją… – Strażnik oblizał wargi.

– Ja zrobiłbym co innego. – Wielkolud ścisnął boleśnie jej pierś.

Olga zajęczała. W jej oczach pokazały się łzy.

– A ja zaraz odstrzelę twój pierdolony łeb – rozległ się w pomieszczeniu cichy i spokojny głos.

Mięśniak momentalnie puścił Olgę, która wytarła twarz, objęła się ramionami i skuliła w najdalszym kącie łóżka.

Grzesiek stał w wejściu i celował do dwóch facetów z kałasznikowa.

– Wypieprzać stąd.

– My…

– Kurwa, wypad, bo zaraz będziecie zlizywać swoje mózgi z siebie nawzajem!

Strażnicy rzucili ponure spojrzenia w kierunku Olgi, potem skulili się niemal pod zimnym spojrzeniem Grześka i wyszli na korytarz jak uczniowie skarceni przez nauczyciela. Gdy zamknęły się za nimi drzwi, Grzegorz wziął kilka głębszych wdechów, potarł czoło, odłożył broń na stół i podszedł do dziewczyny. Patrzył na nią bez słowa przez dłuższą chwilę. Potem usiadł koło niej i znowu westchnął.

– Co on powiedział? – spytała drżącym głosem Olga.

– Co takiego?

– Że mój ojciec zabił jego wujka. Mój tato? – Jej głos się załamał.

Grzesiek patrzył na nią tym swoim nieruchomym spojrzeniem.

– Mów!

– Myślisz, że dlaczego tutaj jesteś? Twój ojciec wkurzył w swoim życiu wielu ludzi.

– I dlatego ja muszę za to płacić? To moja wina?

– Moja też nie. A muszę robić to, co robię. – Sam nie wierzył, że wypowiedział te słowa.

– Nie musisz. Przecież…

– Przestań. Wiem, co o mnie myślisz. I pewnie masz rację. Ale musisz wiedzieć jedno. To… – znowu potarł czoło – to nie tak, że ja wszystko zaplanowałem. Nie byłem w stanie zaplanować tego, co wydarzyło się wtedy, gdy zabrałem cię z klubu. I tego, co było wczoraj. I wiele razy w moim mieszkaniu.

– To był seks. Zabawiłeś się. – Wzruszyła ramionami, ale jej drżący głos zdradził emocje, które w niej buzowały.

– Nie, Oleńka.

– Nie mów tak do mnie.

– To nie tak. To nie tylko seks. Wiem, że mnie znienawidzisz. Już pewnie nienawidzisz, ale to było… to jest… Kurwa… – Zamknął oczy i przejechał dłońmi po twarzy. – To jest dla mnie takie dziwne. Miałaś być etapem, kolejnym etapem, częścią planu. Ale zaczęłaś ze mną rozmawiać, śmiać się do mnie, rozśmieszać! Rozśmieszać! Mnie, który wcześniej nie wiedział, co to znaczy się śmiać! A potem… zrozumiałem, że gdy jesteś przy mnie, czuję się tak, jakbym wynurzył się na powierzchnię i nabrał głęboko w płuca świeżego powietrza. A gdy cię nie ma, czuję się, jakbym ciągle był pod wodą. Głuchy na świat, zamknięty, niedostępny. Taki, jaki byłem przez większość życia. Wtedy liczyła się tylko zemsta rodziny, odkupienie, plan. A z tobą… – Grzesiek wpatrywał się w nią z uporem. – Z tobą zacząłem mieć przebłyski… że można żyć inaczej. Normalnie. Że można… kochać. Tak, kocham cię, Oleńka. Musisz to wiedzieć, musisz to czuć. Mimo tego, co się dzieje. Kocham cię. I kurwa… nie mam pojęcia, jak to będzie oddychać bez ciebie.

Olga milczała. Płakała, znowu płakała. Łzy znaczyły jej twarz, ciekły po szyi i ginęły pod kolorowym T-shirtem. Wytarła policzki, przysunęła się, opuściła nogi i spojrzała na Grześka. Musiała go o to zapytać. Musiała.

– Co mój ojciec zrobił twojej rodzinie?

*

Iga siedziała w objęciach Kacpra. Już nie płakała, tylko cicho chlipała. Chłopak doskonale panował nad nerwami, jednocześnie nasłuchiwał odgłosów dochodzących z korytarza. Martwił się o siostrę, tak bardzo się martwił. Była z Grześkiem, miał nadzieję, że on ją obroni, ale z drugiej strony… Tamci mieli broń, co mógł zrobić nieuzbrojony facet w konfrontacji z bandą zamaskowanych zbirów. Nagle doszły go jakieś krzyki, był przekonany, że słyszy wrzeszczącą siostrę. Zerwał się i załomotał w zamknięte drzwi:

– Olga!!! Olgaaaaaa!!!

Iga skuliła się jeszcze bardziej i patrzyła przerażonymi oczami na swojego chłopaka. W tym momencie otworzyły się drzwi i do środka wparował wysoki zamaskowany facet z bronią, a za nim łysy szczupły gość, w którym Iga dostrzegła coś znajomego, co ją bardzo zaskoczyło, bo widziała faceta po raz pierwszy w życiu.

– Co tam się dzieje?! – Kacper próbował ominąć wielkiego mięśniaka. Ten odepchnął go i wymierzył w niego z karabinka szturmowego.

– Spierdalaj! – Chłopak ruszył na napastnika.

Iga krzyknęła, a łysy złapał za broń i odepchnął mięśniaka.

– Nie celuj do mojego syna!!!

W pokoju nastała cisza. Cisza. Gdyby dało się ją usłyszeć, to właśnie teraz byłaby doskonale słyszalna. Iga przytknęła otwartą dłoń do twarzy i szeroko rozwartymi oczami wpatrywała się w swojego chłopaka. Mięśniak wycofał się, mamrocząc pod nosem jakieś słowa po rosyjsku, zapewne przekleństwa. Łysy wpatrywał się w Kacpra, a ten stał nieruchomo z mocno zaciśniętymi pięściami i patrzył na mężczyznę, którego wiele lat temu całkowicie wymazał ze swojej pamięci. Ale teraz przypomniał go sobie. Skrawki pamięci, urywanych obrazów, zamazanych, jak zza mgły, teraz zbiły się w całość i stworzyły obraz człowieka, który był najgorszym koszmarem jego matki.

– A więc po to to wszystko? Tak próbujesz odbudować stosunki z kimś, kogo TY nazywasz synem? – Kacper objął się ramionami i patrzył z pogardą na starszego mężczyznę.

– Twoja matka w życiu nie pozwoliłaby mi się zbliżyć do ciebie. A ten… skurwiel tym bardziej.

– Skur... – Kacper zacisnął zęby. – Mówisz o moim ojcu, gnoju!

– Ja jestem twoim ojcem!

– Nie jesteś i nigdy nie byłeś! Po co ta szopka, co to za ludzie? Wyszedłeś z więzienia i już zadajesz się z bandą ruskich zbirów? Gratuluję!

– To wendeta przeciwko braciom Borowskim, a ja tylko skorzystałem z okazji.

– Co ty mówisz? – Chłopak odsunął się i wyciągnął rękę w kierunku Igi.

Ta złapała go mocno i przycisnęła się do jego ramienia.

– Twój ojciec – Księżopolski spojrzał na dziewczynę – i wujcio to niezłe zbiry. Jeden postępował niby zgodnie z literą prawa, drugi był od czarnej roboty. To pierdolona dwuosobowa szajka, ale podpadli niewłaściwym ludziom. Ten, którego nazywasz ojcem – przeniósł wzrok na syna – zamordował szwagra szefa mafii sołncewskiej. Wora w zakonie. A oni takich rzeczy nie zapominają. I nie odpuszczają. Dwadzieścia lat przygotowywali się na tę chwilę. Syn zabitego szwagra od najmłodszych lat był szykowany do tego, aby się do was zbliżyć. Aby zbliżyć się do twojej siostry, córki tego skurwysyna Lukasa.

– Grzesiek... – wyszeptała niemal bezgłośnie Iga.

– Tak, dziewczyno, dobrze kombinujesz. A teraz, dzięki temu, że ta druga panienka złapała się na lep naszego genialnego Griszeńki, jesteśmy tu. I ty, synu – Kacper drgnął na to ostatnie słowo – masz wybór. Albo jedziesz ze mną, albo chłopcy z braci zajmą się tobą. A ty, maleńka, będziesz miała powodzenie w podmoskiewskim burdelu. Razem z tą drugą zrobicie furorę.

– Jezu, Kacper... – Iga schowała się za nim, drżąc na całym ciele.

– Mój i jej ojciec znajdą cię. Znajdą was.

– Przeceniasz ich, synu.

– Kurwa, nie mów tak do mnie. Nie znam cię, człowieku. I nie chcę znać.

– Nic na to nie poradzisz. W twoich żyłach płynie moja krew.

– To nie ma znaczenia. Nie interesuje mnie dawca. A tym właśnie dla mnie jesteś. – Głos Kacpra brzmiał cicho i pewnie. Ociekał pogardą.

Księżopolski poczerwieniał.

– Trochę mnie rozczarowujesz. Nie masz w sobie instynktu samozachowawczego. Szkoda.

– Pierdol się.

– Będę. I to może z twoją panną.

Kacper rzucił się na Księżopolskiego, zdążył uderzyć go pięścią w twarz. Mężczyzna zalał się krwią, w tym momencie wpadł mięśniak i jednym uderzeniem powalił Kacpra na podłogę. Iga zaczęła krzyczeć i podnosić chłopaka, na to wpadł ciemnowłosy Rosjanin, a za nim Grzesiek.

– Ty świnio!!! Ty zdrajco!!! – Iga, dojrzawszy Grześka, zaczęła wrzeszczeć.

Rosjanin kazał wszystkim wyjść, zamknął drzwi i zostawił płaczącą dziewczynę, tulącą w ramionach Kacpra, któremu już zaczynało puchnąć oko.

Grzesiek wrócił do pokoju, gdzie zamknięta była Olga. Gdy zadała mu to jedno pytanie, długo zbierał się do odpowiedzi. Potem na korytarzu wybuchło zamieszanie, wolał sprawdzić, co się dzieje. A teraz wszedł z powrotem do Olgi i popatrzył w oczy, o których marzył podczas bezsennych nocy.

– Co jest z moim bratem? Co z Igą?

– Na razie dobrze.

– A co potem?

– Potem… potem już nic nie będzie dobrze.

– Dlaczego? Grzesiek? Dlaczego? – Nie ustępowała. Patrzyła na niego, taka znajoma, taka jego, a jednocześnie… nigdy nie jego. Nigdy.

– Twój ojciec był w mafii, współpracował z moim. Był tajniakiem, wtyczką policji. Wsypał wszystkich ludzi mojego ojca, a jego samego… zabił.

– Co?

– Tak, Olga. Nasi ojcowie robili złe rzeczy, a teraz my musimy za nie płacić. Tak to działa, w przyrodzie musi być zachowana równowaga, nic na to nie poradzisz. Moja rodzina pamięta wyrządzone krzywdy i potrafi bardzo długo czekać na dogodny moment, aby odpłacić się z nawiązką. Przykro mi, że trafiło na ciebie. I przykro mi, że trafiło na mnie. Nie miałem innego życia niż to, które było ułożone wedle precyzyjnie dopracowanego planu mojego wuja. Wszystko było wyreżyserowane. Całe moje życie to jedna wielka gra.

– Czy ty nie masz uczuć? Jak mogłeś? Nie jestem w stanie tego zrozumieć!

– Mam uczucia. Chociaż wolałbym nie czuć nic, nie myśleć, nie analizować. A teraz nic nie jest tak, jak miało być. Przez ciebie. – Grzegorz usiadł w fotelu, przysunął go do łóżka, na którym siedziała Olga, i patrzył na nią uważnie tym swoim uporczywym wzrokiem.

– Boże, nie potrafię tego zrozumieć. Mój ojciec, twój, my… – Olga wzięła kilka głębokich wdechów, aby się uspokoić. Grzesiek zrobił ruch, jakby chciał złapać ją, przytulić, ale powstrzymał się, zacisnął usta w wąską linijkę, zacisnął pięści na bokach fotela i patrzył na nią. Wciąż tylko patrzył.

– Takie jest życie, trzeba być odpowiedzialnym…

– Co ty pieprzysz?! Jak mogę być odpowiedzialna za coś, co działo się przed moim urodzeniem? Jaki ty miałeś na to wpływ? Byłeś małym dzieckiem.

– Tak, byłem dzieckiem, któremu zabrano rodzinę. Ojciec zginął, a matka oszalała. Wiesz, gdzie jest moja mama? W szpitalu psychiatrycznym, zamknięta nie tylko za kratami, zamknięta w swoim własnym świecie, w którym widzi mojego ojca, ale nie widzi mnie. Nigdy mnie nie widziała, zawsze żyła przeszłością i wizualizowała sobie swojego ukochanego męża, zapominając, że tutaj, w realnym świecie, ma jeszcze syna. A to wszystko przez twojego starego, on mi zafundował takie dzieciństwo.

– A może to twój ojciec ci to zafundował? Robiąc rzeczy, które robił, działając w takich organizacjach, sam ściągnął na siebie niebezpieczeństwo? Mój ojciec zapłacił za swoje błędy, cały czas płaci, wiem, że ciągle żyje przeszłością, widzę to, dostrzegam coraz mocniej. A jednak wyszedł na prostą, prowadzi normalne życie, dba o rodzinę, a ty...

– Ja od dzieciństwa byłem trenowany, żeby nie powiedzieć tresowany. Bo to też. Poddawany dzikim treningom na wytrzymałość. Uczony sztuk walki, strzelania, obrony. Uczony od najmłodszych lat języka polskiego, który miał być moją drugą ojczystą mową. Szykowany na przyszłego prawnika, bo prawnik w Polsce zawsze się przyda. Ale też po to, aby mieć przykrywkę doskonałą. Pamiętam dni, kiedy byłem zmęczony, tak cholernie zmęczony, że zasypiałem z głową w talerzu, gdy wieczorem siadałem do kolacji, którą szykowała żona wuja. Ale już od rana miałem kolejne zajęcia, szkolenia, treningi, korepetycje. Potem wyjechałem do Warszawy, tam kończyłem liceum. Jedno z najlepszych, oczywiście. I ja także musiałem być jednym z prymusów. To moje piętno, moje przeznaczenie. Byłem to winny ojcu i matce, rodzinie, wujowi. On we mnie zainwestował jak w cudowną broń, a ja nigdy nie mogłem i nie mogę go zawieść.

– To było i jest wykorzystywanie. Wiesz? – Olga zmarszczyła czoło. – Byłeś wykorzystywany. Jesteś wykorzystywany. Jesteś ich narzędziem. Wiesz, tajna broń, wunderwaffe.

Grześkowi zadrżał kącik ust.

– Właśnie to ze mną robisz.

– Ty nie wiesz, co teraz robisz ze mną!

– Wiem. To akurat wiem.

– Posłuchaj – zaczęła nieco spokojniej – nie miałeś możliwości decydować o własnym życiu, robić tego, co kochasz, musiałeś żyć naznaczony tym, co spotkało twoją rodzinę. To ogromne obciążenie dla dziecka, dla chłopca, dla mężczyzny. Tak nie powinno być.

Grzegorz pochylił głowę, oparł łokcie o kolana i przejechał dłońmi po włosach.

– Spójrz na mnie i powiedz prawdę. Co to było? To wszystko między nami. Nasze rozmowy, żarty, słuchanie muzyki, czytanie książek. Spotkania z moją rodziną, wspólne oglądanie filmów. Co to było?

– Życie – odpowiedział cicho.

– Co? – Przysunęła się bliżej.

– To było życie. – Uniósł głowę i popatrzył jej w oczy. Ich twarze dzieliło kilkanaście centymetrów. – To była namiastka prawdziwego życia. I przez chwilę wyobrażałem sobie… Ba! – Zaśmiał się. – Miałem czelność sobie wyobrażać, że to może być prawda. Że tak można żyć. Normalnie. Codziennie. Bez tego obciążenia, lojalności, zobowiązań. Ale zaraz potem przypominałem sobie, gdzie jest moja matka, jak wygląda teraz, jak pusta wydmuszka, gdy patrzy niewidzącymi oczami… I sam siebie miałem ochotę skatować. Natychmiast przywoływałem się do porządku. Jak mogłem przez moment sądzić, że mogę mieć normalne życie, skoro wy nie ponieśliście zasłużonej kary?

– Grzegorz. Jeśli zawieziesz mnie tam, gdzie masz mnie zawieźć… Jeśli ci wszyscy faceci… – Jej głos się załamał, ale wzięła głęboki wdech i kontynuowała. Za to oparcie fotela, na którym Grzesiek zaciskał pięści, niebezpiecznie zadrżało. – Będziesz mógł normalnie żyć? Powiedz mi. Proszę. Powiedz mi to prosto w oczy.

Wcześniej…

Zaczynałem zbliżać się do niebezpiecznej granicy. Głupie myśli atakowały mnie dniami i nocami, wyobrażałem sobie siebie i ją, szczęśliwych, gdzieś w małym domku, najlepiej w jakimś południowym kraju. Gdzie będzie słońce, które tak pięknie odbijało się w jej cudownych oczach. Ona szykuje obiad, nasz syn bawi się w ogrodzie, koty chodzą po ganku, pies leży w kuchni i czeka, aż ona rzuci mu kawałek smakołyku. Skąd takie rzeczy roiły się w mojej głowie, jak mogłem w ogóle wyobrażać sobie coś takiego? Każda chwila spędzona w jej towarzystwie sprawiała, że zaczynały się we mnie budzić zupełnie nieznane mi odczucia, bardzo groźne, sprawiające, że bałem się kolejnego spotkania z tą dziewczyną. Bo ona burzyła wszystko to, w co wierzyłem, mieszała mi w głowie i zaburzała kolejność zaplanowanych działań. Bo moje życie to jeden precyzyjny plan, a ona była chaosem, szaleństwem, radością, namiętnością, śmiechem i ewidentnie burzyła wszystko, nad czym pracowałem od lat.

ROZDZIAŁ 19

Pezet *Gdyby miało nie być jutra*

Łukasz siedział na zapleczu sklepu, wpatrywał się w Ratajczaka, który przekazywał im najnowsze informacje. Obok niecierpliwie krążył Krzysiek, a Fazi stał w korytarzu i rozmawiał z kimś przez telefon. Od momentu, gdy bracia wyszli z domu, minęły trzy godziny. Ratajczak uruchomił swoje kontakty, dowiedzieli się w tej chwili tego, że w okolicach Łodzi widziano białego busa, z którego na parkingu wychodziła gromada młodych ludzi. Była tam dziewczyna o ciemnych długich włosach, druga też ciemnowłosa, kilku facetów. Świadek zeznał, że wyglądali podejrzanie, a ci młodzi chyba mieli zakryte oczy, ale tego nie jest pewien. Nie chciał się zatrzymywać, aby nie mieć kłopotów. Dziewczyny wyglądały jednak na przestraszone.

– Kurwa, nie mógł czegoś zrobić?! – Krzysiek walnął pięścią w ścianę.

– Daj spokój, braciszku. – Łukasz był bardzo spokojny. – Nie chciał się chłop narażać, pewnie w najlepszym razie skończyłby z ryjem w bagażniku.

– Zaraz oszaleję! – Młodszy Borowski przetarł twarz dłońmi i znowu zaczął nerwowo krążyć po pokoju.

– Ten wasz Grigorij, czy Grzegorz Iwański, to w ogóle jakaś ciekawa postać. Z wyróżnieniem skończył liceum w Warszawie, tutaj na studiach też w czołówce. Geniusz.

– Geniusz *undercover* – mruknął Łukasz.

– Zdecydowanie. W każdym razie skontaktowałem się z jednym gościem, który był mi coś winien – kontynuował Mirek Ratajczak.

– Nie chcę nawet pytać, kto to.

– A pytaj, i tak nie powiem. Ale do rzeczy: Grisza jest synem Siergieja, ale to już wiecie. Jego matką była, a właściwie jest, Masza Aleksandrowna Achmadow.

– Achmadow? – Łukasz zmarszczył brwi.

– Aha.

– Co to znaczy? – Krzysiek zatrzymał się i spojrzał na brata.

– Kurwa... – Borowski pokręcił głową.

– Łukasz? – Krzysiek usiadł koło niego i patrzył z niecierpliwością.

– To wor w zakonie. Szef braci sołncewskiej. Jeden z wierchuszki.

– Nasze dzieci zginą? – zapytał Krzysiek, nie przestając wpatrywać się w brata.

– Nie. Nie...

– Uspokójcie się. Ten mój człowiek powiedział, że za godzinę będzie wiedział, gdzie oni mają swoją melinkę, na pewno gdzieś za Białymstokiem.

– I co my tu, kurwa, jeszcze robimy? – Łukasz wstał i popatrzył na kumpla policjanta.

– Pojadę z wami, załatwię tylko ochronę dla was i dla mojej żony i córki.

– Lepiej przywieź je do domu Krzyśka. Moi chłopcy się wszystkim zajmą. – Fazi wszedł do pokoju. – Wszystko załatwione – powiedział, patrząc na Łukasza, a ten skinął z aprobatą.

– Już sami sobie poradziliście – skwitował Ratajczak i zrezygnowany kiwnął głową.

– Wiesz, jak jest. Ale serio, przywieź swoje panie do nas. Będzie im raźniej. Kamil zajmie się dziewczynami.

– W sumie to chyba dobry pomysł. Dobra, zaraz zadzwonię do chłopaków, żeby je przywieźli.

– To jedziemy? – Krzysiek już zmierzał do wyjścia.

– Jedziemy.

Ratajczak wsiadł do swojego służbowego auta, a Krzysiek i Fazi zabrali się z Łukaszem. Gdy pojawili się przed domem Krzyśka, Kaśka stała wraz z Magdą w drzwiach, obie kobiety miały zaczerwienione oczy, ale widać było, że trzymają się ze wszystkich sił, aby nie wpaść w histerię. Kamil był tuż obok, bardzo spokojny i opanowany. Krzysiek wiedział, że może na niego liczyć w stu procentach.

– Jadą twoje dziewczyny? – spytał Ratajczaka Łukasz, gdy wszyscy znaleźli się w domu.

– Już w drodze. Tomek błyskawicznie ogarnął temat – powiedział w stronę Faziego, który był tuż za nimi.

– Co się dzieje? – Kaśka, Magda i Kamil patrzyli na nich ze strachem w oczach, ale dzielnie trzymali nerwy na wodzy. Zwłaszcza Kamil.

Łukasz w skrócie przedstawił, co się wydarzyło i jaki mają plan. Jadą na wschód, po drodze będą cały czas w kontakcie z człowiekiem Mirka, w ciągu najbliższych minut powinni mieć jakiś namiar na miejsce, gdzie mogą znajdować się młodzi.

Kaśka nie wytrzymała i zaczęła płakać, Krzysiek musiał ją uspokajać. A Magda patrzyła na swojego męża nieruchomym wzrokiem.

– Przywiozę ich – powiedział cicho Łukasz. Objął ją ramionami i patrzył w jej oczy. Zmartwione, przerażone i tak bardzo smutne, że od razu przypomniały mu się wydarzenia sprzed dwudziestu lat, kiedy zobaczył ją po raz pierwszy. I wtedy, i teraz to właśnie Księżopolski był po części przyczyną tego rozpaczliwie smutnego wzroku Magdaleny.

– Jak on mógł? Zawsze był zły. Napędzała go nienawiść, żądza władzy, chęć pokazania, kto jest górą. Teraz chce pokazać i tobie, i mnie, że to on rozdaje karty. I Olusia... – Magda zacisnęła dłonie na ramionach męża. – Olusia... nasza córeczka... pokochała tego chłopaka. Naprawdę, widziałam to. A on... Boże...

– Ciii, kochanie, zajmę się wszystkim.

– Boże, Łukasz, oni mają nasze dzieci. Może już są nie wiadomo...

– Przestań! – Odsunął się i lekko potrząsnął żoną. – Przestań tak myśleć i mówić. Oni czegoś chcą, nie pozbędą się swoich kart przetargowych.

– Oni będą chcieli dopaść ciebie. Wiesz o tym?

Przytaknął.

– Poradzę sobie. Jak zawsze. Jednak nie dopuszczę, żeby coś się stało dzieciom. Rozwalę wszystko i wszystkich.

– Łukasz...

– Jedziemy? – Starszy Borowski popatrzył na brata, który tulił żonę i syna.

– Jest już żona Mirka – zawołał Fazi z podwórka, gdzie rozmawiał z chłopakami, którzy przyjechali pilnować domu Krzyśka.

Do środka weszła Elka Ratajczak, a za nią młodziutka, szczupła dziewczyna. Spojrzała na Kamila i nie zważając na nikogo, podbiegła do niego i ukryła się w jego ramionach. Wszyscy zgromadzeni spojrzeli po sobie z zaskoczeniem, a potem utkwili wzrok w młodych, którzy stali w ciasnych objęciach na środku salonu.

– Nie było kiedy wam powiedzieć. – Kamil wzruszył ramionami. – Ja i Martyna... spotykamy się.

– No to ładnie... – Ratajczak popatrzył na Łukasza i Krzyśka.

– Zajmij się domem, synku. – Krzysiek podszedł do chłopaka i uścisnął go mocno.

– Jasne, tato. Przywieźcie ich – powiedział Kamil, dzielnie panując nad drżącym głosem.

– Przywieziemy.

Gdy bracia Borowscy, Mirek Ratajczak i Tomek wsiedli do auta Łukasza i po chwili cała czwórka ruszyła z piskiem opon z podjazdu, Kaśka i Magda stały jeszcze długo w objęciach i patrzyły na drogę, gdzie za zakrętem zniknął czarny terenowy samochód. Nic nie powiedziały, nie odezwały się do siebie ani słowem. Tylko patrzyły i ściskały nawzajem swoje dłonie. I drżały. Obie drżały z niewyobrażalnego, obezwładniającego strachu.

*

Iga ściągnęła poszewkę z poduszki, która leżała na łóżku, i wycierała zakrwawioną twarz Kacpra. Chłopak miał zaciśnięte usta, pięści i cały trząsł się od tłumionej wściekłości.

– Zabiję tego skurwiela!

– Proszę cię, Kacper, przestań.

– Zabiję ich wszystkich!

– Nie rób tak! – Iga zaczęła płakać. – Jeśli się nie uspokoisz, oni zrobią ci krzywdę.

– Słyszałeś, co powiedział ten gnój? Ten pierdolony gnój?!!! – Kacper zaczął krzyczeć. – Więzy krwi! Gdybym mógł, wydrapałbym z siebie każdą cząstkę DNA, którą mam od tego psychopatycznego sadysty. Dobrze pamiętam, co zrobił mojej matce, jak ją wykorzystał, jak się nad nią znęcał. Mam jakieś przebłyski z wczesnego dzieciństwa, kiedy mama chowała się ze mną w pokoju i kazała leżeć i udawać, że śpimy, kiedy on wracał z pracy i od progu zaczynał się do niej rzucać. Często śni mi się jego bezosobowe spojrzenie, pełne nienawiści i jakiejś dzikiej przyjemności. On karmił się jej strachem. Mój tata opowiedział mi, co się wydarzyło, jak ten gnój przyprowadził koleżków z banku i dał im moją mamę, aby się z nią zabawiali. Udało się jej uciec i wówczas mój ojciec rozprawił się z tymi skurwielami. To potem…

– Wiem, wiem, Kacper... – Iga objęła jego rozgorączkowaną głowę i mocno przytuliła do swojego brzucha. – Wiem, co było potem. To już za nami.

– Ale ten skurwiel wrócił!

– Proszę cię. Uspokójmy się oboje. Musimy...

– Co, Iga? – Uniósł głowę i spojrzał w jej oczy.

– Musimy odszukać Olgę i uciec stąd. Albo może znaleźć jakiś telefon.

– Moglibyśmy sprawdzić, gdzie się właściwie znajdujemy.

– Myślisz, że nasi rodzice nas szukają? – Spojrzała na niego z nadzieją.

– Wiesz co, Igła? Myślę, że mój i twój ojciec rozwalają świat, żeby nas znaleźć.

*

Olga wpatrywała się w Grześka i nie zamierzała odwrócić wzroku. Już praktycznie nie czuła strachu, wściekłość i zawód też powoli odchodziły w zapomnienie. Teraz było jej nieopisanie smutno, było jej żal tego chłopaka, którego życie zostało w tak podły sposób wykorzystane do chorych celów dorosłych. I wiedziała, że kocha go nadal, mimo tej podłej zdrady, jakiej się dopuścił, mimo tego, że posłużył się nią jak narzędziem, wykorzystał i zamierzał zrobić jeszcze o wiele gorsze rzeczy. A jednak w przebłyskach jego spojrzenia dostrzegała to, co widziała niemal codziennie przez ostatnie tygodnie, które spędziła w jego towarzystwie. Uczucie. Silne, mocne, porażające wręcz. I to w jakiś pokrętny sposób dawało jej nadzieję i utwierdzało w coraz mocniejszym przekonaniu, że on, ten facet zdawałoby się bez uczuć, nie da jej skrzywdzić. Chyba że... zrobi to sam.

– Odpowiesz mi na to pytanie?

– Chcesz usłyszeć prawdę? Naprawdę chcesz? – Jego dłonie zdawały się miażdżyć oparcie fotela.

– Tak! Mam dość cholernych kłamstw!

Patrzył na nią, na jej błyszczące oczy, na drżące usta, na zaciśnięte w pięści dłonie. Boże! Była taka cudowna, piękna, mimo strachu, obaw, wciąż dumna i odważna. Kobieta, w której się zakochał, którą wielbił, która pokazała mu, że miłość to nie jakaś odrealniona opowiastka, ale to część życia, którego nigdy przecież nie miał. Co miał zrobić? Dwoistość odczuć i formujących się w głowie decyzji zaczynała go dobijać. Już nie wiedział, co jest dobre, co złe, co czarne, co białe, co prawdą, co kłamstwem. Nic nie wiedział. Pojmował tylko jedno: kochał ją. Całym swoim czarnym, skalanym przez przeszłość sercem. Była jego. Kurwa!!! To była JEGO Oleńka!

– Moja – szepnął, mając wrażenie, że coś ostrego wbija się w jego serce.

– Co? – Przysunęła się tak blisko, że czuła jego oddech na swoim policzku.

– Moja… – Popatrzył jej w oczy.

– Twoja – wyszeptała niemal bezgłośnie.

– Nie pojawiłaś się nagle, nie spotkałem cię przypadkiem, nasze spotkanie to nie był zakręt losu. Wszystko wiedziałem, planowałem, szpiegowałem cię, śledziłem, znałem cię wcześniej, niż ty poznałaś mnie. I wtedy byłem tak cholernie pewien swej misji, tego, w co wierzę, co mnie czeka, co ciebie czeka. A potem… nasze pierwsze spotkanie, wiesz, niby przypadkiem…

– Wtedy, w klubie. – Olga pokiwała głową.

– Tak. Oczywiście, że wiedziałem, że tam będziesz. Zawsze byłem doskonały w inwigilacji, niczego się nie domyśliłaś.

– Byłeś dobry.

– Tak, zawsze, we wszystkim. Od najmłodszych lat uczony byłem perfekcjonizmu. A gdy czasami nie miałem siły, gdy miałem dość, gdy czułem zmęczenie… Wuj zabierał mnie na grób ojca, a potem do szpitala, w którym przebywa matka. I od razu odzyskiwałem siły, przypominając sobie, co jest moją powinnością.

– Skurwysyn – wysyczała Olga przez zęby.

– Co? – Grzesiek drgnął.

– Twój wuj. To egoistyczny skurwysyn. Będę to powtarzać do znudzenia. Uderz mnie, zniszcz mnie, ale nic tego nie zmieni. Twój wuj to twoje największe przekleństwo.

– Nigdy bym cię nie uderzył – odparł spokojnie. – Od pierwszej chwili, wtedy, w tym pieprzonym klubie, zdałem sobie sprawę… Wiedziałem, że to będzie ponad moje siły. I naprawdę walczyłem, uwierz mi, pracowałem nad sobą, trenowałem, codziennie przypominając sobie, czyją jesteś córką.

– I zrobiłeś to naprawdę doskonale, skoro tu jestem.

– Tak. Ale nie zmienia to faktu, że cię kocham. I za to nienawidzę siebie jeszcze bardziej.

– Nie możesz siebie nienawidzić. Tym uczuciem powinieneś obdarzyć swego wuja.

– To moja rodzina.

– To twoje przekleństwo.

– Muszę oddać im to, co jestem im winien.

– Gówno! – Olga znowu podniosła głos. – NIC im nie jesteś winien. Czy w końcu to zrozumiesz? Tak samo jak ja nie jestem winna tego, co kiedyś zrobił mój ojciec. Tak jak Kacper nie jest winien tego, że jego biologicznym ojcem jest jakiś sadystyczny psychol. Jesteśmy tylko my i możemy sami decydować o własnym życiu, sami możemy kreować swój los. I jeśli to prawda… – głos dziewczyny lekko zadrżał – co mówisz… Dobrze wiesz, że ja ciebie też kocham. Jakie będziesz miał życie, kiedy noc w noc będziesz zasypiał ze świadomością, że rżną mnie jakieś staruchy w tym waszym podmoskiewskim burdelu?

– Przestań! – Grzesiek patrzył na nią rozpaczliwym wzrokiem.

– Czy będziesz mógł dalej żyć?

– Jeśli tego nie zrobię, i tak nie będę żył.

– Ja też nie będę żyła. Dobrze wiesz.

– Oleńka...

– Nie mów tak do mnie. Nie możesz tak do mnie mówić do momentu, kiedy nie podejmiesz właściwej decyzji, kiedy nie zrozumiesz, co jest złe i za co nie warto umierać.

– Za ciebie mógłbym.

– A ja nie przeżyłabym, gdyby coś ci się stało.

Delikatnie dotknął palcami jej ręki. Była chłodna i drżała. Pochylił głowę, musnął ustami jej dłoń.

– Gdybym mógł zmienić ten pierdolony świat, zrobiłbym to bez wahania. Wybacz mi! – Puścił ją, zerwał się z fotela i wyszedł, nie patrząc na jej smutną i pełną rozczarowania twarz.

*

Łukasz wyprzedzał wszystkie samochody, jakie tylko pojawiły się na drodze w kierunku Warszawy. Czarne bmw X6 mknęło trasą S8 i zostawiało w tyle niemal wszystkie pojazdy. Po drodze ze dwa razy błysnęły światła ustawionych przy drodze radarów, ale oczywiście to nie sprawiło, że Borowski zwolnił chociaż na moment. Mandaty za szybką jazdę były akurat najmniejszym ze zmartwień, jakie teraz miał na głowie.

Ratajczak dostał już namiar na miejscówkę domniemanych porywaczy dzieciaków. Nie miał stuprocentowej pewności, że tam będą znajdować się Olga, Iga i Kacper, ale była taka szansa, że może znajdą jakiś ślad, cokolwiek, czego mogliby się złapać i iść dalej. Mirek skontaktował się z kumplami ze stolicy, mieli do nich dołączyć i w ósemkę ruszyć na północny wschód.

W samochodzie między jadącymi panowało milczenie, przerywane licznymi rozmowami przez komórki. Grała muzyka, Krzysiek siedział obok kierowcy i wpatrywał się w drogę z taką samą uwagą jak Łukasz. W pewnym momencie, gdy zatrzymali się na stacji benzynowej i Mirek wraz z Tomkiem poszli kupić coś do picia, a Łukasz tankował, Krzysiek stanął obok, włożył ręce w kieszenie dżinsów i popatrzył na brata.

– Jesteś bardzo spokojny.

– Ty też. – Łukasz patrzył na dystrybutor, potem spojrzał na Krzyśka.

– Wiesz, że to nieprawda.

– Wiem

– Co zrobimy?

– Zależy, co tam zastaniemy.

– Jesteś pewien, że nie zrobią im krzywdy?

– Nie po to ich uprowadzili.

– A co z Olusią? Ona była bardzo za tym chłopakiem?

Łukasz zacisnął szczęki tak, że na wysokości kości jarzmowych gwałtownie zapulsowały.

– Była. Nie wiem. Wiesz, co ja bym z nim najchętniej zrobił?

– Wiem. Ale i tak naginamy prawo, powinniśmy zgłosić to na policję.

– Policja jest z nami. – Łukasz mruknął, wskazując gestem na Ratajczaka, który kupował coś w barze.

– Jasne. Słuchaj, znam cię. Nie chcę, abyś znowu wpakował się w kłopoty.

– Nie martw się. Nie wpadnę tam i nie zacznę strzelać. Przynajmniej nie od razu.

– Masz broń? – Krzysiek zmrużył oczy.

– Braciszku. Znasz mnie przecież.

– No to niepotrzebnie pytam.

– Powiem ci, że ja bardziej boję się o ciebie. Widzę znowu tę zawziętość w twoich oczach. Potrafisz mordować na sali sądowej, ale poza nią też jesteś niebezpieczny.

– Cały czas odsuwam od siebie myśli o nich. Staram się nie analizować, co ich spotkało, nie wyobrażać sobie, co przeżywają, gdzie są, w czyje łapy trafili.

– Ja robię dokładnie to samo. Dlatego dojechaliśmy w całości aż tutaj.

Gdy Mirek z Tomkiem wyszli z baru, Łukasz szybko uiścił należność za paliwo, kupił kilka butelek wody dla siebie i brata i wsiadł do auta.

– Za dwadzieścia kilometrów zatrzymasz się, tam dołączą moi kumple. Miniemy Warszawę, za dwie i pół godziny normalny człowiek byłby w Białymstoku, ty będziesz za niecałe dwie.

– Dobrze prawisz. – Łukasz nacisnął na gaz i dwustukonna beemka wyrwała do przodu, wbijając pasażerów w fotele. I tak jechał za wolno, stanowczo za wolno. Przez chwilę zastanawiał się nad tym, co powiedział Krzysiek. Doskonale wiedział, o co mu chodziło, świetnie się znali. I chociaż panowali nad własnymi instynktami, to jednak w tej sytuacji… Nie było prostych odpowiedzi. Liczyło się tylko jedno. Jacyś gnoje położyli łapy na ich rodzinie. O nie, kurwa! To nie mogło zostać puszczone płazem. Lukas mijał zgrabnie samochody i czuł coraz większy ciężar spoczywający mu na piersi. I to nie strachu. Lecz odwiecznej, niedającej się niczym zbić, pokonać, zdusić odpowiedzialności.

Wcześniej…

To miało być już w ten weekend. Zadecydowałem, że w drodze powrotnej wszystko się rozegra, musiałem spędzić z nią jeszcze tych kilkanaście godzin. Tylko ona i ja. No i jej brat z dziewczyną, też Borowską. Polubiłem ich wszystkich. I z jednej strony to jeszcze bardziej mnie dobijało, ale z drugiej… Kiedyś miałem kumpla. Nie byłem aż tak wielkim odludkiem, żebym przez te wszystkie lata mógł wytrzymać sam, bez żadnej bratniej duszy koło siebie. Poza tym wuj zawsze powtarzał:

– Pozory. Pamiętaj, zawsze zachowuj pozory.

Więc zachowywałem i miałem kolegów, przyjaciół, którzy oczywiście nie wiedzieli, że utrzymuję kontakt z nimi tylko dlatego, aby nie wyglądać i nie zachowywać się jak jakiś pieprzony odludek. Ale z nimi, Borowskimi, czułem się naprawdę dobrze. Naturalnie. Byli otwarci, szczęśliwi, kochali się. I to mnie powinno jeszcze bardziej nakręcić, oni mieli to wszystko, czego pozbawiono mnie, co mi odebrano, stwarzając Griszę-mściciela, Griszę-męczennika, Griszę-tajną broń. Gdy byłem z nimi, gdy żartowałem z Olgą, jej bratem, kuzynem, nie chciałem być Griszą-jakimśtam. Pragnąłem być przez chwilę Grześkiem, przyszłym aplikantem, może adwokatem, który ma piękną dziewczynę i całe życie przed sobą. A potem wyciągałem zdjęcie matki, odbierałem połączenie od wuja albo wiadomości od Viktora i już wiedziałem, gdzie jest moje miejsce. To było jak lądowanie na podłożu wyłożonym kolcami.

ROZDZIAŁ 20

Placebo *Song to Say Goodbay*

Grzegorz zadecydował, że sam zawiezie towar na granicę. Miał z nim jechać Adam Księżopolski, który bardzo na to nalegał, plus jeden żołnierz od Achmadowa, mający pilnować pakunku.

Grzesiek wszedł do pokoju, gdzie zamknięta była Olga, polecił jej skorzystać z toalety i zakomunikował, że za pół godziny wyjeżdżają.

– I to wszystko? To koniec? – Popatrzyła na niego spokojnie.

– Nigdy nie będzie końca. Szykuj się – odparł oschle, po czym poszedł do Kacpra i Igi. Przekazał im tę samą informację. Widział pogardę i wrogość w oczach chłopaka, a także żal i niedowierzanie w spojrzeniu Igi. Wszystko rozumiał i przyjmował ze spokojem. I tak był pełen podziwu dla całej trójki, bo ktoś inny, znajdując się na ich miejscu, mógłby wpaść w niezłą histerię, a oni jednak zachowali się całkiem nieźle jak na takie okoliczności.

– Borowscy – mruknął i wyszedł, wyciągając z kieszeni nowy telefon komórkowy.

*

Księżopolski patrzył na syna, który był właśnie wyprowadzany z willi jeszcze z lat siedemdziesiątych. Trzymał w objęciach tę swoją dziewczynę, z drugiej strony szła przy nim jego siostra. Adam miał względem syna plan. Umówił się, że gdy dojadą do granicy, dziewczyny zostaną przekazane dalej, a on zabierze chłopaka w drogę powrotną, przedstawiając mu prostą alternatywę: albo jedzie z nim, albo zajmą się nim chłopcy od Achmadowa. Trochę blefował, gdyż tak naprawdę ludzi z mafii sołncewskiej nie interesował syn Księżopolskiego, oni dokonywali zemsty tylko na dzieciach braci Borowskich. Chociaż brakowało chłopaka, syna Krzyśka, ale pomyślał, że dwie dziewczyny to i tak za dużo. Bo on, Adam, zabiłby każdego, kto zrobiłby coś takiego z jego córką.

Ale teraz czuł radość, ponieważ jechał z własnym synem i liczył na to, że chłopak nie okaże się idiotą. Miał tyle kasy, że mógł go zabrać w dowolne miejsce na świecie i zabezpieczyć na przyszłość. Zastanawiał się jeszcze nad tym, czy jednak nie wrócić do Wrocławia i nie zająć się tą zdradziecką suką, ale odebranie jej dzieci chyba w wystarczający sposób sprawi, że jej życie będzie już pozbawione sensu. I nie pomoże jej ten wielki gnój, bo jego też już nie będzie. Chłopcy z Sołncewa już o to zadbają. Bracia Borowscy dostaną propozycję nie do odrzucenia: oni za córki. Wprawdzie trochę naruszone i sterane, praca w burdelu do łatwych nie należy, ale ciągle żywe. To chyba uczciwa wymiana?

Księżopolski zaśmiał się pod nosem. Dostrzegł siostrzeńca swego chlebodawcy, zmierzającego do białego busa, do którego na powrót zapakowano trójkę młodych. Grzesiek szedł szybko, spojrzał na siedzących wewnątrz pojazdu więźniów, powiedział coś po rosyjsku do żołnierza, który usiadł wraz z nimi na pace, i po chwili zatrzasnął drzwi samochodu. Zerknął na Księżopolskiego i wskazał, aby ten zajął miejsce z przodu. A do czterech żołnierzy wysłanych przez wuja, którzy zostali w willi, krzyknął, że zaraz do nich przyjdzie i wypłaci należność za usługę. Księżopolski był pełen podziwu dla działań tego młodego faceta. Tyle lat żyć pod przykrywką, przygotowywać się, być nastawionym tylko na jedno: na zemstę. To naprawdę zasługiwało na najwyższe uznanie. On, Adam, żył w więzieniu i od pewnego czasu także jego wizja dokonania zemsty podtrzymywała na duchu, ale ten chłopak... To było naprawdę coś niesamowitego. W sumie dostrzegł pewną analogię w ich egzystencji. Obaj żyli w uwięzieniu. Tym bardziej Grisza był w jego oczach bohaterem.

Grzesiek kazał Księżopolskiemu usiąść w samochodzie, a sam wrócił do willi. W salonie siedziało dwóch najemników z Ukrainy, trzeci był chyba w łazience, sądząc po odgłosach stamtąd dochodzących. Czwartego nie widział.

– Płacisz, kamarad?

– Tak. – Grzegorz wyciągnął dolary. To była jedyna waluta, którą uznawało Sołncewo. Podał po grubym pliku banknotów dwóm osiłkom i kiedy pochylili się, aby brudnymi paluchami przeliczyć banknoty, błyskawicznie jednemu z nich złamał kark. Drugi, zaskoczony, spojrzał na Grześka zszokowanym wzrokiem, ale nie zdążył zareagować, bo ten uderzył go kantem dłoni w gardło, a gdy zaatakowany mężczyzna zaczął się krztusić, dokończył dzieła, także łamiąc mu kark. W tym momencie do pomieszczenia wpadł ten najemnik, którego wcześniej nie mógł zlokalizować Grisza.

– Ożeż kur... – Nie zdążył dokończyć, bo nóż z perłową rękojeścią wbił się z wielką siłą w jego prawe oko. Był to ten sam nóż, który Grzegorz dostał od wuja na urodziny, gdy był jeszcze nastolatkiem. Niemal bezszelestnie przekroczył drgające jeszcze zwłoki i udał się w kierunku łazienki. Wpadł przez niezamknięte drzwi, gdzie czwarty z mężczyzn kończył oddawać mocz do umywalki.

– Co jest, kurrwwww...

Jego słowa ugrzęzły w gardle w tym samym momencie, kiedy czaszka roztrzaskała się o rant kwadratowej umywalki. Grzegorz popatrzył na niego przez ułamek sekundy, jak jego własny mocz zalewał mu zakrwawioną twarz.

– To za Oleńkę, skurwielu – szepnął, gdyż był to ten sam najemnik, który wcześniej w pokoju zaatakował Olgę.

Potem spokojnie umył ręce w wannie, wytarł w papierowy ręcznik i wyszedł, zamykając za sobą drzwi. Podszedł do samochodu, w którym siedział Adam i słuchał muzyki. Spojrzał na zegarek, od momentu, kiedy zniknął w drzwiach willi, aż do teraz, gdy trzasnął drzwiami samochodu, nie minęło nawet kilka minut.

– Rozliczyłeś się z nimi? – zainteresował się Księżopolski, gdy Grzesiek spokojnie opuszczał podjazd.

– Tak.

– Zadowoleni?

– I to bardzo.

– Nie zatrzymujemy się nigdzie? – spytał, gdy już ruszyli na północ.

– Nie planuję – odparł lakonicznie Grzesiek.

– Tuż przed granicą wysadzisz nas. Mój znajomy będzie czekać, zabierze mnie w bezpieczne miejsce. A potem chyba Szwecja.

– Myślisz, że Kacper będzie chciał z tobą jechać?

– Jeśli ma trochę instynktu samozachowawczego, to raczej tak. Chyba że jest głupi, jak jego matka.

– Poznałem go. Nie jest głupi.

– No to jest szansa, że ruszymy razem.

Grzesiek już nic nie odpowiedział, wpatrywał się tylko w drogę. Zacisnął dłonie na kierownicy i gdyby Księżopolski był uważnym obserwatorem, być może zauważyłby, że kierowca ledwo nad sobą panuje. Jednak twarz Grzegorza nic nie zdradzała, lata ukrywania się i życia pod inną tożsamością doskonale go przygotowały do tego, aby grać, ciągle grać, wchodząc w różne role. Co działo się teraz w jego głowie, w sercu… o tym wiedział tylko on sam i naprawdę musiał się mocno natrudzić, aby tego nie uzewnętrznić. Nie myślał też o tym, co zrobił, nie zastanawiał się również nad tym, co będzie. Oczywiście, że doskonale wiedział, co nastąpi, ale zdecydował się na to w jednej chwili. I czuł jakąś dziwną nieopisaną ulgę, radość nawet. Teraz wreszcie podjął samodzielną decyzję. Było to takie inne, dziwne, ale dawało poczucie pewności, nawet władzy i beztroski smak wolności. Dla takich krótkich chwil było warto. I nie tylko dlatego, ale te pozostałe uczucia ukrył w najgłębszych zakamarkach serca. Bo – o dziwo! – miał serce. A to już w ogóle było dla niego wielką niespodzianką.

Przejechali kilkadziesiąt kilometrów. Grzesiek spojrzał na zegarek, wrzucił coś w nawigację i po chwili skręcił w polną drogę, prowadzącą do rzadkich zabudowań. Minęli je i wjechali do lasu.

– Tędy? – Księżopolski rozglądał się nieco zdziwiony.

– Skróty – odparł krótko Grzesiek, nie przestając wpatrywać się w drogę.

– Znasz te tereny. – Adam raczej stwierdził, niż spytał.

– Tak.

Z prawej strony ukazała się mała polanka z leśnym parkingiem zarośniętym chaszczami. Drewniana budka, mająca chronić podróżujących przed deszczem, bo raczej nie przed słońcem, chwiała się na spróchniałych drewnianych słupach, które sprawiały wrażenie, jakby miały zaraz załamać się pod ciężarem obłożonego papą daszku.

– Tu się zatrzymujemy?

– Tak.

Grzesiek zaparkował nieopodal zdewastowanego toi toia. Gdy wysiadł, rozejrzał się. W oddali dostrzegł to, na co czekał.

– Co tu się…? – Adam popatrzył na Grześka zaniepokojony. Nagle z wnętrza busa doszły do nich krzyki i uderzenia.

– Odsuń się! – Grzesiek gwałtownie otworzył drzwi.

Na zewnątrz wyskoczył Rosjanin trzymający Olgę za włosy.

– Suka mnie podrapała! – Szarpnął dziewczyną, aż krzyknęła z bólu.

Kacper i Iga zaczęli krzyczeć, jednak nie mogli wyjść ze środka, gdyż byli związani i przytroczeni do uchwytów przy ścianie busa.

– Chciał ją zgwałcić, pierdolony gnój!!! – Krzyk Kacpra przedarł się przez umysł Grześka, który wpatrywał się w Olgę i jednocześnie w postaci biegnące w ich kierunku.

– Co tu się, kurwa, odpierdala? – Księżopolski nie wiedział, w którą stronę ma patrzeć.

– Puść ją! – Grzesiek powiedział to spokojnie, patrząc na potężnego strażnika.

– Spakojna, Grisza... – Uniósł ręce i w tym momencie też dostrzegł biegnących w ich kierunku mężczyzn. Jeden z nich, bardzo wysoki, biegł na przedzie, zaraz za nim także wysoki, brązowowłosy facet krzyczał, tuż za nimi podążała szóstka kolejnych mężczyzn.

– Ożeż kurwa – wyszeptał cicho Księżopolski, nie mogąc uwierzyć w to, co zobaczył. W tym samym momencie Rosjanin złapał za przewieszonego na pasku kałacha, ale nie zdążył nic zrobić, bo w ułamku sekundy na środku jego czoła rozkwitła wielka czerwona dziura. Grzesiek schował pistolet za pasek, skąd go przed momentem wyszarpnął, i popatrzył na Adama.

– Lepiej się kładź. Na ziemię. Ręce i nogi szeroko.

– Kurwa, zabiją cię! – Księżopolski roześmiał się, pokręcił głową i powoli zaczął wykonywać polecenie.

– Nie twój biznes. Martw się o siebie. Biegnie tutaj ktoś, kto ma ochotę wyrwać twój pierdolony łeb. – Grzesiek nie podniósł głosu nawet o oktawę. Spojrzał na Olgę, która stała nieopodal ciała napastnika i patrzyła na wszystko szeroko otwartymi oczami. Grzegorz wyciągnął z pochewki na pasku nóż i rzucił go w stronę Kacpra, wciąż uwięzionego w furgonetce.

– Odetnijcie się – mruknął, nie spuszczając wzroku z Olgi.

– Grzesiek... – Wreszcie odzyskała głos. Dostrzegła też ludzi wbiegających na polanę.

– Oleńka – powiedział cicho, spokojnie, z lekkim uśmiechem. – Tylko to ci mogę dać. Nie wspominaj mnie źle. I pamiętaj, że zawsze będziesz moją Oleńką. – Dotknął palcem jej policzka, czerwonego i pokrytego brudem pomieszanym ze łzami.

– Ale...

– Tato! Tato!!! – zaczęła krzyczeć Iga.

Na polanę wbiegli Łukasz, Krzysiek, Ratajczak, Fazi i czterech nieznajomych mężczyzn. Wszyscy po zęby uzbrojeni.

– Grzesiek... – Olga się zatoczyła.

Przytrzymał ją, patrząc na zbliżającego się do nich Łukasza. Wiedział, co ojciec dziewczyny, którą pokochał i którą porwał, ma zamiar zrobić. Dostrzegł to w jego spojrzeniu, które, gdyby miało jakąś nadprzyrodzoną siłę, sprawiłoby, że Grzesiek leżałby już martwy.

– Już po wszystkim, moja Oleńka – zdążył szepnąć i w tym momencie padł na ziemię, powalony prawym sierpowym, zafundowanym mu przez Lukasa.

– Tato, nie! – wrzasnęła Olga i rzuciła się ku chłopakowi, który zaczął się podnosić.

– Zabiję cię, gnoju – mówił cicho Łukasz, co brzmiało straszniej, niż gdyby wykrzyczał całą wściekłość, która w nim buzowała.

– O kurwa, kurwa, oni was wszystkich zabiją! – Księżopolski podniósł się na kolana i zaniósł się histerycznym śmiechem, jakby nagle stracił zmysły.

Krzysiek tulił córkę, do Łukasza podbiegł Kacper i w ostatniej chwili złapał ojca, który naprawdę chciał zrobić poważną krzywdę Grześkowi. Ten lekko krwawił, klęczał, a Olga wycierała mu twarz fragmentem własnej bluzy.

Ratajczak próbował zapanować nad sytuacją, bo nie mieli zbyt wiele czasu, musieli jak najszybciej uciec.

– Cholera, a co z tym? – Wskazał na ciało rosyjskiego najemnika. – Musiałeś? – Spojrzał na Grześka. Ten wzruszył ramionami. Wciąż patrzył na Olgę. Dziewczyna wytarła mu twarz, teraz trzymała dłonie na jego policzkach i patrzyła mu w oczy.

– Ty sprowadziłeś tu mojego ojca i wujka.

Kiwnął głową.

– Dlaczego?

– Nie mogłem…

– Grzesiek?

– Nie potrafiłem inaczej. Nie mogłem dopuścić, żebyś trafiła tam… – Głos mu lekko zadrżał. – Jesteś moja, Oleńka. Po prostu zrozumiałem, że owszem, rodzina, honor, to wszystko cholernie ważne. Ale najważniejsza dla mnie jesteś ty.

– A co teraz? – spytała, starając się powstrzymać płacz.

– Wrócisz do domu – powiedział i się uśmiechnął. Chciał jej dotknąć, ale tylko zacisnął pięści i patrzył. Nie mógł tego zrobić, nie dałby rady, nie teraz.

– Zabiją was! Zabiją cię, pierdolony zdrajco! – Księżopolski stał i patrzył na nich wzrokiem pełnym nienawiści. W zamieszaniu wyraźnie o nim zapomnieli.

– Zamknij się, kurwa! – warknął na niego Krzysiek.

A on w tym momencie sięgnął po krótką broń leżącego Rosjanina, która wypadła mu z kabury umiejscowionej na udzie, i wymierzył z niej do Łukasza.

– Ale najpierw ja rozpierdolę ciebie, Borowski. Tyle lat na to czekałem!

– Jezu!

– Nie!

– Tato!

Krzyki zbiły się w jedno, wszystko rozegrało się błyskawicznie, jakby ktoś puścił film w przyspieszonym tempie.

A jednocześnie dla osób zgromadzonych na polance czas jakby zatrzymał się w miejscu…

Księżopolski odbezpiecza broń, celuje w głowę Łukasza, słychać trzask, huk wystrzału, krzyk Kacpra, który rzuca się do ojca, za nim Grzesiek spychający go z linii ognia. Pada drugi strzał. A potem cisza. Niczym niezmącona. Nawet odgłosami lasu.

Łukasz stoi, patrzy w martwe oczy Adama Księżopolskiego, któremu przed chwilą strzelił prosto w serce.

Kacper lekko krwawi, chyba drasnęła go kula, która utkwiła… utkwiła…

– Nieeeee! – krzyczy Olga.

Łukasz budzi się z odrętwienia, rzuca się do syna, a potem do córki. Jej ręce są całe we krwi, całe we krwi, całe… Czyja to krew, Boże, czyja to KREW???

Wcześniej…

Czasami zastanawiałem się, jak to będzie, gdy ona spojrzy na mnie z rozczarowaniem w swoich pięknych oczach i zrozumie, kim naprawdę jestem. Wcześniej wiele razy wyobrażałem sobie tę chwilę i czułem ogromną satysfakcję. Ale teraz… odczucia, które mnie ogarniały, nie miały nic wspólnego z jakimkolwiek zadowoleniem z tego, co miało się wydarzyć. Czułem takie samo rozczarowanie, jakie i ona poczuje, gdy wszystko wyjdzie na jaw. I przez krótki moment, przez chwilkę… pomyślałem, jak by to było, gdybym zrobił to, o czym myślałem przez ostatnich kilkanaście dni. A potem zaraz karałem sam siebie w myślach, wyzywając się od zdrajców i tchórzy. Bo czy gdybym sprzeniewierzył się rodzinie, gdybym zawiódł wuja, nie byłaby to zdrada? I oznaka tchórzostwa? Nie wiem, odsuwałem od siebie te cholerne myśli, ale im więcej z nią przebywałem, im bliżej z nią byłem, im bardziej ją kochałem, wiedząc, że ona kocha mnie… te myśli atakowały mój umysł, sprawiając, że czułem się rozdarty, niepełny i zdradzony. I sam już nie wiedziałem przez kogo. Przez Olgę, która nie powinna okazać się kobietą mojego życia? Przez wuja, który mnie wykorzystywał? Czy przez samego siebie, ponieważ w ogóle śmiałem dopuszczać takie myśli do swojej głowy.

ROZDZIAŁ 21

Brodka *Horses*

– Pomóż mu, proszę cię, tato. Pomóż mu… – Olga wpatrywała się w ojca.

Łukasz w milczeniu zakładał opatrunek na ramię Grześka, w którego trafiła kula wystrzelona przez Księżopolskiego. Dzięki temu, że odepchnął Kacpra, ten został tylko leciutko draśnięty. Całość strzału przyjął Grzegorz, ale kula przeszła na wylot. Ludzie Ratajczaka przyjechali samochodami, które wcześniej zostawili w znacznym oddaleniu, aby nie spłoszyć porywaczy. W aucie Łukasza znajdowała się dobrze wyposażona apteczka i teraz Borowski z wielką wprawą oczyścił ranę Grześka i zakładał już opatrunek.

– Przecież to robię.

Ratajczak wraz z kumplami wrzucili zwłoki zabitych mężczyzn do busa i zepchnęli go w wysokie krzaki. Liczyli na to, że minie trochę czasu, zanim ktoś ich tutaj znajdzie. Mirek zadzwonił po jeszcze jednego kumpla, który miał przyjechać i zabrać chłopaków, on zabierał jedno auto, żeby wrócić do Wrocławia wraz z Łukaszem.

– Tato… – Olga miała coś w głosie, Łukasz spojrzał na nią uważnie.

– Nic mu nie będzie. Nic ci nie będzie – zwrócił się do Grześka.

– Wiem. Nie pierwszy raz… – Chłopak machnął zdrową ręką.

– Dzięki, tak w ogóle.

– Byłem to panu winien.

– I co teraz? Co teraz będzie? – Olga złapała za dłoń Grześka i zacisnęła na niej palce.

Chłopak patrzył przez chwilę na jej rękę i powoli także zacisnął palce na jej dłoni. Spojrzał jej w oczy. Widziała w nich miłość, tak wielką, tak obezwładniającą, że znowu, mimo woli, z jej oczu pociekły łzy.

– Muszę wrócić. – Uśmiechnął się, ale jego oczy pozostały poważne.

– Tato, oni zrobią mu krzywdę. Prawda? Przecież wiesz, Grzesiek? – Potrząsnęła nim.

Syknął, bo zabolało go ramię.

– To chyba jego wybór – powiedział Łukasz i objął się ramionami.

Podszedł do niego Ratajczak, coś szepnął, a Łukasz pokiwał głową.

– Nie, proszę – zwróciła się do Grzegorza. – Porozmawiam z nim, pomoże ci, on ma różne znajomości.

– Oleńka, zostaw to…

– W życiu! – krzyknęła Olga, ściągając na siebie uwagę wszystkich. – Tato. Wiem, że robiłeś różne rzeczy. Nie oceniam, czasami trzeba… ale zrozum go. On nie miał wyjścia. A jednak zawiadomił cię. Proszę, pomóż mu. Błagam cię. On jest dla mnie wszystkim…

– Słuchaj, braciszku – Krzysiek podszedł do starszego brata – możemy się stąd zabrać? Niech młody jedzie z nami. Po drodze coś wymyślisz.

Łukasz zastanawiał się przez chwilę, w końcu popatrzył na Grześka zmrużonymi oczami.

– Tylko dlatego, że zadzwoniłeś i wysłałeś mi namiary. A także dlatego, że kocham moją córkę.

– Ja też ją kocham – powiedział bardzo cicho Grzesiek. Ale stojąca obok niego dziewczyna doskonale to usłyszała. Do Łukasza też dotarł ten szept.

– Dobra, wsiadajmy. Zadzwonię w kilka miejsc. Olga, ty pojedziesz z Mirkiem, a ty – spojrzał na Grzegorza – ze mną.

– Ale... – próbowała oponować, lecz Grzesiek złapał ją za nadgarstki i opuścił jej ręce wzdłuż ciała. Pod palcami czuł jej szalejący puls.

– Zrób tak, jak mówi twój ojciec. Wszystko będzie dobrze.

– Kocham cię. – Stanęła na palcach i pocałowała go w usta.

– Ja ciebie też, Oleńka.

– Twoja.

– Moja.

Wraz z Igą i Kacprem wsiadła do samochodu prowadzonego przez Ratajczaka. Do auta Łukasza wsiedli Grzesiek i dwóch ludzi Mirka, a za kierownicą usiadł Fazi. Reszta usadowiła się w czarnym voyagerze, którym przyjechał jeden z kolegów z Warszawy. Wszyscy ruszyli w drogę, a Łukasz dzwonił w kilka miejsc i rozmawiał po niemiecku. Grzesiek znał trochę ten język, ale nie przysłuchiwał się. Teraz... myślał tylko o jednym. O tym, że ona, jego Oleńka, jest bezpieczna. Nic więcej się nie liczyło. On i tak był już stracony.

Łukasz, dzwoniąc do ludzi z własnej przeszłości, analizował wszystko to, co się wydarzyło w ciągu ostatnich niespełna dwóch godzin. Gdy zbliżali się do Białegostoku, mieli już namiar na melinę mafii, ale w tym samym momencie zadzwonił do niego ktoś z zastrzeżonego numeru. Nie lubił takich połączeń. Odebrał z mocno bijącym sercem.

– Halo?

– Zanim zaczniesz mordować mnie przez telefon, zapisz dokładnie namiary i wrzuć je do nawigacji.

– Ty skurwielu! – wysyczał przez zęby Łukasz.

– Wiem. Oldze i reszcie nic nie jest. Przywiozę ich.

– Podawaj.

Grzesiek przekazał dokładne namiary GPS, które Łukasz wstukał do nawigacji. Krzysiek próbował się dopytać, o co chodzi, ale brat dał mu sygnał dłonią, że zaraz wszystko wyjaśni.

– A, i jeszcze jedno. Będzie ze mną Księżopolski. To tak dla ciebie info, bo wiem, że się lubicie.

– Teraz już nie wiem, którego z was zabiję pierwszego.

– Daj spokój. Ja i tak już nie żyję. Chcę tylko, aby Oleńka wróciła do domu. – Grzesiek zaśmiał się sucho i rozłączył rozmowę.

Teraz Łukasz zdawał sobie sprawę, że nie powinien pomagać temu chłopakowi, że zasłużył na to wszystko, co zapewne czekało na niego ze strony jego rodziny. Oni nie wybaczają zdrad. Ale była Olga. Widział, ile ten gnojek dla niej znaczy. Czy był gotowy na to, aby zranić córkę, aby widzieć w jej oczach rozczarowanie, niedowierzanie? Ona widziała dzisiaj tak wiele. Zobaczyła Lukasa, człowieka z przeszłości, przed którym przez te wszystkie lata umiejętnie chronił własne dzieci. A tymczasem... Lukas wyszedł z ukrycia i pokazał, kim tak naprawdę jest i na co go stać. I choćby Łukasz próbował sobie tłumaczyć, że uratował syna, że pozbył się skurwiela, z którym chciał skończyć przed dwoma dekadami, lecz wówczas Ratajczak skutecznie mu to uniemożliwił, to jednak... jego dzieci to widziały. Poza tym pamiętał inne spojrzenie, pewnej dziewczyny sprzed lat, która też patrzyła na niego z niemą prośbą o pomoc. Wówczas był ślepy na jej wołanie o ratunek. Dziś... syn Siergieja oczywiście o nic nie prosił. Sprawiał wrażenie wyciszonego, pogodzonego z losem. Ale... przecież każdy zakręt losu można zmienić. I o to właśnie błagała Łukasza córka. Kochał ją z całego serca, dlatego wiedział, że zrobi to, o co go prosiła. Ale to będzie koniec. Olga będzie musiała się pogodzić z tym, że już nigdy, przenigdy nie spotka się z Grigorijem. Nigdy.

*

Minęli Warszawę, Łukasz zadzwonił do Ratajczaka i kazał mu zjechać na wysokości Grodziska Mazowieckiego. Umówił się tam w małej restauracji z pewnym człowiekiem. Odwrócił się i popatrzył na siedzącego z tyłu chłopaka. Odkąd wyjechali, nie odezwał się ani słowem. Trochę spał, teraz patrzył uważnie, jakby skanował otoczenie w oczekiwaniu na atak.

– Spokojnie. Gdyby miało ci się coś stać, już by się stało.

– Zatrzymujemy się?

– Tak. Zabierze cię mój kumpel. Wszystkim się zajmie.

– Nie będę mógł wrócić do mieszkania?

– Nie ma szans. Prawdopodobnie już tam ktoś na ciebie czeka. Chyba że chcesz się z braćmi spotkać?

– Nie chcę. – Grzesiek patrzył Łukaszowi prosto w oczy.

– Też bym nie chciał.

– A czy...?

– Co? – Borowski zmrużył oczy.

– Będę mógł pożegnać się z Olgą?

Łukasz milczał, mierząc go wzrokiem. Wreszcie odwrócił się i powiedział obojętnym tonem:

– To od niej zależy.

Chłopak kiwnął głową i utkwił wzrok w bocznej szybie. Wjeżdżali właśnie na parking umiejscowiony nieopodal dużego, drewnianego, krytego niby-strzechą budynku, w którym mieściła się gospoda. Tuż obok zaparkował Ratajczak, a jeszcze dalej grafitowy mercedes na niemieckich numerach.

– Poczekaj chwilę – zwrócił się do Grześka Łukasz, a pozostałym pasażerom dał znak, aby wysiedli z samochodu.

Chłopak siedział, patrzył przez przyciemnioną szybę na Olgę, która wysiadła z drugiego auta i stała w objęciach z Igą. Obok Kacper rozmawiał z ojcem, który rzucał niespokojne spojrzenia w ich kierunku.

– Tak? Domyślam się, że chce mi pan coś powiedzieć.

– Dobrze zgadujesz. Pożegnasz się z moją córką, oczywiście, jeśli będzie tego chciała. I powiesz jej, że to wasze ostatnie spotkanie.

– Nie będę kłamał. To nasze ostatnie spotkanie. Nigdy nie będę mógł tu wrócić.

– Jasne, ale czas płynie. Wiele się zmienia. A ona dojrzewa. Mówię serio. Nie możesz już nigdy się do niej zbliżyć. – Łukasz popatrzył na siedzącego na tylnym siedzeniu chłopaka. – Nie staraj się z nią w żaden sposób skontaktować. Nie próbuj do niej dzwonić, pisać, nie dąż do spotkania. Jeśli chcesz, żeby uporała się z tym, co ją spotkało, i zaczęła normalnie żyć, nie możesz mącić jej w głowie.

– Dobrze.

– Rozumiesz to?

– Tak.

– Pamiętaj, że nie ma takiego miejsca na ziemi, w którym schowałbyś się przede mną.

– Wiem.

– Teraz masz większy problem. Lepiej, żebyś nie dał mi powodów do szukania cię.

– Gdzie mnie zabierze ten twój człowiek?

– Do Niemiec. A potem na południe. Masz jakąś kasę?

– Mam, i to sporo.

– Poradzisz sobie.

– Wiem. – Grzesiek wzruszył ramionami. – Zawsze sobie radziłem.

– I miej świadomość, że robię to tylko dla niej.

– Mam. Ja też robię to dla niej.

– Dobra, wysiadajmy. Pogadam z moim kumplem, ty tymczasem możesz pożegnać się z Olgą.

– Dziękuję. Za wszystko.

– Nie dziękuj – mruknął Łukasz. – Po prostu… zniknij.

*

Olga patrzyła, jak Grzesiek powoli do niej podchodzi. Ojciec poszedł do zaparkowanego nieopodal mercedesa, a koło niej pojawił się wujek Krzysiek, który wpatrywał się w chłopaka z wrogością w spojrzeniu.

– Chcę z nim porozmawiać. Nic mi nie będzie. – Olga spojrzała na wujka, dostrzegając w jego oczach taką samą zaciętość, jaką widziała u ojca.

– Nie wiem czy to dobry pomysł, Olusia. – Krzysiek zmrużył oczy.

– Poradzę sobie. Naprawdę – powiedziała dziewczyna i uśmiechnęła się. Spojrzała na brata, który mocno ją przytulił, dając tym samym do zrozumienia, że w każdej chwili może zareagować w jej obronie.

Grzegorz stał w nieznacznej odległości, opuścił dłonie wzdłuża ciała i tylko na nią patrzył.

– A więc wyjeżdżasz... Wujek mi wszystko wyjaśnił, mój tato załatwi ci miejscówkę za granicą.

– Tak.

– Czy myślisz, że twoja... że twój wuj będzie cię szukał?

– Oleńka, nie chcę teraz o tym mówić.

– Ale ja chcę. Chcę mieć pewność, że uda ci się od nich uwolnić.

– To nie takie proste. Ale może się udać.

– Czy dasz mi... dasz mi znać? Jakoś? Że wszystko u ciebie w porządku?

– Nie wiem, czy będę miał taką możliwość.

– Grzesiek – podeszła do niego i złapała go za rękę, tę zdrową – wszystko ci wybaczam. I rozumiem. Nie miałeś wyjścia.

– Zawsze jest jakieś wyjście. – Chłopak uśmiechnął się smutno.

 – Ale wszystko naprawiłeś.

– Nie mogłem tego zrobić. Wybacz mi, Oleńka, że cię okłamałem i naraziłem. Wybacz mi.

– Przecież już powiedziałam. Wszystko ci wybaczam. – Podeszła jeszcze bliżej, on pochylił się i oparł czołem o jej czoło.

– Daj mi znać. Proszę – szepnęła, mocno zaciskając palce na jego nadgarstku. – Nie wiem, jak mam żyć bez ciebie.

– Ja będę żył tylko dlatego, że ty będziesz bezpieczna.

– Powiedz to.

– Co takiego?

– Wiesz co.

Odchylił się i spojrzał w jej oczy. Były pełne łez.

– Moja. Oleńka.

– Tylko twoja. Pamiętaj o tym. I choćby mój ojciec ci groził albo kazał ci… wiesz, trzymać się z daleka, wiedz, że każdy dzień bez ciebie zaznaczy się rysą w moim sercu, bolesną, pełną tęsknoty rysą.

– Och, diewoczka maja… – Grzesiek przytulił ją do piersi. Czuła, jak mocno bije jego serce, czuła jego zapach, chciała tak zostać, chciała błagać ojca, żeby zabrał Grześka do Wrocławia, chciała jechać wraz z nim, chciała tysiąca rzeczy, dzięki którym mogłaby przy nim być. Ale wiedziała, że to niemożliwe. Nie w tej chwili. I ta świadomość rozrywała ją od środka na milion przepełnionych bólem kawałków.

– Obiecaj mi – wyszeptała.

– Co takiego?

– Obiecaj mi, że zrobisz wszystko, abyśmy się spotkali. I że nie zapomnisz.

– Nigdy nie mógłbym zapomnieć. – Grzesiek popatrzył nad głową Olgi na jej ojca, który dawał mu znaki, aby kończył. Przymknął oczy, dając do zrozumienia, że już, zaraz…

– Obiecaj, proszę, bo nie będę umiała oddychać, nie będę wiedziała, jak przeżyć każdy cholerny dzień, jeśli nie dasz mi tej nadziei.

– Oleńka... – Jego głos zaczął się łamać. Wziął głęboki wdech, karząc siebie w myślach i wyzywając od skurwieli.

– Grześ. Proszę.

– Obiecuję.

– Dasz mi znać? Poczekamy trochę i spotkamy się? – Uniosła głowę i spojrzała w jego oczy. Były zaczerwienione, tak samo jak i jej.

– Tak.

– Tylko tym razem mnie nie okłamuj.

– Kocham cię. – Pochylił głowę i pocałował ją w usta.

– Ja ciebie też. I o tym także nie zapominaj.

– Nie zapomnę. Ale teraz muszę już iść.

Olga stała i patrzyła, jak chłopak rozmawia z jej ojcem, potem z tym facetem z mercedesa, jak chwilę później siada obok kierowcy i wyjeżdżają z parkingu. Gdy mijali ich auta, Grzesiek spojrzał na nią i zobaczyła w jego wzroku bezbrzeżny, porażający smutek. I jakąś dziwną determinację. I nie rozumiała, czy postanowił spełnić obietnicę, którą jej dał, czy... to było pożegnanie. Bo już nigdy go nie zobaczy ani o nim nie usłyszy?

*

Oleg Achmadow siedział w domu ojca i wpatrywał się w album ze zdjęciami z dzieciństwa. On i Masza na sankach, on i Masza nad rzeką, siostra roześmiana, on zawadiaka, już z pierwszymi tatuażami. A potem... Masza, Siergiej i mały Grisza. Grisza.

– Ożeż ty, Griszeńka... – Mężczyzna wyciągnął zdjęcie i zgiął je w potężnej dłoni.

Gdy dowiedział się o tym, co zaszło w Polsce, czego dokonał Grisza, co zrobił, jak sprzeniewierzył się jego woli, jak zdradził... chciał zapakować broń do samochodu i ruszyć na zachód, znaleźć tego gnojka i rozwalić mu łeb. Ale miał swoje zobowiązania, poza tym do takiej roboty wysyłał swoich ludzi. A potem… pojechał do szpitala, do siostry i prawie płacząc, opowiedział jej o tym, co zrobił jej syn, a raczej czego nie zrobił.

I gdy skończył, zdając sobie sprawę, że Masza i tak nic z tego nie usłyszała, uniósł głowę i spojrzał na kobietę. A ona patrzyła wprost na niego. Tak, wpatrywała się w niego i wyraźnie widziała właśnie jego. Swojego brata.

– Maszeńka?

– Nareszcie – powiedziała cicho.

– Co ty?

– Mój syn. Nareszcie jest wolny.

– Ale…

– A ty masz zrobić wszystko, aby moje dziecko pozostało wolne. I bezpieczne.

– Masza…

– *Понимаешь, брат?*[16]

– *Да, понимаю*[17].

I teraz, siedząc na ojcowiźnie, zrozumiał, że to koniec. Jego dalekosiężny, długofalowy plan zemsty właśnie dobiegł końca. Nie czuł nienawiści, chociaż bardzo chciał, bo to ona właśnie napędzała go przez ostatnie lata. Nie czuł żalu, chociaż zupełnie nie rozumiał czemu, skoro tyle pracy zostało zaprzepaszczone, a ci, który mieli ponieść karę, wcale tej kary nie ponieśli. Jedyne, co odczuwał, to tęsknota. Za młodością, dzieciństwem, kiedy on i Masza byli blisko i próbowali odnaleźć się na tym chorym świecie. Cóż mógł zrobić teraz? Miał cel: odzyskać siostrę. I aby to zrobić, musiał spełnić jej życzenie, a właściwie żądanie. Teraz najważniejsze było to, aby ona wróciła do siebie i zaczęła normalnie funkcjonować.

---

16. *Понимаешь, брат?* (ros.) – Ty rozumiesz, brat?

17. *Да, понимаю* (ros.) – Tak, rozumiem.

A potem… Och, czekał tyle lat. Jest cierpliwy, bardzo, to jego wielka zaleta. A Maszeńka… Cóż. Nie zawsze musi wiedzieć wszystko. Achmadow rozprostował pogięte zdjęcie i uśmiechnął się. Griszeńka.

– *Подождите, мальчик. Братья не забывают*[18].

Potem zawołał swoją prawą rękę, Viktora, i gdy mężczyzna wszedł do środka, popatrzył na niego wzrokiem bez wyrazu.

– Szefie…

– Zamknij się. Powiedz, po co ja cię tam wysłałem? – Oleg objął się wytatuowanymi ramionami i patrzył na swojego człowieka.

– Miałem dopilnować transportu.

– I co zrobiłeś?

– Wszystko szło dobrze. Grisza trzymał wsio…

– Tak. Wiesz, co się stało?

– Teraz wiem. – Mężczyzna patrzył swojemu szefowi prosto w oczy. Nie zamierzał się wybielać, tłumaczyć. Wiedział, że zawinił. Znał zasady.

– Omar! – krzyknął Oleg i w pokoju pojawił się jeden z żołnierzy. Bez słowa podał Achmadowowi nóż.

– Prawa czy lewa? – spytał Viktora. Mężczyzna wyciągnął lewą rękę i położył na stole.

– Wiesz dlaczego?

– Wiem. Zawiniłem.

– To dobrze. – Oleg przycisnął ostrze noża do dwóch palców i nacisnął. Chrupnęło, polała się krew. Przez ten czas nie spuszczał wzroku ze swojego żołnierza Viktora, a ten tylko zacisnął zęby, a z jego ust nie wydostało się najmniejsze jęknięcie. Wiedział… zawinił. A teraz zrobi wszystko, aby na powrót odzyskać zaufanie wora.

---

18. *Подождите, мальчик. Братья не забывают* (ros.) – Poczekaj, chłopcze. Bracia nie zapominają.

Wcześniej…

Gdy podjąłem tę decyzję, gdy wybrałem numer, który oczywiście dawno już miałem zapisany, poczułem się dziwnie. Wolny. O tak, to było chyba najbardziej adekwatne określenie tego, co teraz czułem. Nikt nie decydował za mnie, nikt mi nie mówił, co mam robić, co mówić, jak się zachowywać, nikt nie wskazywał, co jest moim celem, co ma być dla mnie najważniejsze. To była moja i tylko moja decyzja. Gdy skończyłem z nim rozmawiać, oparłem się o drzewo i popatrzyłem w niebo. Ten świat może nie jest do końca taki zły. Skoro tkwiło we mnie tak wiele pozytywnych uczuć, skoro miłość do tej dziewczyny okazała się moim uzdrowieniem i przebudziła mnie z tego stuporu, w którym żyłem od lat. Moja matka egzystowała we własnym świecie, ale ja także byłem więźniem. Więźniem przeszłości mojej rodziny, mojej wyimaginowanej powinności i posłuszeństwa wujowi, który za pomocą mnie realizował swój plan zemsty. Nienawiść potrafi napędzać, o tak, wiedziałem o tym doskonale. Lecz miłość… tego uczucia nie można porównać do żadnego innego. Dawało mi siłę, motywację, odwagę i poczucie radości. Byłem szczęśliwy. Właśnie tak. Uśmiechnąłem się i zamknąłem oczy. Byłem wolny i szczęśliwy. Nareszcie.

EPILOG

Tyle samotnych dróg musiałem przejść bez ciebie.
Tyle samotnych dróg musiałem przejść, by móc
Odnaleźć ciebie tu…[19]

Wilki *Na zawsze i na wieczność*

Dwadzieścia miesięcy później…

Iga czekała na Kacpra, który kończył zajęcia na uczelni i mieli jechać na pizzę do parku Południowego. Od czasu tamtych wydarzeń zbliżyli się jeszcze bardziej. Iga dzięki Kacprowi jakoś doszła do siebie i szybko odzyskała równowagę. Był jej wielkim wsparciem, zawsze wyczulony na każde jej nadchodzące załamanie, na każdą nieprzespaną noc, na obawę, gdy wydawało się jej, że ktoś za nią idzie, jedzie. Miewała takie lęki, ale szybko się z nimi uporała dzięki temu, że on nieprzerwanie trwał przy niej i zawsze mogła na niego liczyć. Była teraz na drugim roku, na AWF, a Kacper robił tu doktorat. Załatwiła tylko, by nie mieć z nim zajęć. I tak wzbudzali zainteresowanie tym, że mieli to samo nazwisko i ich ojcowie byli braćmi. Nie mieli ochoty wszystkim tego tłumaczyć, w sumie to był najmniejszy z ich problemów. Teraz liczyło się tylko to, że wszystko już minęło, że żyli normalnie i powoli planowali wspólną przyszłość.

---

19. Wilki: *Na zawsze i na wieczność*. Album: *Obrazki*, 2006 r.

*

Kamil wyszedł z uczelni i pojechał na plac Grunwaldzki, gdzie na Uniwersytecie Przyrodniczym studiowała Martyna Ratajczak. Chodzili ze sobą od dwóch lat, a wydarzenia sprzed dwudziestu miesięcy jeszcze bardziej zbliżyły ich do siebie. Lecz teraz co innego zaprzątało ich głowy. Mieli coś do powiedzenia rodzicom, zdawali sobie sprawę, że to będzie szok, ale najważniejsze, że byli szczęśliwi. Naprawdę cholernie szczęśliwi. I chociaż przydarzyło się im to o kilka lat za wcześnie, to Kamil wierzył, że dadzą sobie radę, mając takich rodziców, rodzeństwo, całą rodzinę. Straszne rzeczy już minęły, a teraz liczył się następny zakręt losu, za którym widzieli kolejną lub kolejnego Borowskiego. I to było w tym wszystkim najcudowniejsze.

*

Olga skończyła zajęcia na wrocławskiej Akademii Wychowania Fizycznego. Była na pierwszym roku, na kierunku wychowanie fizyczne. Powinna być na drugim, ale maturę zdawała rok później niż jej klasa. Ten rok to było pasmo wyrzeczeń, rozmów, terapii, wyjazdów z rodziną, bezsennych nocy i dni, kiedy praktycznie nie wychodziła z łóżka. Po roku zdała w końcu maturę i dostała się na studia, które od lat były jej celem. Kacper robił już doktorat, Iga była na drugim roku, zresztą razem z Kamilem. Im było łatwiej podnieść się po dramatycznych wydarzeniach sprzed prawie dwóch lat. Iga miała Kacpra, Kamil Martynę, a ona… Ona tylko wspomnienia. Te cudowne i te straszne. Ciężko było jej wyrzucić je z głowy, bo mimo tego, co mówił ojciec, że Grzesiek jest bezpieczny, ale nigdy już się z nią nie spotka, ona ciągle czekała, bo przecież… on obiecał. Obiecał. Patrzył jej w oczy i obiecał, że wróci do niej, że się z nią skontaktuje. Znowu kłamał? Tak jak wtedy? Nie mogła tego zrozumieć i dlatego tak dużo czasu zajął jej powrót do życia. Nie do NORMALNEGO życia, tylko do wegetacji. Bo tak właśnie funkcjonowała. Robiła, co do niej należało, uczyła się, spotykała ze znajomymi, żartowała z bratem, ale jej oczy pozostawały smutne. Nie było w nich blasku, radości, zdawały się patrzeć w jeden punkt, tak jakby zamknęła się we własnym świecie, w którym nieustannie wypatrywała… JEGO. Ale on się nie odzywał. Milczał. A ona… czekała. I cierpiała. W każdej pieprzonej minucie spędzonej bez niego.

*

Barcelona, piękny majowy dzień…

Oleńka,

moja śliczna. Tak bardzo chciałbym Cię zobaczyć. Te dwadzieścia miesięcy bez Ciebie to tak jak całe życie pozbawione Twojej obecności. Jeśli wcześniej nie miałem życia, bo robiłem to, co mi kazano, i przechodziłem pranie mózgu, to teraz… Teraz dopiero widzę, czuję, co to znaczy nie żyć. Dopiero teraz wiem, jak to jest nie spać po czterdzieści parę godzin, chodzić jak somnambulik i wyglądać jak narkoman na głodzie. Dobrze, że prowadzę własny mały sklep z częściami komputerowymi i nie muszę się przed nikim tłumaczyć.

Wiem, że nie chcesz mnie już znać, nie odpisałaś na żaden list, ale rozumiem, chociaż przychodzi mi to z wielkim trudem. Lecz wybacz, nie potrafię przestać pisać. To takie moje osobiste rozliczanie się tym, co ci zrobiłem, może liczę na odkupienie, może to moja terapia, nie wiem. Ale będę dalej pisał, bo wciąż i wciąż wierzę w to, że kiedyś przeczytasz te moje wyznania i poczujesz, że już możesz rozmawiać ze mną jak z kimś, kto kiedyś, w przeszłości, bardzo Cię skrzywdził. Ale pamiętaj o tym, że kochałem Cię i kocham nieprzerwanie, więc jeśli Twoje uczucia się nie zmieniły, to jestem tu i czekam. Jestem już bezpieczny, ale nigdy nie wrócę tam, na północny wschód. Tutaj jest pięknie, ciepło i gdy patrzę na wschodzące słońce, myślę, że tak właśnie wyglądał mój świat, kiedy patrzyłem na Ciebie. Jakby wszystko budziło się do życia, także ja.

Odezwij się, Oleńka. Napisz, choćby po to, by powiedzieć, że mnie nienawidzisz, ale proszę... daj jakiś znak.

Bo dla mnie zawsze będziesz MOJA.

Grisza

*

Łukasz otworzył drewniane pudełko, które trzymał schowane głęboko w szafie w sypialni, i położył list obok kilkudziesięciu innych kopert, zapisanych tym samym, starannym charakterem pisma. Pierwszy z nich przyszedł dwa tygodnie po tym, jak Olga, Iga i Kacper wrócili do Wrocławia. Potem przesyłki nadchodziły w regularnych odstępach czasu, z reguły dwie-trzy w miesiącu. Łukasz wziął zapasowy klucz od skrzynki i sam odbierał pocztę, zresztą Olga nie była niczym zainteresowana, a on świadomie wykorzystał jej brak zainteresowania otaczającym ją światem.

Magdalena wiedziała o tych listach, znalazła je kiedyś przypadkiem i zrobiła mężowi wielką awanturę. Jednak Łukasz nie ustępował. Ale dzisiaj... Był znowu na grobie Małgorzaty. Położył, jak zawsze, białe róże. I, jak zwykle zresztą, rozmyślał. Jak to jest, kochać kogoś tak bardzo, że nie jest się w stanie normalnie funkcjonować, że każdy dzień to męczarnia, że każda noc to niechciana ucieczka do tego, co było, nieprzerwane zadręczanie się wspomnieniami i myślami, obrazami, nawet zapachami. On skrzywdził ją tak bardzo, aż poczuła, że nie ma czego szukać na tym świecie. A teraz... cierpiała jego córka. Jego kochana Olusia, która zakochała się, i nic nie wskazywało na to, aby to uczucie mogło minąć. Doskonale widział, jak bardzo się stara, bo nie chce już dłużej martwić rodziców, brata, kuzynów, całej rodziny. Była naprawdę dzielna. A on... Magda mu kiedyś powiedziała:

– Nie możesz decydować za nią. I pozbawiać jej czegoś być może dobrego. Nasz związek też zaczął się w tragicznych okolicznościach. I przypadek sprawił, że odnaleźliśmy się na nowo. A właściwie nie przypadek, tylko przeznaczenie. Jeśli on jest jej pisany, robiąc to, co robisz, krzywdzisz ją jeszcze bardziej, niż on to zrobił wcześniej. Pamiętaj o tym.

Pamiętał. Analizował wszystko, myślał i przeżywał. I gdy dzisiaj wrócił z cmentarza Osobowickiego, gdzie leżała ONA, gdy w skrzynce pocztowej znalazł kolejny list, zdał sobie sprawę, że nie może decydować o całym świecie, że życie jego córki jest w tej chwili w jego rękach, że to jest złe i do niczego dobrego nie doprowadzi. Nie da się kontrolować całego świata, każdy ma swój własny zakręt losu, który musi pokonać i zobaczyć, co znajduje się dalej.

Wziął do ręki drewnianą skrzyneczkę i wyszedł z sypialni. Magdalena wchodziła właśnie do domu, spojrzała na niego, jej wzrok spoczął na brązowym pudełku i po chwili zatopił się w jego oczach.

– Łukasz?

– Zaraz wracam. Muszę… Mam coś dla Olgi.

Gdy wszedł na schody prowadzące na piętro, gdzie były pokoje Kacpra i Olgi, Magdalena usiadła na schodach i uśmiechnęła się.

Borowscy. Byli trudni, nieprzewidywalni, szaleni. Ale… mieli dobre i szczere serca. I teraz wiedziała, że wszystko się ułoży. Będzie dobrze. Kolejny zakręt losu w ich życiu został zaliczony. Byle do następnego razu.

Teraz…

Gdy zobaczyłem kopertę ze znaczkiem i stemplem z Polski, z Wrocławia, prawie udusiłem się z nerwów. Nie wiedziałem, kto napisał ten list, bo nie było nazwiska nadawcy, tylko adres. Jej adres. Ale równie dobrze list mógł napisać jej ojciec, matka, brat.

Ktokolwiek z rodziny Borowskich, kto dałby mi znak, żebym raz na zawsze odpieprzył się od niej i spełnił obietnicę, jaką dałem wtedy jej ojcu. Ale jej też coś obiecałem, a to było dla mnie najważniejsze. Usiadłem w moim małym ogródku, spojrzałem na zwierzaki, które wylegiwały się w popołudniowym słońcu, i delikatnie rozerwałem kopertę. Jeśli ona jej dotykała, nie chciałem niczego zepsuć.

Tak, to był list od niej. Przeczytałem, pochłaniając każde słowo, smakując, starając się zapamiętać, by powtarzać potem jak mantrę, którą od dzisiaj będzie właśnie ten list. List od mojej wielkiej, jedynej, prawdziwej miłości. Przypomniałem sobie to wszystko, co wydarzyło się, zanim ją poznałem. Kiedy żyłem napędzany nienawiścią i chęcią zemsty. Kiedy wpajano mi, co jest dla mnie najważniejsze, że muszę pomścić rodzinę, bo tylko wtedy osiągnę spokój. Ale to nie była prawda. Nie mogłem odpowiadać za winy ojca, za jego wybory, za jego sposób na życie. Kiedy dostałem tę wiadomość od mojego jedynego kontaktu ze wschodnią Europą, zdałem sobie sprawę, że to wszystko było złe i mnie niszczyło. Nie umiałem się uwolnić, a może i nie chciałem, bo nie widziałem innego celu, oprócz tego, aby zemścić się na rodzinie Borowskich. Tłumaczyłem sobie wszystko słowami wuja, który wpoił we mnie tak mocne poczucie krzywdy, że nie dopuszczałem myśli, że to może być złe, że to mnie spala, doprowadza do zatracenia.

A potem, gdy w moim życiu pojawiła się Oleńka, już nic nie rozumiałem, to było takie nowe, inne, czyste. Zupełnie dla mnie niezrozumiałe. I bardzo bolesne, bo każde spotkanie z nią doprowadzało mnie do bólu serca, duszy, chociaż wcale nie wierzyłem, że je mam. A jednak ta dziewczyna budziła we mnie dziwne, nieokreślone jeszcze odczucia, które teraz mogę śmiało nazwać wielką, prawdziwą, jedyną w życiu miłością. Taką samą, jaką moja matka obdarzyła mego ojca. A teraz, gdy ja uwolniłem się od przeszłości, ona także otworzyła oczy.

Nie zdawałem sobie sprawy, że czekała właśnie na to, na moje przebudzenie, aby także uwolnić się od życia w przeszłości. Gdy dotarła do mnie ta wiadomość, że moja mama wróciła do domu i jedyne, czego chce, to abym żył normalnie i bez cienia rodzinnej historii… wiedziałem, że to była jedyna droga, abym mógł to zrobić. Przekroczyłem rubikon i teraz mogłem liczyć tylko na to, że ona… moja jedyna miłość będzie chciała pójść dalej ze mną. Postanowiłem czekać. W końcu… byłem bardzo cierpliwym człowiekiem. I doczekałem się. Teraz… mogłem tylko żyć ze świadomością, że zrobiłem bardzo wiele złych rzeczy i muszę uczynić wszystko, aby wyprostować swoje pogmatwane życie i sprawić, że ona, moja ukochana, cudowna, jedyna, będzie bezpieczna i szczęśliwa.

Wrocław, pewien majowy wieczór…

Grzesiu, a raczej Grisza,

dostałam dzisiaj wszystkie Twoje listy. Nie pytaj, jak do tego doszło, ale chyba możesz się domyślić. Bardzo długo dochodziłam do siebie, lecz mój ojciec także potrzebował czasu, aby zrozumieć, że nie ochroni mnie przed światem, a tym bardziej nie sprawi, że w cudowny sposób zniknie moja miłość do Ciebie. Te dwadzieścia miesięcy rozłąki były dla mnie gorsze niż kilka godzin, kiedy byłam uwięziona i przez chwilę myślałam, że nic do mnie nie czujesz. Co okazało się bzdurą, bo taka miłość jak nasza zdarza się raz w życiu. Ja to wiem i Ty to wiesz, prawda? Dałeś temu wyraz wówczas i dajesz w każdym liście, który do mnie napisałeś. Przeczytałam je kilkadziesiąt razy. I już wiem, czego chcę. Chcę tylko Ciebie. Jeśli będę miała Ciebie, wrócę do życia, zacznę oddychać, bo bez tego niezwykle trudno funkcjonować.

Przylatuję do Barcelony za tydzień. Mama leci ze mną, wybacz, ale nie chciała puścić mnie samej. Cieszę się, że będzie ze mną, bo przez ostatni czas przysporzyłam jej wiele zmartwień i chciałabym, aby zobaczyła mnie uśmiechniętą i radosną. A to będzie możliwe tylko wtedy, kiedy zobaczę Ciebie, kiedy Cię poczuję, kiedy odetchnę Twoim oddechem.

Jesteś moim tlenem, Grisza, i nie dam rady już dłużej się dusić z tęsknoty za Tobą.

Twoja.

Oleńka

Jeszcze później...

– Tato, odbiorę was z lotniska. – Olga wpatrywała się w ekran komputera, rozmawiając za pośrednictwem Skype'a z rodzicami.

– Ty lepiej czekaj na nas w domu. I pilnuj tych swoich zwierzaków. – Łukasz był nieustępliwy.

– Jesteś bardzo uparty... – Dziewczyna pokręciła głową.

– I kto to mówi? – zaśmiała się Magda.

– Dobrze, już nie mogę się doczekać jutra. – Olga spojrzała w kamerkę. – Bardzo tęskniłam.

– My też, córeczko – odpowiedziała Magda, a Łukasz tylko patrzył. Ale jego wzrok mówił wszystko.

Nagle otworzyły się drzwi do salonu i za plecami Olgi pojawił się wysoki, ciemnowłosy mężczyzna. Pochylił się nad komputerem.

– Będę na was czekał, jutro. Oleńka zostanie w domu. Nie lubię, gdy jeździ samochodem.

– I w tym się z tobą zgadzam. – Łukasz pokiwał głową.

– Nie martwcie się. Dbam o nią.

– Wiem. – Łukasz spojrzał w ciemne oczy męża córki. Ten, jak nie zawsze bywało, dostrzegł w nich zaufanie, ale i ostrzeżenie. Zdawali się rozumieć bez słów.

– Halo, ja tu jestem! – Olga odepchnęła lekko Griszę i pomachała do ekranu. – Kocham was! I czekam!

– My ciebie też! – Łukasz i Magda się uśmiechnęli.

– Do jutraaaa.

– Paaaaa.

Gdy Olga zakończyła rozmowę, oparła się o skórzany zagłówek fotela i spojrzała na swojego męża.

– Nie musisz się ze mną tak cackać. Jestem tylko w ciąży.

– Jesteś aż w ciąży. Dla mnie to zawsze będzie coś niepojętego. A poza tym twój ojciec nie zostawiłby mnie w jednym kawałku, gdyby coś ci się stało.

– Och, przestań. Mieliśmy do tego nie wracać... – Olga zmarszczyła czoło.

– Oleńka – Grisza pochylił się nad nią i spojrzał jej w oczy – to nigdy ze mnie nie wyjdzie, zawsze będzie tam. – Popukał się w głowę. – Ale kiedy jesteś przy mnie, kiedy mogę cię dotknąć, przytulić, wszystko odchodzi, chowa się. I mogę normalnie oddychać.

– Po to tu jestem, Grisza – szepnęła Olga i przybliżyła twarz do jego twarzy. – Żebyś mógł oddychać.

– To dobrze, diewoczka. Bo bez tego trudno byłoby mi żyć.

Kucnął i wtulił twarz w jej wydatny brzuch, słuchając nowego istnienia, które cierpliwie czekało, aby ujrzeć świat. W końcu uwierzył, że życie może być cudowne, prawdziwie piękne, jeśli tylko sam będzie o nim decydował i kierował się dobrymi uczuciami, a nie złem, nienawiścią i chęcią zemsty. Teraz miał obok siebie swoją ukochaną. Doświadczył od niej miłości w chwili, gdy wierzył tylko w zło. Nie opuszczała go świadomość, że oto dostał drugą szansę. Los się do niego uśmiechnął, a wiadomo było, że zakręty losu nie zawsze są łagodne, czasami można wypaść na wirażu z drogi życia. On nie wypadł. Bo odnalazł ją. Oleńkę. Jego tlen. Jego życie. Jego wielką i jedyną miłość. Na zawsze.

KONIEC

Wrocław, 15 stycznia – 4 maja 2016 r.

PLAYLISTA

OD AUTORKI

Cóż mogę napisać… Nie przypuszczałam, że kiedykolwiek wrócę do świata braci Borowskich, ale jak się okazuje, powiedzenie „Nigdy nie mów nigdy" jest wciąż aktualne. Trylogia *Zakręty losu* należy do Waszych ulubionych historii. Wielokrotnie otrzymywałam pytania i prośby o kontynuację. Jednak nie umiem pisać „na życzenie". Nie interesuje mnie sprzedaż, popularność danej serii, nie potrafiłabym „produkować" kolejnych tomów, bo tak trzeba, bo jest fala i należy płynąć razem z nią. O nie, to nie jestem ja i to nie jest moja twórczość. Zawsze, powtarzam: ZAWSZE, piszę, gdy czuję, że mam do opowiedzenia jakąś historię. Z *Nowym pokoleniem* było tak, że poszłam z moją kochaną Dorci „na kijki", przeszłyśmy prawie dziesięć kilometrów, a po powrocie miałam już ułożony wstępny plan czwartego tomu *Zakrętów losu*. To musiało nadejść, musiało na mnie spłynąć, ułożyć się w całość wówczas, kiedy ja tego chciałam i kiedy ja to czułam, a nie wtedy, kiedy rynek tego pragnął.

Niewątpliwą trudność sprawiły mi ramy czasowe tej książki, bo od wydarzeń z *Braterstwa krwi* upłynęło około dwadzieścia lat. Więc jest to przyszłość. Jednak pojawiają się tam filmy czy zespoły, które teraz są na czasie. Określałam je czasami jako „stare", ale gdy coś wzbudzi Wasze wątpliwości, zrzućcie to na mnie. A ja wytłumaczę się prawem *licentia poetica* i będzie okej ☺.

Serdecznie dziękuję moim kochanym pierwszym „Czytaczkom", czyli Dorci, Sylwii, Ani, Kasi – za ich słowa wsparcia, ale i krytyki, za cenne uwagi i sugestie.

Dziękuję Angelice Zdunkiewicz-Kaczor, autorce bloga Lustro Rzeczywistości, która czytała pierwszą wersję tej książki, a jej krwiożercze zapędy spowodowały dopisanie kilku „morderczych" scen ☺.

Dziękuję także Joannie Radosz za pomoc w tłumaczeniu piosenek zespołu Lube, wszystkich zwrotów rosyjskojęzycznych i za informacje dotyczące kwestii rosyjskich nazwisk odojcowskich.

Dziękuję również Sekcie Agnes za nieustające wsparcie, wiarę we mnie i słowa otuchy, a także za podsyłane piosenki, które znalazły się na tej playliście i znajdą się na kolejnych.

Kochana Dorci, dzięki za kawałek Wilków do epilogu – strzał w dziesiątkę!

Mojej rodzinie dziękuję za cierpliwość, a mężowi za dzielne znoszenie mojego jęczenia, ponieważ codziennie musiał wysłuchiwać o tym, że JA NIGDY NIE SKOŃCZĘ TEJ KSIĄŻKI!

Dzięki Wam wszystkim za to, że jesteście i chcecie czytać to, co napiszę ☺.

Gdybyście chcieli podzielić się wrażeniami po lekturze *Nowego pokolenia*, czekam pod moim mailem: agnieszka.loniewska@gmail.com.

Zakręty losu. Nowe pokolenie
Wydanie pierwsze, ISBN: 978-83-8083-262-6

© Agnieszka Lingas-Łoniewska i Wydawnictwo Novae Res 2016

Wszelkie prawa zastrzeżone. Kopiowanie, reprodukcja lub odczyt jakiegokolwiek fragmentu tej książki w środkach masowego przekazu wymaga pisemnej zgody wydawnictwa Novae Res.

REDAKCJA: Anna Gajda
KOREKTA: Marzena Kwietniewska-Talarczyk
OKŁADKA: Katarzyna Gołąb
ZDJĘCIA NA OKŁADCE: ©CURAphotography, ©velishchuk
SKŁAD: Krzysztof Radziszewski
DRUK I OPRAWA: Wrocławska Drukarnia Naukowa PAN

WYDAWNICTWO NOVAE RES
al. Zwycięstwa 96/98, 81-451 Gdynia
tel.: 58 698 21 61, e-mail: sekretariat@novaeres.pl
http://novaeres.pl

Publikacja dostępna jest w księgarni internetowej zaczytani.pl.

Wydawnictwo Novae Res jest partnerem
Pomorskiego Parku Naukowo-Technologicznego w Gdyni.

PPNT Gdynia